Les confidences de Kate Fortune

« Non, je ne puis plus supporter de me taire ni d'assister passivement au déclin de tout ce que j'ai construit. Mon fils Jake, surtout, a besoin de moi. Je sens que la situation a atteint un point critique et qu'il est temps que je sorte de mon silence forcé. Je dois rassembler les miens, les inciter à montrer à l'ennemi un front uni afin de déjouer les complots visant notre famille ! Etre riche et puissant n'est pas toujours aussi simple qu'on aime à le penser. Nous les Fortune vivons constamment sous le feu des projecteurs et sommes l'objet de convoitises sans fin.

» Mais je sais que tous ensemble, nous réussirons à surmonter l'adversité. La justice prévaudra, tôt ou tard, et Jake sera innocenté, j'en ai la profonde certitude.

» Alors, ce combat achevé, nous pourrons enfin revenir à l'essentiel : l'amour qui, toujours, cimentera notre famille. »

Très chères lectrices,

J'ai toujours aimé les grandes familles et la simple évocation de ces fêtes familiales qui rassemblent de temps à autre plusieurs générations d'un même « clan » suffit à me remplir d'une délicieuse nostalgie.

Chaque année, à l'approche des fêtes de Noël, je continue immanquablement à m'émouvoir de ces histoires mélodramatiques que l'on passe à la télévision, où des enfants égarés surmontent d'innombrables obstacles pour tomber juste à temps dans les bras grands ouverts de leurs parents et grands-parents au moment où la dinde traditionnelle apparaît sur la table.

Longtemps, hélas, ma propre cellule familiale est restée réduite à la portion congrue : mes deux frères, mes parents et moi. Je me souviens d'avoir envié en secret tous ceux qui avaient également des grands-parents, des oncles, des tantes et toute une ribambelle de cousins. D'où sans doute le plaisir que j'ai eu à participer à la saga des *Héritiers*. En écrivant *Une femme sans mémoire*, j'ai pu m'identifier à Kristina et imaginer que j'avais de la famille aux quatre coins du pays, des tas de gens qui, même lorsqu'ils ne pensent pas tout à fait comme moi, sont prêts à voler à mon secours dans les moments difficiles.

Car le fameux rêve américain ne revient-il pas, en dernier ressort, à cela : avoir un assortiment d'au moins cinq parfums de crème glacée dans son congélateur et une grande famille unie avec qui tout partager ?

Je vous souhaite une agréable lecture. Et plein de bons moments avec vos proches !

Bien à vous,

Marie Ferrarella

MARIE FERRARELLA

Ecrivain prolixe, Marie Ferrarella est l'auteur de soixante-huit romans Harlequin, mais elle a également publié dans d'autres maisons d'édition. Parmi les nombreux prix et récompenses qu'elle a pu recevoir, nous citerons la Rita Award qu'elle a gagnée en 1992 et les trois récompenses attribuées par *Romantic Times*.

Marie est née en Allemagne, puis a grandi à New York. Elle vit à présent dans le sud de la Californie avec son mari, ses deux enfants et un berger allemand répondant au nom de Rocky. Titulaire d'une maîtrise de lettres, spécialiste du théâtre de Shakespeare, elle se passionne également pour le cinéma, les vieilles chansons et la comédie musicale. Sa devise ? Etre toujours parée à toute éventualité ! Elle explique qu'elle a cousu elle-même sa robe de mariée et qu'elle l'a choisie lavable et facile d'entretien « au cas où » !

Une femme sans mémoire

Cet ouvrage a été publié en langue anglaise
sous le titre :
FORGOTTEN HONEYMOON

Traduction française de
JEANNE DESCHAMP

HARLEQUIN ®
est une marque déposée du Groupe Harlequin
et Amours d'Aujourd'hui ®
est une marque déposée d'Harlequin S.A.

Originally published by SILHOUETTE BOOKS,
division of Harlequin Enterprises Ltd.
Toronto, Canada

Toute représentation ou reproduction, par quelque procédé que ce soit, constitue-
rait une contrefaçon sanctionnée par les articles 425 et suivants du Code pénal.
© 1997, Harlequin Books S.A. © 2001, Traduction française : Harlequin S.A.
-83-85, boulevard Vincent-Auriol, 75013 Paris — Tél. : 01 42 16 63 63
Service Lectrices — Tél : 01 45 82 47 47
ISBN 2-280-07714-0 — ISSN 1264-0409

MARIE FERRARELLA

Une femme
sans mémoire

HARLEQUIN

AMOURS D'AUJOURD'HUI

ON EN PARLE CE MOIS-CI...

"Morte et ressuscitée !"

Une nouvelle incroyable nous arrive : non seulement Kate Fortune — que tous, y compris sa propre famille, croyaient morte — est vivante, mais elle se porte comme un charme ! A croire que les Fortune ne cesseront jamais de nous étonner. On se rappelle, en effet, la tragique disparition de la célèbre femme d'affaires alors qu'elle survolait la forêt amazonienne aux commandes de son avion. Les restes calcinés trouvés dans la carlingue ont fait supposer que la doyenne des Fortune avait péri dans l'accident. Eh bien, il n'en est rien. Ayant eu la chance de survivre à ce qui, selon elle, n'est pas un accident mais une tentative de meurtre, Kate a préféré faire croire à sa propre mort afin d'enquêter incognito et essayer de démasquer ceux qui s'acharnent depuis des mois sur sa famille. Avec la mort de Monica Malone, cependant, et les terribles accusations qui pèsent contre Jake, Kate ne pouvait plus rester dans l'ombre. La voilà donc revenue sur le devant de la scène, pour soutenir sa famille et sauver un empire industriel aujourd'hui durement menacé.

Est-il encore utile de lui souhaiter bonne chance ?

Liz Jones

1.

Songeuse, Kristina Fortune reposa le combiné. Ainsi Grant, l'éternel célibataire, se mariait lui aussi... Naturellement, elle était heureuse pour son demi-frère, mais la nouvelle lui procurait néanmoins un petit pincement au cœur. Grant avait de la chance d'avoir rencontré le grand amour. Elle-même, en revanche, doutait que passion, mariage et enfants figurent au programme de son avenir personnel.

Il fallait dire que l'épisode David l'avait sérieusement échaudée. Depuis, sa froideur dissuasive tenait tous les hommes à distance !

« Qui ne risque rien n'a rien... mais ne perd rien non plus », se consola-t-elle avec un soupçon de vague à l'âme.

Pestant contre la vie, l'hiver et le mauvais temps, Kristina déambula jusqu'à la fenêtre. En ce jour pluvieux, la vue depuis le quatorzième étage de l'immeuble de Fortune Cosmetics était quasiment inexistante. Les bulletins météorologiques du jour annonçaient une visibilité zéro. Le trafic aérien avait cessé; plus rien ne bougeait. Le front collé contre la vitre, on avait l'impression de se trouver au cœur même des nuages. Un brouillard opaque enlaçait la ville et ses longs tentacules glissaient sur Minneapolis comme des écharpes fantomatiques dansant dans un no man's land cotonneux.

Bien qu'il n'y eût rien à voir, Kristina, perdue dans ses

pensées, demeurait sur place, les yeux perdus dans le vague, clouée à son poste de non-observation.

Elle traversait un passage à vide, c'était clair. De ce point de vue, l'appel de Grant avait fait office de révélateur. Kristina jeta un coup d'œil derrière elle et son regard glissa sur le bureau en chrome et marbre noir. Un soupir mourut sur ses lèvres.

Ce n'était pas tout à fait sans raison qu'elle se sentait si mal dans sa peau en ce moment. La brutale disparition de sa grand-mère était largement responsable de son accès de déprime. En fait, elle avait toujours autant de mal à croire que Kate était partie pour toujours.

Des décès, pourtant, il en survenait tous les jours, à Minneapolis. Les journaux publiaient quotidiennement leur lot d'annonces. Mais jusqu'à présent, elles avaient toujours concerné d'autres familles que la sienne. Et à vingt-quatre ans, Kristina avait eu d'autres préoccupations en tête que de penser à la mort.

Kate aurait été heureuse, pour Grant.

Kristina sourit lorsque cette pensée lui traversa l'esprit, mais son reflet dans la vitre gardait une expression de profonde tristesse. En fait, elle avait naïvement vécu dans l'illusion que sa grand-mère était destinée à durer toujours — intemporelle comme le vent, les marées, les océans. Il n'y avait d'ailleurs eu aucun signe avant-coureur, aucun avertissement qui aurait pu laisser augurer une fin proche. Jamais malade, sa grand-mère avait toujours travaillé d'arrache-pied jusque très tard le soir, sans manifester la moindre fatigue. Plus qu'une personne en chair et en os, Kate Fortune avait été une véritable institution.

Mais une institution qui avait su garder toutes ses qualités humaines de compréhension et de tendresse. Kristina porta la main à son cou et effleura le pendentif qu'elle avait reçu à la mort de sa grand-mère. Le bijou, prélevé sur le bracelet à breloques de Kate, avait une valeur avant tout symbolique. En l'honneur de chacun de leurs petits-enfants, en effet, Ben, le grand-père de Kristina, avait offert un de ces petits bijoux ciselés à sa femme, rajoutant un nouveau porte-bonheur à l'occasion de chaque naissance.

En jouant distraitement avec le petit cœur en or qui commémorait sa venue au monde, Kristina songea à la nuit qu'elle avait passée en compagnie de sa grand-mère, le soir de sa rupture avec David. C'était une des seules fois, en fait, où elle s'était autorisée à se montrer vulnérable. A cause d'un homme qui s'était révélé nettement plus fasciné par la richesse et le nom des Fortune que par la jeune femme qui s'apprêtait naïvement à l'épouser. Très vite, au demeurant, le beau David avait trouvé à se marier ailleurs, et il était désormais solidement établi au sein d'une dynastie bien connue dans le monde de la politique.

Profondément secouée par cette première grande désillusion, Kristina s'était réfugiée auprès de sa grand-mère et toutes deux avaient passé une nuit blanche à commenter sa mésaventure. Kate avait sans doute été la seule à comprendre à quel point elle s'était sentie mortifiée, humiliée, trahie par cet homme qu'elle avait cru aimer.

Kristina appliqua sa paume contre la vitre froide. Quelques millimètres de verre, seulement, la séparaient de l'hiver rude et implacable du Minnesota. Rude et implacable comme la vie lorsqu'on avait l'imprudence de se montrer trop confiante...

Pour ce qui était de David, bon vent ! songea-t-elle avec une pointe de mépris. Elle ne l'avait pas regretté un seul instant. Mais le départ de Kate, lui, laissait un vide immense. Kristina revit mentalement sa grand-mère telle qu'elle lui était apparue la dernière fois, au bras de son avoué, la tête légèrement inclinée vers son vieil ami pour lui confier quelque observation à voix basse. Bien qu'elle ait été âgée de presque soixante-dix ans, Kate était restée une belle femme, avec un charisme tel que sa seule présence suffisait à mobiliser l'attention générale. Gracieuse, élégante, elle avait conservé une étonnante jeunesse d'allure. Les années, en effet, semblaient l'avoir effleurée en ne laissant que des marques discrètes, tout au plus quelques rides d'expression. Il n'y avait eu chez elle ni cet affaissement des traits, ni ce tremblement des mains, ni ces moments de confusion qui trahissent un affaiblissement des capacités intellectuelles. Kate Fortune avait gardé jusqu'au bout son extraordinaire énergie vitale.

Voilà pourquoi sa mort prématurée dans un accident d'avion paraissait tellement absurde, tellement contrenature, songea Kristina, révoltée. Quoique... Cette fin à la fois rapide et spectaculaire ne ressemblait-elle pas à Kate, dans une certaine mesure ? Il y avait eu, sans doute, une effrayante beauté dans ce tourbillon d'acier et de flammes qui s'était écrasé, tel un météore, quelque part dans la jungle lointaine.

Mais si Kate, dans un sens, était restée fidèle à son propre personnage en tirant sa révérence avec panache, ses enfants et petits-enfants, eux, étaient encore sous le choc. Le temps passait sans qu'aucun d'entre eux n'arrive à accepter sa disparition. Kate avait été pour eux tous une présence tutélaire rassurante. Sans elle, ils se sentaient perdus, tel un bateau à la dérive.

Kristina déglutit pour chasser la boule qui se formait dans sa gorge. Depuis le début, elle s'était refusée à pleurer sur la mort de sa grand-mère. Kate n'aurait pas souhaité que ses descendants sombrent dans le désespoir. Si le temps lui avait été donné de prendre congé de ses enfants et petits-enfants, elle les aurait encouragés à reprendre leur vie en main, au contraire ; à travailler dur pour agrandir et consolider l'héritage des Fortune. Un empire qu'elle avait édifié avec Ben, son mari, et qu'elle avait continué à faire prospérer après la mort de celui-ci.

De nouveau, Kristina soupira. C'était plus fort qu'elle, avec ce fichu mauvais temps qui lui portait sur le moral. L'hiver était si long, si froid, si triste, dans le Minnesota ! Si seulement elle avait pu le passer ailleurs, en Floride ou en Californie.

La Californie... Frappée d'une idée soudaine, elle tourna les yeux vers le document officiel qui reposait sur son bureau et son regard s'éclaira. N'avait-elle pas là une occasion toute trouvée ? Mais si, bien sûr ! C'était le moment ou jamais d'aller faire un tour là-bas. Peut-être même pourrait-elle y rester un peu plus de quelques jours, après tout !

Ses pensées se tournèrent vers Grant et Meredith qui se préparaient à franchir le grand pas. Allaient-ils partir au soleil, eux aussi ? Qui disait mariage disait voyage de noces, non ? Mais encore fallait-il trouver un endroit suffisamment romantique et raffiné pour... Tiens ! Voilà une idée qui pouvait se révéler aussi lucrative que passionnante.

Génial ! jubila-t-elle dans un soudain élan d'enthousiasme.

Avec l'énergie débordante qui la caractérisait depuis l'enfance, Kristina retourna s'asseoir à son bureau et commença à noter quelques idées en vrac. Le projet qui lui avait vaguement traversé l'esprit la veille prenait forme à présent à une vitesse stupéfiante. Mais tous ceux qui connaissaient Kristina Fortune savaient qu'elle vivait à cent à l'heure ou pas du tout...

A vingt-quatre ans, elle jouissait déjà d'une solide réputation sur le plan professionnel. Elle était considérée comme extrêmement créative, avec un jugement sain et un excellent esprit d'initiative — toutes qualités précieuses pour une rédactrice publicitaire. A l'instar de sa grand-mère, elle était dynamique, déterminée et aimait imprimer sa marque sur tout ce qui lui passait entre les mains.

Kristina sourit toute seule en songeant qu'avec les moyens dont elle disposait, elle aurait pu se permettre de vivre dans une oisiveté plus que confortable, en faisant la fête du matin au soir sans jamais lever le petit doigt.

Mais rester inactive n'avait jamais été son style. Elle avait besoin de déployer son énergie inépuisable en l'utilisant à des fins constructives. Et ce n'était pas l'ambition qui lui manquait !

Sourcils froncés, Kristina feuilleta le dépliant que Sterling Foster, l'avoué de sa grand-mère, avait eu la gentillesse de joindre à son envoi. La brochure n'était franchement pas des plus modernes, constata-t-elle avec une moue sceptique. Terne et peu attrayante, elle comportait quatre pages en tout et pour tout, avec trois photographies peu flatteuses d'un hôtel à l'allure désuète dans lequel sa grand-mère avait investi pour des raisons obscures une quinzaine d'années plus tôt.

L'Auberge de la Rosée ! Le nom était vraiment démodé. Et puis il évoquait davantage la fraîcheur que le soleil californien.

Kristina parcourut le texte en fronçant les sourcils de plus belle, griffonna quelques commentaires et nota une ou deux suggestions pour mémoire.

Issue d'un second mariage, tant du côté de son père que de sa mère, Kristina était la plus jeune des petits-enfants de Kate. Mais si elle devait se résigner — par la force des choses — à être la dernière en âge, elle s'arrangeait pour être la première dans tous les autres domaines. Et de jouer gagnante, de préférence.

Sa rage de vaincre lui coûtait bien quelques amitiés ici et là, mais cela ne la préoccupait guère. Ses vrais amis, eux, la connaissaient suffisamment pour comprendre qu'elle avait besoin de réussir brillamment tout ce qu'elle entreprenait. Lorsqu'on faisait partie d'une famille riche et célèbre, ce n'était pas si simple de s'illustrer en tant qu'individu. Or elle ne voulait pas être simplement une Fortune parmi d'autres. Mais faire les choses à sa façon et se distinguer du lot.

Tout comme sa grand-mère.

Et cette auberge providentielle lui permettrait de prendre enfin de vraies initiatives. Tel qu'il était en ce moment, l'établissement n'avait rien de glorieux, certes. Mais avec des idées et du talent, il y avait sûrement moyen d'en tirer quelque chose.

Repoussant la brochure, Kristina examina la lettre que Sterling lui avait envoyée en même temps que l'acte de donation. « Chère Kate... », songea-t-elle avec émotion. A chacun de ses enfants et petits-enfants, sa grand-mère avait fait un legs personnalisé en plus d'une importante somme d'argent. Dans son cas particulier, elle se retrouvait propriétaire pour moitié d'une auberge située en Californie du Sud. D'après Sterling, Kate qui détenait pourtant cinquante pour cent des parts sociales n'était jamais intervenue dans la gestion de l'hôtel. C'était vraiment surprenant de sa part, songea Kristina en se frottant distraitement les tempes. Sa grand-mère avait pourtant été une femme d'affaires jusqu'au bout des ongles. Il était donc pour le moins curieux qu'elle se soit contentée de laisser ces gens diriger l'établissement à leur guise alors qu'elle aurait pu prendre les choses en main.

Kate n'était pourtant pas le genre de femmes à se cantonner aisément dans un rôle passif — tant sur le plan familial que professionnel. « Les silencieux ne se font pas entendre », avait-elle observé une fois, au cours d'une conversation en famille.

Sur le coup, Kristina s'était contentée de rire de ce truisme. Mais avec le recul, elle comprenait mieux ce qu'avait voulu exprimer sa grand-mère. Pour arriver à quelque chose, dans la vie, il était bon de dire haut et fort ce que l'on pensait. Personne ne saurait jamais ce qu'elle avait à offrir, si elle ne mettait pas ses opinions en avant.

Or elle avait quantité de talents à exprimer et à mettre en œuvre ! De la pointe d'un ongle verni de rose, Kristina tapota la brochure. Cet héritage arrivait à point nommé, en fait. Cette auberge charmante mais mal gérée venait de trouver son sauveur.

D'après les renseignements qu'elle avait réussi à glaner, les affaires de l'Auberge n'étaient pas brillantes. Kate qui avait pourtant du nez pour ces choses-là n'avait dû tirer de son investissement que des bénéfices dérisoires. Sans doute avait-elle acheté ces parts pour des raisons purement sentimentales, supputa Kristina. Qui sait si elle n'avait pas passé une nuit particulièrement romantique dans cette auberge retirée avec Ben, son mari ? Une petite escapade en amoureux, à l'insu du reste de la famille... Pourquoi pas ?

Il lui plaisait d'imaginer que sa grand-mère avait eu une vie sentimentale intense. Comme elle-même n'en aurait sans doute jamais... Kristina se hâta de chasser cette pensée déprimante et affermit sa résolution. Professionnellement, en tout cas, elle était au point. Ses campagnes publicitaires, simples et néanmoins porteuses, lui valaient l'admiration de ses pairs et suscitaient un certain engouement dans le public. Mais elle avait plus ou moins fait le tour des possibilités que son job actuel pouvait lui apporter. Il était temps de tourner la page et d'essayer quelque chose de neuf, non ? Quelque chose qui lui appartiendrait à elle seule et non pas à la dynastie des Fortune tout entière. Rassemblant les papiers sur son bureau, Kristina les glissa résolument dans leur enveloppe en papier Kraft. Elle ne se sentait plus ni triste ni déphasée, à présent qu'un avenir plus coloré se profilait devant elle. Adieu l'hiver, adieu le brouillard ! Et bienvenue au soleil de Californie.

— Merci, Kate, chuchota-t-elle. D'une façon ou d'une autre, tu as toujours été là au bon moment...

Frank Gibson travaillait dans le service publicité depuis bientôt quinze ans. Parti du bas de l'échelle, il avait monté les échelons un à un. Et sa calvitie, parallèlement, s'était étendue peu à peu, gagnant du terrain à chaque promotion. Aujourd'hui, il ne lui restait plus qu'une mince couronne clairsemée et Kristina se demandait s'il n'était pas en danger de perdre d'un coup le peu de cheveux qui lui restait. La nouvelle de son départ imminent semblait, en effet, plonger son supérieur officiel dans des abîmes de consternation.

Accablé, Frank contempla le mince brin de fille blonde qui venait de lui annoncer tout de go qu'elle envisageait de changer d'horizon pour quelque temps. Deux ans auparavant, pourtant, lorsqu'on lui avait appris que Kristina Fortune travaillerait désormais dans son service, il avait pris la nouvelle avec plus de résignation que d'enthousiasme, convaincu qu'il n'avait pas grand-chose à attendre d'une pareille recrue. Mais la « fille à papa gâtée » avait rapidement fait la preuve de ses talents. Et il ne concevait plus, désormais, de se passer de sa créativité et de son imagination.

— Tu dis que tu as l'intention de quoi ? se récria-t-il en passant nerveusement les paumes sur la surface immaculée de son bureau.

En vérité, Kristina aurait pu plier bagage et partir en Californie du jour au lendemain sans se soucier de l'avis de qui que ce soit. En tant que membre de la famille Fortune, elle n'avait de comptes à rendre à personne dans l'entreprise — à part peut-être à son père. Mais elle ne s'inquiétait pas trop de la réaction de ce dernier. Nathaniel, elle le savait, ne lui mettrait pas de bâtons dans les roues. Et comme elle s'entendait avec Frank mieux qu'elle ne s'était jamais entendue avec son propre père, elle jugeait plus correct de faire les choses dans les règles, et de demander officiellement le feu vert à son directeur...

— L'intention de quoi ? Mais de prendre un congé prolongé, Frank. Histoire de m'échapper un moment.

Frank était vert.

— Maintenant ?

Dans un peu moins de deux mois, ils lançaient un nouveau parfum. Et il restait, comme d'habitude, encore un millier de détails à mettre au point.

— Non, sérieusement, Kris. Tu ne peux pas me laisser comme ça au beau milieu d'une campagne de publicité ! Ce serait absolument dramatique. Tu ne crois pas que...

La jeune femme se mit à rire. C'était bien de Frank de

réagir comme si son départ équivalait à une catastrophe nucléaire.

— Frank... Nous sommes en permanence au milieu d'une campagne de pub. C'est l'essentiel de notre boulot, après tout.

Elle prit place sur le canapé et croisa les jambes. Le regard de son supérieur glissa distraitement sur l'ourlet de sa jupe et se détourna aussitôt. La vie sentimentale de Frank n'existait nulle part ailleurs que dans les méandres de son imagination compliquée. Kristina lui sourit avec affection. Elle avait fini par s'attacher sincèrement à ce petit homme nerveux et constamment effaré.

— Tu t'en sortiras sans problème, tu verras... Peut-être pas avec mon style et mon élégance, ajouta-t-elle en lui décochant un clin d'œil, mais en tout cas avec les annotations que je t'ai laissées. Il suffira que tu ouvres le fichier Absolu.

Absolu était le nom de baptême du nouveau parfum que Fortune Cosmetics s'apprêtait à mettre sur le marché. Frank lui jeta un regard désespéré.

— Le fichier Absolu? Kristina, sois charitable! Tu sais bien qu'il ne faut même pas prononcer le mot ordinateur devant moi. C'est justement là, ta seule utilité. Tu sers à me décharger de tout ce qui touche de près ou de loin à l'informatique.

Frank était suffisamment en confiance avec elle, désormais, pour lui envoyer ce genre de petite pointe.

— Si mon utilité se borne à ça, je devrais être d'autant plus facile à remplacer, répliqua Kristina avec un sourire suave.

Frank leva les bras en signe de reddition.

— O.K, je retire ce que je viens de dire. Explique-moi simplement ce qu'il faut que je fasse pour que tu ne me laisses pas seul avec cette campagne de pub sur les bras. Te supplier à genoux? Me prosterner plus bas que terre?

— Je n'ai jamais dit que je partais pour toujours. Deux mois devraient me suffire pour réaliser le projet que j'ai

18

en tête, déclara-t-elle en se levant. Deux mois et demi, tout au plus.

— Et c'est quoi, exactement, ce « projet que tu as en tête » ? s'enquit Frank, sourcils froncés.

— Une nouvelle expérience. Je ne sais pas très bien comment te l'expliquer, mais je sens qu'il faut que je le fasse.

Peut-être était-ce Kate elle-même qui lui avait soufflé cette idée à l'oreille ? Une chose était certaine, en tout cas : elle se sentait appelée à se rendre en Californie.

— En fait, j'ai reçu un héritage, précisa-t-elle pour satisfaire la curiosité évidente de Frank. Grâce à ma grand-mère je suis désormais propriétaire pour moitié d'un petit hôtel en Californie.

Son supérieur parut consterné.

— En Californie ! Mais, ma pauvre chérie, avec tous les tremblements de terre qu'ils ont là-bas ! Tu as envie de mourir avant l'âge ou quoi ?

Son expression désolée amusa Kristina. Frank était l'être le plus casanier qui soit. Et il avait les plus grandes peines du monde à concevoir que l'on puisse choisir de quitter délibérément les environs immédiats de Minneapolis.

— Ils ont moins de tremblements de terre en Californie que nous n'avons de tempêtes et de brouillard par ici, rétorqua-t-elle en riant.

Frank haussa les épaules. Pour rien au monde il ne se serait exilé en Californie. Si on avais requis de lui qu'il s'aventure dans des contrées aussi lointaines, il se serait arrangé pour se faire remplacer.

— Le brouillard, lui, n'a jamais tué personne, répondit-il sentencieusement.

Tournant les yeux vers la fenêtre, Kristina contempla un instant la masse opaque et grise qui bouchait l'horizon depuis le matin.

— Le brouillard ne tue peut-être pas directement, non. Mais il finit par vous étouffer à petit feu.

Comme Frank ne trouvait rien à répondre, elle lui effleura l'épaule.

— Tu te demandes pourquoi je vais courir aux antipodes alors que j'ai un boulot en or par ici, n'est-ce pas ? Mais j'ai envie de voler de mes propres ailes, de faire un truc vraiment perso. Quelque chose qui, pour une fois, ne portera pas le label « Fortune machin chose ».

— Parce que tu n'es pas une Fortune, toi peut-être ? objecta Frank, toujours très terre à terre. Une fois que tu l'auras réalisé, ton projet, il sera estampillé Fortune comme tout le reste.

Le sourire de Kristina s'élargit.

— A une nuance près, mon cher : ce ne sera plus la marque des Fortune en général, mais la mienne et la mienne seulement. Vrai ou faux ?

Frank soupira.

— Mmm... Tout ce que je vois, c'est que ta décision est prise et que rien ne te fera changer d'avis. Tu sais que tu es tout le portrait de ta grand-mère, toi ?

— Merci, Frank. Tu ne pouvais pas me faire un plus beau compliment que celui-là.

Son chef de service fit la moue.

— Tu es sûre, alors ? Ta décision est irrévocable ?

— Totalement.

— Alors ai-je le choix ? Il ne me reste plus qu'à te dire amen, et à te laisser partir avec ma bénédiction. De toute façon cela m'étonnerait qu'un homme ait réussi à te dire non un jour, si ?

Kristina ne put s'empêcher de rire.

— A ma connaissance, cela ne s'est encore jamais produit. Et si tu veux mon avis, cela n'arrivera pas de sitôt !

Avec un léger sourire, Frank haussa les épaules.

— Lorsque ce sera le cas, n'oublie pas de me le faire savoir.

Elle lui tapota affectueusement la joue, avec une complicité née de deux années passées à œuvrer côte à

20

côte dans les conditions d'urgence et de stress inhérentes à leur profession.

— Tu seras le premier informé. Promis.

— Bon... Je ne comprends toujours pas comment une fille aussi sensée que toi peut aller s'exiler chez cette bande de frappadingues obsédés par le surf et le bronzage, mais puisque tu tiens mordicus à aller faire un tour chez ces affolés...

— Je ne sais pas d'où tu tires cette vision caricaturale de la Californie ! s'esclaffa Kristina en lui effleurant le bout du nez. D'une série télévisée remontant aux années soixante-dix, sans doute ? Néanmoins, je suis touchée que tu te fasses du souci pour moi.

— Pour me faire du souci, je me fais du souci, oui.

Kristina sourit. Il allait finir par l'émouvoir sérieusement s'il continuait à faire du sentiment comme ça !

— Tout va bien se passer, Frank, tu verras. Je vais transformer cette auberge somnolente en un lieu idyllique pour jeunes couples branchés. J'ai envie de réaliser quelque chose dont ma grand-mère aurait pu être fière.

L'expression de Frank demeurait résolument sceptique.

— Il fonctionne peut-être très bien tel qu'il est, ton hôtel rustique perdu en pleine cambrousse. D'ailleurs, si ta grand-mère avait jugé utile de le transformer, tu ne crois pas qu'elle s'en serait chargée elle-même depuis belle lurette ?

Peut-être que oui. Peut-être que non. Mais elle, Kristina, n'avait aucun souvenir sentimental lié à ce lieu.

— Kate n'a sans doute jamais eu le temps de s'en occuper.

— Et toi, tu crois que tu as le temps de t'en occuper, avec tout le travail qui t'attend ici ?

Il devenait urgent de trancher et de partir d'ici, décida Kristina. Si elle attendait que Frank ait fini de lui trouver de bonnes raisons de ne pas s'en aller, elle y passerait la nuit !

— Tout va bien se passer, Frank. C'est à peine si tu vas te rendre compte de mon absence.

Il lui jeta un regard sombre.

— Avant de m'abandonner, laisse-moi au moins un numéro de téléphone où je puisse te joindre.

Kristina secoua la tête en souriant.

— Je t'appellerai moi. Ce sera aussi bien, lança-t-elle par-dessus l'épaule, bien décidée à prendre son temps avant de se manifester.

Frank pouvait se débrouiller seul avec les instructions qu'elle lui avait laissées. Et il était hors de question qu'elle passe son séjour en Californie pendue au téléphone, à orchestrer la campagne d'Absolu à distance.

Avec un large sourire aux lèvres, Kristina quitta le bureau de son directeur. A partir de cet instant, Fortune Cosmetics passait momentanément à l'arrière-plan. Elle ne voulait plus penser qu'à l'avenir.

Un avenir différent, plein de nouveautés et de surprises.

Qui sait ? C'était peut-être le début d'une grande aventure ? Elle avait le pressentiment que les choses allaient bouger... enfin.

— Eh, Max ! C'est pour toi ! hurla Paul Henning, en plaçant les deux mains en porte-voix pour couvrir le vacarme de la grue.

Max Cooper se tourna vers la cabane de chantier mobile et vit son associé qui brandissait le téléphone portable en lui adressant de grands signes. Avec un soupir contrarié, il retira son casque et passa la main dans ses cheveux noirs et drus. Le téléphone était souvent porteur de mauvaises nouvelles. Si c'était encore un fournisseur qui appelait pour annoncer qu'il faudrait compter sur des délais supplémentaires, il courait droit à la catastrophe. Ils avaient déjà pris un sérieux retard dans la construction de ce nouveau lotissement. Depuis les intempéries de décembre qui avaient provoqué des glissements de terrain, les contretemps n'avaient cessé de s'accumuler.

Du coup, chaque fois que le téléphone sonnait, Max en avait des sueurs froides. Il fit signe à Paul qu'il avait capté son appel, et se dirigea à grands pas vers la roulotte de chantier. Son associé se plaqua contre la paroi pour lui laisser le passage.

— C'est à peine si on peut se tourner dans cette fichue caravane, bougonna Paul en lui tendant l'appareil. Nous avons eu l'occasion de construire des placards plus spacieux que ce truc-là.

— Qui est-ce ? demanda Max en désignant l'appareil d'un signe du menton.

Son associé sourit d'un air mystérieux.

— Elle a dit que c'était personnel.

Sans mordre à l'appât, Max haussa les épaules et s'empara de l'appareil. Dans sa vie sentimentale, il traversait un passage à blanc. Rita, sa dernière conquête, et lui avaient décidé d'un commun accord de poursuivre chacun de leur côté. Enfin... Peut-être pas tout à fait d'un commun accord, malgré tout, se remémora Max avec l'ombre d'un sourire. Rita ne s'était pas privée de lui lancer quelques commentaires acerbes sur « sa trouille maladive de s'engager dans une relation adulte ». Leur histoire avait pris fin sur ce jugement sévère... et assurément justifié.

Depuis Alexia, avec laquelle il avait été fiancé, Max se contentait de liaisons brèves, superficielles et plaisantes. Et la formule lui convenait parfaitement.

— Allô ? dit-il en priant pour que ce ne soit pas Rita qui revenait à la charge.

— Max ? C'est June, répondit la réceptionniste de l'Auberge de la Rosée d'une voix anormalement préoccupée. Tu sais que j'évite de te déranger pendant tes heures de travail, d'habitude. Mais je pense qu'il serait préférable que tu viennes. Vu ce qui se passe, il me paraît important que tu sois présent.

June Cunningham, âgée d'une soixantaine d'années, habituellement calme, efficace et d'un caractère égal, tenait la réception de la Rosée, le petit hôtel-restaurant dont Max s'était retrouvé propriétaire malgré lui quelques années plus tôt. Il aurait vendu sa part depuis longtemps s'il n'avait pas craint de blesser John et Sylvia, ses parents adoptifs. Au moment de prendre leur retraite, l'un et l'autre avaient insisté pour qu'il assure la relève et gère l'hôtel à son tour, alors même qu'il avait déjà monté sa propre entreprise dans le bâtiment. Se retrouver avec la Rosée sur les bras n'avait pas enchanté Max outre mesure, bien sûr. Mais puisque ses parents y tenaient, il s'était résigné à assumer cette tâche supplémentaire. Vu ce que John et Sylvia avaient fait pour lui, il pouvait difficilement se soustraire à ses responsabilités. Peu de couples auraient eu le courage de recueillir chez eux un garçon de treize ans, timide et révolté qui n'avait jamais connu sa vraie famille. Or les Murphy l'avaient accueilli avec tant de gentillesse et de simplicité qu'ils avaient même réussi à faire de lui quelqu'un d'à peu près équilibré. Jamais Max ne les remercierait assez pour l'amour qu'ils lui avaient donné.

Grâce à June, d'ailleurs, les choses ne se passaient pas si mal, à la Rosée. La réceptionniste s'occupait de tout en son absence et il passait simplement une fois par semaine, le vendredi, pour faire le tour des problèmes avec elle. Dans l'ensemble, il ne se passait jamais rien de bien extraordinaire et c'était la première fois que l'imperturbable June l'appelait au beau milieu d'une journée de travail difficile pour lui demander de venir la retrouver à la Rosée.

— Que se passe-t-il donc, June ? Ça ne peut pas attendre ce soir ?

— C'est ta copropriétaire, Max. Elle vient d'arriver.

Max fronça les sourcils.

— Kate ? Mais elle est décédée depuis bientôt deux ans !

Il avait appris la nouvelle par les journaux lorsque l'avion de la richissime femme d'affaires s'était écrasé au sol, quelque part au cœur de la jungle sud-américaine.

Quelque temps plus tard, il avait reçu une lettre d'un dénommé Sterling Foster qui lui avait recommandé de continuer à diriger l'hôtel comme il l'avait toujours fait, en attendant que le partage de succession soit homologué.

— Kate a une héritière, précisa June à l'autre bout du fil. Une certaine Kristina Fortune.

Kristina Fortune ? Jamais entendu parler. Mais il fallait reconnaître qu'avec tous les ennuis qu'il avait sur ses chantiers en ce moment, il ne s'était pas vraiment tenu au courant de tous les détails concernant l'hôtel. L'idée qu'une personne de la famille de Kate se déplace jusqu'en Californie ne lui avait même pas traversé l'esprit, à vrai dire.

— Et elle est là ? Avec toi ? A la Rosée ?

— Pour être là, elle est là, oui, chuchota June. Et elle tient à te rencontrer. Sur-le-champ.

— Sur-le-champ ? répéta Max, intrigué.

L'expression ne faisait pas partie du vocabulaire habituel de June. « Rien ne presse. Demain est un autre jour ! » était même sa formule favorite, au contraire. La réceptionniste confirma cependant à mi-voix :

— Immédiatement, oui. Voilà le terme exact qu'elle a utilisé. J'imagine que tu ne dois pas apprécier ce genre d'attitude, mais, honnêtement, je pense qu'il vaudrait mieux que tu viennes quand même, Max. Je l'ai entendue marmonner quelque chose au sujet de cloisons à abattre.

Des cloisons à abattre ? Max fronça les sourcils. En voilà des idées de sauvage ! Pour qui se prenait-elle, cette Kristina Fortune ? Il ne tenait pas spécialement à s'occuper de l'ancienne pension de famille de ses parents adoptifs, mais il ne voulait pas pour autant qu'on la lui transforme de fond en comble. La Rosée faisait partie de son enfance. C'était un lieu pourvu de charme et de caractère. Et il ne laisserait personne y toucher.

Posant la main sur le combiné pour étouffer le son de sa voix, il se tourna vers son associé.

— Ça t'ennuie, Paul, si je te laisse pendant quelques heures avec le chantier sur les bras ?

— Moi ? Certainement pas. J'étais justement en train de me demander comment je pourrais me débarrasser de toi. J'adore être seul maître à bord, tu le sais bien.

Max sourit.

— Ça fait toujours plaisir à entendre... Bon, O.K., June, je ne t'abandonne pas en tête à tête avec le fauve. Je te rejoins immédiatement dans la cage aux lions.

— Eh bien, commenta Paul. Quelle existence mouvementée, mon vieux ! Ce n'est pas de tout repos de diriger deux boîtes à la fois.

Comme Max ne lui rendait pas son sourire, Paul reprit son sérieux.

— Que se passe-t-il, au fait ? C'est grave ?

Max soupira. Il avait déjà suffisamment d'ennuis comme ça avec ce fichu chantier. Pourquoi fallait-il que cette fille débarque justement maintenant ?

— C'est ma nouvelle associée, à la Rosée. Elle s'est apparemment mis en tête d'apporter quelques transformations personnelles.

— Ta nouvelle associée ! Qu'est-ce que c'est que cette histoire ?

Max suspendit son casque de chantier à une patère.

— Mes parents n'étaient pas seuls propriétaires de l'hôtel. Ils n'en possédaient que la moitié. L'autre appartenait à une dénommée Kate Fortune qui est morte, il y a quelques mois. Or l'appel de June concerne « l'héritière » de cette femme qui, apparemment, nous tombe dessus à l'improviste. Elle pense que je ferais mieux de me rendre à la Rosée immédiatement.

— Immédiatement ? releva Paul. Voilà qui ne ressemble pas à June.

Max enfila son blouson en jean.

— Rassure-toi, June n'a pas changé. Elle se contentait de citer Kristina Fortune.

Paul fit la grimace.

— Bon, d'accord. Je vois le genre... Eh bien, je te souhaite bon courage, Max. Et je me félicite de ne pas être à ta place.

26

Paul lui tapota l'épaule et sortit de la cabane de chantier. Max lui emboîta le pas.

— Merci pour cet élan de solidarité, vieux camarade. On reconnaît les vrais amis dans les moments difficiles.

Il fit un signe d'adieu à son associé et prit le volant de sa voiture. Son humeur était des plus sombres. Toute plaisanterie mise à part, il avait le triste pressentiment que les ennuis ne faisaient que commencer...

2.

« Pas mal, pas mal du tout... », décida Kristina en découvrant l'hôtel. Même si l'Auberge de la Rosée n'avait pas de style bien défini, l'architecture était originale, avec un charme délicieusement suranné. Il était grand temps, en revanche, que quelqu'un prenne le taureau par les cornes et s'attelle à des rénovations conséquentes. L'entretien, de toute évidence, n'était pas le principal souci de l'équipe actuelle. Pour Kristina, la demeure évoquait une belle femme sur le retour qui aurait choisi de se laisser aller plutôt que de continuer à soigner son apparence.

Heureusement, rien n'était encore perdu. Il y avait moyen de remettre cette vieille dame à flot et de lui redonner une allure plus pimpante. Si elle parvenait à s'assurer la collaboration d'un entrepreneur compétent, l'Auberge de la Rosée — dûment rebaptisée — pouvait être transformée en un produit porteur... avant de devenir l'aînée de toute une ribambelle de frères et sœurs.

Bien que le projet pût paraître follement ambitieux, Kristina était d'ores et déjà persuadée qu'elle saurait le mener à bien. Elle était tellement emballée par ces perspectives à long terme qu'elle se voyait déjà à la tête d'une chaîne hôtelière couvrant tous les Etats-Unis d'est en ouest.

« Normal, non ? » songea-t-elle en s'élançant pour gravir les marches. On n'avait pas l'habitude de faire les choses à petite échelle, chez les Fortune. Et elle avait la passion des affaires dans le sang. Alors pourquoi se contenter d'un seul hôtel si elle pouvait en posséder dix, quinze ou vingt ? Il ne s'agirait pas d'une chaîne hôtelière banalement uniforme, bien sûr. Fuyant les produits standard, elle choisirait ses emplacements avec soin, parcourant le pays pour repérer des sites pittoresques. Ses hôtels se caractériseraient par leur originalité, leur charme et, naturellement, leur confort irréprochable. Quant à la clientèle, ce serait essentiellement des jeunes mariés en voyage de noces, des couples d'amoureux en quête d'un cadre à la fois majestueux et retiré. Kristina jubilait. L'Auberge de la Rosée serait son coup d'essai. Si elle parvenait à se faire connaître et apprécier ici, il ne lui resterait plus qu'à poursuivre sur sa lancée et à réinvestir dans de nouvelles acquisitions jusqu'à constituer, maillon après maillon, une chaîne qui s'appellerait : Les Refuges de l'Amour ? Les Relais Lune de Miel ? Son choix se porta sur le deuxième nom.

Portée par un élan d'enthousiasme, Kristina négociait la dernière marche du perron lorsque son talon aiguille se ficha dans une fente du bois. Elle rétablit son équilibre in extremis en se raccrochant à la rampe. Sourcils froncés, elle dégagea son escarpin prisonnier. Décidément ! Comment pouvait-on prétendre accueillir des hôtes payants dans des conditions aussi lamentables ?

Tout partait d'ailleurs à vau-l'eau, dans cet établissement, constata la jeune femme une heure plus tard, après avoir effectué une visite complète du rez-de-chaussée. La réceptionniste — une dénommée June — l'avait escortée pas à pas sans la lâcher d'une semelle. Kristina avait bien tenté de lui faire partager ses vues, mais il était clair qu'elle ne trouverait pas une alliée en la personne de June Cunningham. Loin de s'offusquer de l'état de délabrement généralisé dont souffrait la Rosée, cette femme n'avait cessé de s'extasier sur le charme nostalgique qu'elle prêtait à ces couloirs vétustes, ces balcons branlants et ces chambres au confort sommaire. Apparemment, pour ces gens, « charme » et « pittoresque » étaient plus ou moins synonymes de vétusté et de laisser-aller. Une confusion qui allait finir par les mettre sur la paille s'ils continuaient sur ce mode !

Enfin, elle était venue très précisément dans le but de mettre bon ordre à tout cela. Kristina avait repéré la configuration des lieux et commençait à avoir le plan d'ensemble en tête. Elle recula jusqu'à l'entrée de la pièce pour avoir une vue panoramique du salon et son regard tomba sur la cheminée en brique. Aucun feu n'y brûlait pour le moment, mais il lui suffisait de fermer les yeux pour imaginer ce qu'une bonne flambée pourrait apporter en termes d'image et de standing. Gé-nial. C'était exactement, le type d'ambiance qui conviendrait à un Relais Lune de Miel.

— Des cheminées, oui, murmura-t-elle. Ce sera bien plus romantique.

— Pardon ? s'enquit June en la fixant d'un air perplexe.

Kristina se tourna pour lui faire face.

— Je compte faire installer une cheminée dans chaque pièce, précisa-t-elle, les poings sur les hanches. Histoire de transformer cet hôtel en un endroit de rêve où les nouveaux mariés accourront en masse pour passer les débuts idylliques de leur existence commune.

La réceptionniste accueillit cette déclaration d'intention avec une expression de profond scepticisme. Mais Kristina avait mieux à faire que de s'occuper des états d'âme de cette employée. Examinant la pièce d'un œil critique, elle sortit un calepin de son sac afin de noter quelques premières observations. Pour commencer, la table basse ne convenait pas du tout, décida-t-elle en se promettant de la bazarder à la première occasion. Quant à cette espèce d'énorme canapé, il serait peut-être temps de...

— Il n'y a pas de place pour une cheminée dans les chambres, objecta June après un temps de silence.

La pauvreté de l'argument fit sourire Kristina.

— Pas pour le moment, non. Mais la répartition des surfaces n'est pas fixée une fois pour toutes, que je sache. Il suffira d'abattre quelques cloisons et le tour sera joué. De toute façon, il faudra bien prévoir de construire des salles de bains supplémentaires. Une par chambre, c'est le moins que l'on puisse proposer.

Kristina interrompit un instant ses calculs de surface pour fixer son attention sur la réceptionniste. June Cunningham était employée à la Rosée depuis plus de vingt ans, avait-elle appris avant même de quitter Minneapolis. Bien décidée à arriver sur les lieux avec le maximum de données en tête, elle avait pris des renseignements détaillés sur chacun des membres du personnel.

June, apparemment, devait régler les affaires courantes à la Rosée. Elle était sans doute habituée à avoir les coudées franches et se considérait plus ou moins comme la patronne. Inutile de préciser donc qu'elle se montrerait réfractaire à tout changement. C'était malheureux pour elle car, à son âge, elle aurait sans doute du mal à retrouver un emploi, mais il n'en faudrait pas moins se débarrasser de June au plus vite, conclut Kristina. De toute façon, elle avait prévu de s'entourer d'une nouvelle équipe, plus motivée et plus dynamique. Pour des amoureux en voyage de noces, un personnel jeune s'accorderait mieux avec la notion d'amour éternel.

Kristina faillit esquisser un pas de danse. Une foule de projets se dessinait déjà dans sa tête ; les idées affluaient à un rythme accéléré. Elle n'avait plus qu'une hâte : faire de la place, déblayer tout ce qui pouvait être déblayé, et se mettre au travail.

Et d'ailleurs, qu'attendait-elle pour commencer ?

— Il me faudrait un annuaire, annonça-t-elle à June. Les pages jaunes, s'il vous plaît.

— Un annuaire ?

La réceptionniste consulta nerveusement sa montre. Elle paraissait attendre quelqu'un ou quelque chose.

— Un annuaire, oui, confirma Kristina en articulant chaque syllabe avec soin. Pour téléphoner.

Avec un profond soupir, l'employée se pencha et se mit à farfouiller sous le comptoir. « Le moins que l'on puisse dire, c'est qu'elle n'y met aucune hâte », constata Kristina avec une pointe d'irritation. La lenteur presque caricaturale de la réceptionniste la confortait dans sa résolution : June Cunningham représentait un poids mort. Cette femme lui ferait perdre un temps fou si elle ne la licenciait pas au plus vite.

Rien d'étonnant, en tout cas, si l'Auberge de la Rosée battait de l'aile. Tout le personnel, visiblement, fonctionnait au ralenti. Le vieux jardinier qu'elle avait aperçu en arrivant somnolait sur sa bêche à l'ombre d'un genévrier. Et depuis une heure qu'elle tournait dans l'hôtel, elle n'avait pas croisé la femme de chambre une seule fois. Sans doute faisait-elle, elle aussi, la sieste ? Vu le taux d'occupation des chambres, cette fille devait être payée à ne rien faire, de toute façon.

June fit tomber lourdement l'annuaire sur le comptoir.

— Vous cherchez une compagnie de taxis, peut-être ? demanda-t-elle d'un air d'espoir.

Kristina lui adressa un sourire suave.

— Pas du tout, non.

« Inutile de rêver, ma pauvre amie, songea-t-elle. Tu ne te débarrasseras pas de moi de sitôt. »

Ce n'était pas la première fois que Kristina se heurtait à une attitude hostile de la part d'un employé. Mais elle avait cessé depuis longtemps de se mettre martel en tête sous prétexte qu'elle n'était ni comprise ni appréciée. Sa politique était d'ailleurs très claire : ne jamais s'inquiéter de l'impression qu'elle produisait sur autrui. Enfant, déjà, elle avait découvert que la grande majorité de ses contemporains était, de toute façon, envieux de sa richesse et de sa position sociale. La plupart la cataloguaient déjà comme une insupportable fille à papa avant même qu'elle ait ouvert la bouche. A force de se heurter à ces perpétuels préjugés, elle avait fini par renoncer définitivement à essayer de plaire à qui que ce soit. Prendre cette décision avait été un véritable soulagement pour Kristina. Quoi de plus agréable que de suivre son chemin sans se soucier des réactions que l'on suscitait ? Elle n'était d'ailleurs pas venue en Californie pour se faire des petits camarades. Mais pour réaliser un projet et se faire un nom — indépendamment de celui qu'elle portait déjà.

— Je cherche un entrepreneur, marmonna-t-elle, le nez plongé dans l'annuaire. Il aura largement de quoi s'occuper, vu l'état des lieux.

— Oh, mais il est inutile d'appeler un maçon ! protesta June d'une voix choquée. Pour les petites réparations, nous avons Antonio, notre homme à tout faire. Il est tout ce qu'il y a de plus polyvalent. Il se charge même du service lorsque nous avons besoin de renfort en salle.

« De mieux en mieux... », songea Kristina. Le dénommé Antonio devait sans doute déambuler entre les tables en bleu de travail et tournevis au poing. Un poème !

— Pour remettre la Rosée au goût du jour, il ne suffira pas de bricoler ici et là, rétorqua-t-elle sèchement. Ce sont des travaux d'envergure qu'il convient d'engager.

Comme June hochait la tête d'un air effaré, Kristina cocha un nom sur la liste des entrepreneurs locaux et regarda autour d'elle avec impatience.

— Où est le téléphone ?

La société Jessup & Co proposait d'effectuer « tous travaux à des tarifs défiant toute concurrence ». Elle ne perdait rien à se renseigner.

Après un temps de réflexion prolongé, June finit par se décider à ouvrir la bouche pour répondre. Mais Kristina avait déjà perdu patience.

— C'est bon, ne vous dérangez pas. Je vais me servir de mon portable.

Elle avait presque fini de composer le numéro

lorsqu'elle entendit June pousser un soupir de soulagement. Intriguée, Kristina vit la réceptionniste se précipiter au pas de course vers la porte d'entrée. Tiens, tiens ! Intéressant. Ainsi June-l'Escargot était capable de se remuer avec quelque célérité lorsque les circonstances lui étaient favorables ? Curieuse de découvrir la nature du stimulus qui avait tiré la réceptionniste de son état d'inertie avancé, Kristina tourna la tête et vit entrer un homme de haute taille, aux cheveux très bruns, bâti en force.

— Max, je te présente Kristina Fortune, annonça la réceptionniste qui semblait avoir retrouvé le sourire. Voici Max Cooper, mon employeur.

Kristina hocha la tête. Ainsi elle avait devant elle le second propriétaire : Maximilian Cooper en personne. D'un geste vif, elle coupa le téléphone. L'appel à l'entrepreneur pouvait attendre.

— Voilà donc le seigneur des lieux ! commenta-t-elle, tout en prenant la mesure de l'homme qui se trouvait devant elle.

Il était vraiment très grand, constata Kristina, avec une allure un peu cow-boy — jean délavé, assoupli par des années d'usage, épousant des cuisses à la musculature puissante. La chemise à carreaux sous son blouson en jean mettait le bleu de ses yeux en valeur.

Un bleu intense dans un regard intense — et indubitablement hostile, constata Kristina avec fatalisme.

Ses cheveux noirs dépassaient de sous son chapeau de cuir élimé et tombaient jusque sur son col de chemise. Le tout lui donnait une allure tout aussi négligée que l'hôtel dont il était censé superviser le fonctionnement.

Voilà qui expliquait bien des choses, songea Kristina en examinant Max Cooper d'un œil résolument critique. Vu son physique, il aurait fait des ravages parmi la plupart de ses amies célibataires. Mais, pour sa part, il la laissait de marbre.

Ni les yeux couleur de mer du Sud ni le corps de dieu grec ne la troublaient outre mesure. La seule chose qui, à la rigueur, aurait pu l'impressionner chez Max Cooper eût été son sens aigu des affaires. Mais s'il y avait une personne au monde qui était manifestement dépourvue de tout talent dans ce domaine, c'était bien le soi-disant « patron » de la Rosée...

Elle le toisait aussi froidement que si elle jaugeait une marchandise de qualité inférieure, constata Max avec irritation. Afin de ne pas être en reste, il prit le temps de la dévisager à son tour comme s'il avait devant lui un vulgaire produit de consommation courante.

Kristina Fortune. C'était donc elle sa nouvelle associée ! Manifestement elle avait de l'aplomb. Et du culot. Une vraie gosse de riche. Pour qui se prenait-elle donc ? Elle était arrivée comme la Mort avec son fléau et se préparait à tout faucher sur son passage, s'il fallait en croire les explications hâtives que June venait de lui glisser à l'oreille. Max eut une pensée pour Kate Fortune qu'il avait rencontrée à une seule occasion, bien des années plus tôt. Il avait toujours gardé en lui l'image de cette femme, telle qu'il l'avait vue ce jour-là. Assise sur la terrasse, avec le soleil couchant dessinant son profil altier, elle lui avait paru dotée d'une grâce souveraine. Bien qu'adolescent encore, il avait été frappé par sa classe, par une beauté en elle qui n'avait pas d'âge.

Mais si Kate avait eu du charme, de l'envergure et de la prestance, sa petite-fille, elle, était loin de produire une impression aussi favorable !

Max avait plutôt le sentiment de se trouver face à une enfant gâtée. Une très jolie enfant gâtée, au demeurant, avec des traits ravissants et des jambes superbes, mais une enfant gâtée quand même.

Autrement dit, cette fille n'avait strictement rien à faire à la Rosée.

Il suffisait de la voir agir pour comprendre qu'elle appartenait à cette catégorie de gens qui veulent tout, tout de suite, et sans rien partager avec quiconque. Le style « moi d'abord et les miettes pour les autres — s'il en reste ». Malheureusement pour cette jolie poupée blonde au sourire condescendant, elle n'était pas seul maître à bord. Propriétaire de cet hôtel, il l'était au même titre qu'elle. Et ce serait bien le diable s'il se laissait marcher sur les pieds !

Kristina s'avança et échangea une rapide poignée de main avec le nouveau venu.

— Ravie de vous connaître. Je suis la petite-fille de Kate. Enfin, l'une d'entre elles, tout du moins, rectifia-t-elle en songeant à sa demi-sœur et à ses cousines.

Kate les avait tous traités avec un amour égal, sans jamais favoriser ni les uns ni les autres. Mais elle, Kristina, serait la seule à faire croître et fructifier son héritage afin d'honorer la mémoire de Kate à sa façon.

« Et si je plaçais son portrait au-dessus de la cheminée ? » se demanda-t-elle, soudain.

Excellente idée, songea Kristina. Cela contribuerait à renforcer l'effet recherché. Elle savait déjà quel tableau elle choisirait. Il s'agissait d'une toile peinte à l'occasion de son trentième anniversaire et qui montrait Kate au sommet de sa beauté.

— J'ai l'impression que vous êtes à un millier de kilomètres d'ici, observa le dénommé Max avec une impatience légèrement railleuse.

Kristina tressaillit, embarrassée d'avoir été surprise à rêver.

— Excusez-moi. J'étais en train de réfléchir à ce que j'allais mettre au-dessus de la cheminée, expliqua-t-elle poliment.

L'homme en face d'elle lui jeta un regard noir.

— Vous avez quelque chose contre la tapisserie qui s'y trouve déjà ? Elle a été tissée par ma mère adoptive qui a un quart de sang Cherokee dans les veines. Elle raconte l'histoire de son peuple.

Ainsi, lui aussi freinait des quatre fers dès qu'il était question de changement, constata Kristina en refrénant un soupir. Elle aurait dû s'en douter...

— La tapisserie a son charme, concéda-t-elle. Mais elle ne correspond pas au thème que je me suis fixé.

— Un thème ? Quel thème ? protesta Max d'un air ulcéré.

— C'est une idée tout à fait novatrice qui m'est venue. Je vais rebaptiser l'hôtel pour en faire un Relais Lune de Miel.

Elle guetta l'expression de son interlocuteur pour voir si le nom lui plaisait. Bien entendu, il n'en fut rien. Kristina soupira. Etant donné qu'il était le second propriétaire, elle pouvait difficilement faire l'économie d'une discussion. Dieu sait pourtant qu'elle préférait agir seule, et se fier à son instinct, plutôt qu'avoir à expliquer le pourquoi du comment. Avec Frank, elle n'avait jamais eu le moindre problème : totalement réceptif à ses méthodes, il s'était toujours montré très coulant. Mais la collaboration avec le dénommé Max Cooper promettait d'être nettement moins confortable.

— Désolée. Vous devez penser que je vais un peu vite en besogne.

Max et June échangèrent un regard qui semblait signifier qu'elle venait de prononcer l'euphémisme du siècle.

— Que signifie cette histoire de « thème » ? demanda Max d'un ton glacial en glissant les pouces dans la ceinture de son jean.

— Vous ne nierez pas, je suppose, que cet hôtel a besoin d'une sérieuse reprise en main, argumenta-t-elle, convaincue qu'il ne pouvait que lui donner raison sur ce point.

Il croisa les bras sur son torse incontestablement puissant.

— Cet hôtel est très bien tel qu'il est.

— Pardon ? Vous ne devez pas faire vos comptes très souvent pour affirmer une chose pareille.

Max semblait ronger son frein.

— La Rosée tourne depuis des années sans poser le moindre problème. June s'occupe de tout ici. Je viens simplement m'assurer que tout marche bien, de temps en temps.

De temps en temps, oui. Sans doute une fois par année bissextile, supputa Kristina.

— Cet hôtel souffre d'un laxisme dans sa gestion, rétorqua-t-elle sans ciller.

Cette fois, elle avait été trop loin, à en juger par l'expression furieuse de Max.

— De quel droit, au juste, déboulez-vous ici sans crier gare pour...

Ouïe, ouïe. Il s'agissait de l'arrêter avant qu'il ne se lance dans une diatribe prolongée, comprit Kristina qui avait déjà eu l'occasion d'essuyer quelques tempêtes de ce genre au cours de sa brève carrière.

— Je n'ai pas *déboulé* à la Rosée. En revanche, j'ai bien failli entrer ici la tête la première, vu que mon talon s'est coincé intempestivement dans une marche fendue du perron !

— Comme c'est regrettable ! commenta Max d'un ton suave.

La seule chose qu'il avait l'air de regretter, c'est qu'elle ne se fût pas cassé une jambe et une hanche avec, de préférence ! Ignorant sa repartie sarcastique, elle poursuivit sèchement :

— D'autre part, j'ai déjà passé une heure complète à visiter les lieux.

Une heure pour juger de l'œuvre que son père et sa mère adoptifs avaient mis une vie entière à construire, songea Max avec une ironie amère.

— Ah oui ? Et depuis, vous considérez que vous avez fait le tour du problème ? Vous avez tout vu, tout compris, tout jugé ?

Kristina le toisa d'un air de commisération profonde. Max prit stoïquement sur lui-même pour garder son calme. De toute évidence, elle le prenait pour un sous-développé mental, en plus !

— J'avais déjà tout compris avant d'arriver ici, figurez-vous.

Décidément, elle était pire que tout ce qu'on pouvait imaginer.

— L'hôtellerie constitue votre spécialité ?

La jeune femme haussa les épaules.

— Pas spécialement. Mais je sais calculer une marge de profit. Et je sais vendre.

— Intéressant. Et qu'êtes-vous venue vendre ici, au juste ? demanda-t-il en l'enveloppant d'un regard insinuant.

Le sous-entendu insultant lui aurait sans doute valu une gifle si Kristina avait eu du temps à perdre. Mais entrer dans un conflit ouvert avec ce Monsieur muscles à la cervelle creuse n'eût servi pour l'heure qu'à gaspiller une énergie précieuse.

— Je travaille dans la publicité. C'est ma spécialité. Vous avez dû voir la campagne de Péché Mignon, je suppose ? Eh bien, c'est moi qui l'ai conçue.

— Péché Mignon ? Jamais entendu parler, répliqua Max, sarcastique. Il s'agit d'une nouvelle marque de croquettes pour chiens ?

Kristina le toisa avec indifférence. S'il croyait pouvoir la vexer, il se trompait.

— Péché Mignon est le parfum qui s'est le plus vendu au cours des quatre derniers mois. Désolée pour vous si vous êtes passé à côté. Mais nous n'avons pas encore trouvé de méthode publicitaire efficace pour toucher les gens en état d'hibernation.

— Parce que vous insinuez que je passe mon temps à dormir, peut-être ?

— Je ne sais à quoi vous passez votre temps, et ce n'est pas mon problème. Tout ce que je constate, c'est que, premièrement, cet hôtel n'est pas entretenu. Deuxièmement, seule une infime proportion des chambres est

40

occupée. Et troisièmement, vos comptes sont dans le rouge.

— Au cas où vous ne l'auriez pas remarqué, nous sommes en hiver : la période creuse, par excellence.

Il adressa un petit clin d'œil rassurant à June qui s'était retranchée derrière son comptoir et les regardait croiser le fer d'un air consterné.

— En Californie du Sud, il n'y a pas de morte saison qui tienne, rétorqua sèchement Kristina. Compte tenu du climat, l'hôtel devrait tourner à plein toute l'année.

— Vous êtes formidable, vous, s'esclaffa Max. Vous arrivez ici comme une fleur, vous claquez des doigts, et il n'y a plus de basse saison. Simple comme bonjour.

Kristina soupira. Elle avait pourtant l'impression de faire de louables efforts pour rester conciliante, mais ce type-là ne lui facilitait pas la tâche.

— Si vous avez l'intention de me contredire à chaque phrase, Cooper, nous n'irons pas loin, vous et moi.

Max leva les yeux au ciel comme s'il s'armait stoïquement de patience.

— Qui vous dit que j'ai l'intention « d'aller » où que ce soit avec vous, mademoiselle Fortune ? La Rosée me convient parfaitement telle qu'elle est. Et basta !

Effleurant le dossier du canapé en cretonne, Kristina se demanda distraitement quand il avait été nettoyé pour la dernière fois.

— N'oubliez pas que nous sommes propriétaires à parts égales, Cooper.

Max lui prit la main et la retira délibérément du canapé.

— Exact. C'est pourquoi il vous est impossible d'entreprendre quoi que ce soit sans mon accord.

Le mot impossible n'avait jamais figuré dans le vocabulaire de Kristina. Elle soupira avec impatience.

— O.K. Vous avez raison. Nous ne parviendrons sans doute jamais à collaborer en bonne intelligence, vous et moi. Alors vendez-moi votre part et l'affaire sera réglée.

Max réprima un sourire. La vie était bizarrement faite. Depuis que ses parents adoptifs lui avaient fait don de la Rosée, il ne rêvait que d'une chose : s'en débarrasser pour pouvoir se consacrer entièrement à sa propre entreprise. Mais à présent que l'occasion idéale se présentait, il se sentait prêt à se battre jusqu'à son dernier souffle pour défendre son hôtel !

Et cela pour une simple question de principe, en réalité. Vendre à Kristina Fortune équivalait à baisser les bras, à renoncer à tout ce que la Rosée avait toujours représenté. Car il ne se faisait aucune illusion sur les qualités humaines de cette jolie demoiselle en tailleur haute couture et au sourire ripoliné. Dès l'instant où elle aurait les mains libres, il ne lui faudrait pas dix minutes pour distribuer des lettres de licenciement à l'ensemble du personnel.

Elle embaucherait ensuite des gens à son image : physique impeccable, sourire artificiel et ambition démesurée. Tout ce que, lui, Max, avait toujours détesté. Sans compter qu'il se sentait des obligations envers l'équipe actuelle. Tous ceux qui travaillaient à la Rosée aujourd'hui tenaient à garder leur place. Or les Kristina Fortune de ce monde étaient incapables de comprendre ce que représentaient des valeurs telles que la loyauté, la solidarité, l'engagement réciproque.

— Je regrette, Kristina, mais je ne vous céderai pas ma part.

Elle parut tomber des nues.

— Avouez que c'est ridicule ! Si encore vous en faisiez quelque chose, de cet hôtel ! Mais puisqu'il ne vous rapporte pratiquement rien, à quoi bon vous encombrer ?

Sa réaction ne surprit pas Max outre mesure. Pour Kristina, seul comptait ce qui « rapporte ». Il ne connaissait malheureusement que trop bien ce type de femmes. Alexia avait été un modèle en la matière. Avec elle, il avait appris quelques leçons qu'il n'oublierait pas de sitôt...

Il serra les lèvres.

— Qu'est-ce qui vous fait penser que cet hôtel ne me rapporte rien?

L'odieuse Kristina lui jeta un regard presque apitoyé.

— N'importe quelle personne pourvue d'un minimum d'intelligence comprendrait que...

Dieu sait ce qu'il aurait fait si June ne s'était pas jetée dans le ring in extremis. Il l'aurait étranglée, sans doute. Ou giflée. Ou bien il aurait secoué cette petite cruche par les épaules jusqu'à ce qu'elle demande grâce.

June, quoi qu'il en soit, avait eu la présence d'esprit d'intervenir à temps. Et c'était sans doute une bonne chose, reconnut Max à contrecœur.

— Dites-moi, mademoiselle Fortune, si j'appelais Sydney pour qu'elle vous montre votre chambre? Vous devez être fatiguée, après ce long voyage. Ce n'est pas la porte à côté, Minneapolis.

Kristina parut sur le point de protester, mais June ne lui laissa pas le temps de placer un mot.

— Sydney! appela-t-elle d'une voix chantante tout en continuant à sourire d'un air affable. Vous pouvez venir une seconde, mon petit?

Bien que la manœuvre de la réceptionniste fût transparente, Kristina décida de la laisser faire — pour le moment. Elle n'était pas fatiguée le moins du monde mais une pause stratégique l'aiderait à prendre du recul. Et à se calmer, surtout. Car au train où Max et elle étaient partis, la conversation finirait nécessairement en pugilat. Or à quoi bon s'époumoner pour essayer de faire entendre raison à ce cow-boy? Le pauvre Max ne faisait manifestement pas partie de la fine fleur de l'intelligentsia californienne. Ce qui ne devait pas le gêner outre mesure, d'ailleurs. Son physique avantageux lui servait sans doute de sauf-conduit dans la vie. Mais elle n'appartenait pas à cette catégorie de femmes que la vue d'une belle anatomie suffisait à faire fondre. Max était agréable à regarder, d'accord. Avec une beauté sauvage d'Indien susceptible de faire tourner bien des têtes. Mais pas la sienne. Elle avait toujours préféré pour sa part les esprits bien affûtés aux pectoraux sur-développés.

Tout ce que lui inspirait le beau Max Cooper, c'était une violente envie de le secouer par les épaules pour le tirer de son état d'hébétude bornée. C'était bien la première fois que quelqu'un lui faisait perdre patience aussi vite.

— O.K, acquiesça-t-elle sans même honorer June d'un regard. Je vais monter me rafraîchir un peu. Le temps de déballer quelques affaires et nous pourrons nous mettre au travail sérieusement. J'ai apporté des notes, des propositions, des croquis. Je souhaiterais que nous y jetions un coup d'œil ensemble.

— Ça promet, marmonna Max.

Kristina résista à la tentation de riposter vertement. Elle avait tout intérêt à rester sereine, au contraire. Max Cooper semblait décidé à lui mettre des bâtons dans les roues, ce qui — il fallait bien le reconnaître — ne lui faciliterait pas la tâche. Mais ce n'était pas une raison pour baisser les bras. Rien n'est impossible pour qui a du talent, de la détermination et de la volonté. Or elle en avait à revendre.

Une jeune femme sortit alors de la cuisine au fond du couloir et s'avança dans leur direction. La dénommée Sydney, sans doute? supputa Kristina. Eh bien, elle avait mis le temps! Rien d'étonnant, du reste. La femme de chambre avait beau être jeune, contrairement à June, elle se mouvait avec la même indolence que le reste du personnel de la Rosée. A croire que la lenteur, ici, avait été promue au rang de vertu cardinale.

Et si Frank avait raison, tout compte fait? se demanda-t-elle. Le rythme alangui de la vie en Californie du Sud n'était peut-être pas fait pour elle?

Et puis après? se raisonna-t-elle. Elle n'était pas venue ici pour s'établir définitivement. Juste pour faire bouger les choses avant de repartir vers de nouveaux horizons.

June présenta les deux jeunes femmes l'une à l'autre avec sa gentillesse coutumière.

— Sydney, voici Kristina Fortune, la petite-fille de Kate Fortune. Sydney Burnham est notre benjamine.

Sydney travaillait avec eux depuis deux ans seulement. Elle était venue d'abord pour les quelques mois d'été, alors qu'elle poursuivait encore ses études. Mais finalement, la jeune femme avait renoncé à ses ambitions professionnelles pour se joindre définitivement à l'équipe de la Rosée. Elle préférait l'ambiance paisible et fraternelle qui régnait ici, à La Jolla, à l'existence perpétuellement stressée que menaient les agents de change.

Sydney se pencha pour prendre une valise dans chaque main.

— Bienvenue à la Rosée, Kristina, dit-elle gentiment.

— Appelez-moi mademoiselle Fortune, voulez-vous ? rétorqua la petite-fille de Kate de son air hautain.

Max et June échangèrent un regard consterné. Lorsque les deux jeunes femmes eurent disparu en haut de l'escalier, la réceptionniste siffla doucement entre ses dents.

— Eh bien ! Nous voilà dans de beaux draps.

— Je ne te le fais pas dire, acquiesça Max. Elle est gâtée, égocentrique et têtue comme une mule.

June se mit à rire.

— Et encore ! Je crois plutôt que tu viens d'énumérer ses trois principales qualités. Pour ce qui est de ses défauts, mieux vaut ne pas trop y penser. Mais tu trouveras une solution, Max. J'ai confiance en toi.

Max eut une pensée pour son père adoptif. John avait toujours eu un talent extraordinaire pour régler les conflits. Un talent qui, hélas, n'était pas donné à tout le monde. Pour sa part, il n'avait pas l'impression que la diplomatie ait jamais été son fort !

— Je ne suis pas John Murphy, June, observa-t-il avec un soupir.

June avait toujours apprécié la modestie de Max. Dieu sait pourtant qu'avec un physique tel que le sien, la plupart des hommes seraient devenus intolérablement vaniteux et imbus d'eux-mêmes.

— Tu n'es peut-être pas John Murphy, mais il t'a beaucoup appris. Je suis persuadée que tu finiras par découvrir un moyen de la raisonner et de la détourner de ses projets grandioses.

Max avait ses doutes sur la question.

— J'ai parfois l'impression que tu me prêtes des qualités dont je suis totalement dépourvu, June.

— Et moi, je me dis souvent que tu te sous-estimes. Mais une chose est certaine, en tout cas : il va falloir essayer de tempérer un peu sa folie des grandeurs. Car j'ai le sombre pressentiment que si nous la laissons agir à sa guise, elle nous aura tous mis au chômage avant la fin du mois.

En cela, June n'avait malheureusement pas tort. Max fronça les sourcils et hocha la tête. Il ne voulait pas affoler la réceptionniste mais rien ne servait de se voiler la face.

— Exact. Il est clair qu'elle compte faire place nette et virer tout ce qui lui tombe sous la main, acquiesça-t-il sombrement. Toi, moi, le reste du personnel et les meubles avec. Sans parler des cloisons...

Il devait pourtant bien exister un moyen de lui faire entendre raison, bon sang ! Mais pour cela, il fallait commencer par trouver un langage commun. Ce qui était loin d'être évident ! Car il aurait assurément eu moins de mal à communiquer avec une extraterrestre verte à pois jaunes tombée d'une autre galaxie qu'avec la dénommée Kristina Fortune, de Minneapolis-City !

3.

Roulée en boule sur son lit à deux places, Kristina pianotait sur son téléphone portable, tout en « relookant » mentalement sa chambre à coups d'élégants rideaux de chintz, de lampes tempêtes en cuivre et de baldaquins. Juste sous ses fenêtres, l'océan Pacifique s'acharnait sur le rivage, montant à l'assaut de la plage avec une fureur qui semblait s'accentuer d'heure en heure. Les grands arbres qui bordaient le carré de verdure derrière l'hôtel agitaient en tous sens leurs hautes têtes chenues. C'était une véritable tempête qui se préparait au loin, sur l'horizon gris ardoise, précédée par de gros nuages avant-coureurs qui filaient ventre à terre au-dessus des eaux tumultueuses.

Décidément, le cadre était i-dé-al, songea Kristina, enchantée. Il correspondait point pour point à l'idée qu'elle se faisait d'un Relais Lune de Miel. Un tel concept ne souffrait pas la médiocrité, et la réputation de cette chaîne d'hôtels s'appuierait sur le côté exceptionnel de leurs sites. En partie du moins. Car il existait d'autres critères — plus classiques — de confort et d'élégance, auxquels la Rosée dans son état actuel était encore loin de satisfaire.

Ce serait à elle de s'occuper des rénovations puisque Cooper ne s'intéressait pas à ses idées. Pis que cela, même, il semblait fermement décidé à contrecarrer toutes ses initiatives. Mais elle trouverait bien un moyen de contourner l'obstacle. Ni les ressources ni l'imagination ne lui faisaient défaut.

Le son de la voix de sa tante détourna momentanément Kristina de ses projets de réfection. Son premier réflexe en arrivant dans sa chambre avait été d'appeler Rebecca. La plus jeune sœur de son père était sa tante préférée, celle dont la personnalité se rapprochait le plus de celle de sa grand-mère. Rebecca et elle avaient moins de dix ans d'écart et Kristina l'avait toujours considérée comme une cousine ou une grande sœur plus que comme une personne de la génération de ses parents.

— Si tu voyais cet hôtel, Rebecca ! Je suis sûre que tu tomberais amoureuse du cadre. Mais j'ai du pain sur la planche pour tout remettre en état. Le bâtiment a du charme, mais j'ai l'impression que rien n'a bougé depuis le début du siècle dernier.

— Tu veux dire que c'est le genre sombre, enfumé, avec une tête d'élan empaillée au-dessus de la cheminée ?

Kristina sourit.

— Pas tout à fait. Mais presque !

— Mmm. Une vieille maison délabrée, tenue par des individus un peu bizarres qui ne se soucient pas de leur chiffre d'affaires. Mais c'est le rêve ! s'écria Rebecca.

Cette fois, Kristina éclata franchement de rire.

— Le rêve pour l'auteur de roman à suspense que tu es. Mais un cauchemar pour tout client ordinaire soucieux de son confort.

— Tu as sans doute raison, admit Rebecca avec bonne humeur. J'ai une vision un peu déformée de la réalité, je l'avoue.

— Tu as toujours été amateur d'ambiances un peu bizarres, déclara Kristina, magnanime. « Chacun voit midi à sa porte », comme disait toujours Kate.

Sa tante soupira à l'autre bout du fil.

— C'est vrai. Je ne sais pas si c'est une déformation professionnelle, là aussi, mais j'ai toujours autant de mal à croire que maman est morte dans un banal accident d'avion.

Kristina se mordilla la lèvre. C'était devenu plus ou moins une idée fixe chez Rebecca. Depuis que l'avion de Kate s'était écrasé en plein cœur de la forêt amazonienne, sa tante n'avait cessé de mener campagne auprès du reste de la famille pour mobiliser sœur, frères, neveux et nièces et les rallier à sa cause. Rebecca avait, en effet, l'« intime conviction » que Kate n'avait pas perdu la vie de façon accidentelle mais qu'elle avait disparu dans des conditions qui restaient à élucider. Kristina ne demandait qu'à partager son avis, mais elle avait lu, hélas, les rapports des experts. Et elle était parvenue à la conclusion que les fameuses « intuitions » de Rebecca n'étaient ni plus ni moins qu'un déni de la réalité. La mort de Kate avait été tellement inattendue et brutale que personne dans la famille n'avait pu se résoudre à l'accepter. Tôt ou tard pourtant, il faudrait que les Fortune se fassent une raison. Certes, les restes humains carbonisés que l'on avait trouvés sur les lieux de l'accident n'avaient pu être formellement identifiés. Mais on savait par son mécanicien que Kate avait décollé seule aux commandes de son avion. Etant donné que sa grand-mère ne transportait aucun passager, Kristina ne voyait guère à qui d'autre ces restes calcinés auraient pu appartenir. Et même si on postulait que Kate, par miracle, avait survécu à l'accident, elle aurait eu amplement le temps de se manifester en l'espace de deux ans. Non, toute cette histoire, malheureusement, ne tenait pas debout.

— Rebecca ..., murmura Kristina avec émotion. Tu ne crois pas que...

— Oui, je sais. Tu vas me dire que je devrais m'incliner devant l'inacceptable et me résigner à tourner la page. Mais c'est plus fort que moi. Je ne pourrai pas passer à autre chose tant que je n'aurai pas la preuve formelle que c'est effectivement la dépouille de ma mère qu'on a retrouvée dans la carcasse de l'avion. Pour l'instant, j'ai l'impression que nous sommes encore au beau milieu d'un récit inachevé dont le dénouement pourrait nous réserver quelques surprises.

Kristina savait qu'elle perdrait son temps à essayer de la raisonner. Rebecca était tout aussi obstinée à sa manière que Kate l'avait été. Et comme elle avait hérité elle-même de ce trait de caractère, elle ne pouvait décemment reprocher à sa tante de ne pas vouloir démordre de son idée fixe !

— Et ce détective que papa et toi avez embauché ? Il a trouvé des éléments nouveaux ?

— Gabriel Devereax fait ce qu'il peut. Mais, apparemment, son enquête piétine. Et naturellement, il donne la priorité à Jake en ce moment, ce en quoi je l'encourage vivement. Le plus important, dans l'immédiat, est de prouver l'innocence de mon frère. Il est évident que Jake n'aurait jamais assassiné Monica Malone et il s'agit de le tirer de ce mauvais pas au plus vite. Une fois Jake innocenté, Gabriel Devereax pourra se consacrer de nouveau à maman et tenter de tirer les choses au clair. Mais bon. Je ne veux pas gâcher ton plaisir avec ces sombres histoires. Parle-moi plutôt de cet hôtel rustique dont tu as hérité, Kris. Je ne me souviens pas que maman m'ait jamais raconté grand-chose sur cette auberge.

Le regard de Kristina s'attarda sur le quilt qui recouvrait son lit. En soi, il s'agissait assurément d'une très belle pièce, mais comme tout le reste, dans cet hôtel, le couvre-lit fait main avait souffert du passage des années.

— Ça ne m'étonne pas que grand-maman ait gardé le silence sur cet investissement, commenta-t-elle avec bonne humeur. Lorsqu'on s'appelle Kate Fortune et qu'on passe pour être une des femmes d'affaires les plus avisées du pays, se vante-t-on d'être la demi-propriétaire d'un établissement plutôt somnolent, dont personne n'a jamais entendu parler ?

— Somnolent, il ne va pas le rester longtemps, cet hôtel, si tu as décidé de t'atteler au problème, observa Rebecca d'un ton confiant.

Kristina se redressa sur le lit, adoptant d'instinct une attitude plus combative.

— J'ai en effet la ferme intention de prendre le taureau par les cornes. En espérant que Max le Cow-boy ne me descendra pas traîtreusement d'un coup de carabine tiré dans le dos.

— Max le Cow-Boy ? C'est qui celui-là ?

— L'autre propriétaire, précisa Kristina d'un ton lugubre. Et on ne peut pas dire qu'il m'ait accueillie à bras ouverts.

— Mais je croyais que l'Auberge de la Rosée appartenait à un couple âgé, les Murphy !

— Dans le temps, oui. Mais ils ont pris leur retraite en laissant la direction de l'hôtel à leur fils adoptif. Ce qui n'a pas été une décision très judicieuse de leur part, si tu veux mon avis.

Un court silence se fit à l'autre bout du fil.

— Entre ce Max et toi, ça n'a pas l'air d'être l'entente cordiale, si ?

— C'est le moins que l'on puisse dire. Nous nous sommes vus à peine quelques minutes et ça a été la guerre ouverte d'emblée. Nous avions l'air de deux chiens errants prêts à s'entretuer pour un bout de steak.

Une certaine préoccupation transparut dans la voix de Rebecca.

— Fais attention à toi, Kristina. Je n'aime pas trop te savoir seule au fin fond de la Californie, entourée d'inconnus hostiles...

— Oh, ne t'inquiète pas pour ça. J'ai de l'agressivité à revendre. Et je n'ai pas peur des cow-boys d'opérette avec des sourires étincelants et de la marmelade en guise de cerveau.

A peine avait-elle fini sa phrase qu'on frappa deux coups brefs à la porte. De surprise, Kristina lâcha le téléphone. L'isolation phonique étant à la mesure du reste, sa voix devait porter jusque dans le couloir. Et s'il s'agissait de l'ami Max, il pourrait ne pas apprécier le tableau qu'elle venait de brosser de lui...

— Oups! Désolée. Il faut que je te laisse, Rebecca. J'ai de la visite. Fais un gros bisou pour moi à tout le monde. Et tiens-moi au courant s'il y a du nouveau pour oncle Jake. Il n'est pas possible qu'on n'arrive pas d'une manière ou d'une autre à le disculper!

Innocent, Jake l'était forcément. Kristina savait que son oncle n'aurait jamais tué Monica Malone, aussi odieuse soit-elle. Jake Fortune avait toujours été un modèle de rigueur et d'honnêteté. C'était un homme réservé et austère, solide comme un roc, avec un sens très strict du devoir. Pas du tout le genre d'individu à perdre la tête et à se jeter sur une femme sans défense pour l'achever à coups de couteau.

— Entendu, Kris. Je te préviendrai s'il y a du nouveau. Mais ne t'étonne pas trop si je ne donne pas de nouvelles pendant un certain temps. Nous allons tout mettre en œuvre pour essayer d'innocenter Jake. Et je sens que je ne vais pas avoir une minute jusqu'au procès.

La personne qui se tenait dans le couloir frappa une seconde fois à sa porte. Irritée, Kristina tira la langue en direction du battant clos.

— La date du procès a été fixée? demanda-t-elle, décidée à ne pas se laisser bousculer par ces rustres.

— Pour début mars, oui.

Kristina se mordilla la lèvre. Cela ne lui laisserait pas beaucoup de temps pour remettre la Rosée à flot. Tant pis, elle travaillerait à un rythme accéléré de façon à terminer au plus vite. Elle voulait être présente à Minneapolis pour soutenir son oncle Jake le moment venu. En des occasions telles que celles-ci, il importait que la famille se serre les coudes.

— O.K, je serai de retour d'ici là, promit-elle. Bon courage en attendant, Rebecca. On reprend contact dans quelques semaines, alors?

Toc toc.

Plus sonore et plus insistant, ce troisième coup trahissait une impatience grandissante. Cela ne pouvait être que cet abruti de Max qui cognait contre le battant avec ses grosses pattes calleuses. Dieu sait d'ailleurs comment il se débrouillait pour avoir des mains aussi rugueuses alors qu'il passait ses journées à ne rien faire !

Kristina raccrocha et prit le temps de rassembler ses notes, avant d'affronter celui qu'elle était bien obligée de considérer comme son associé.

— Entrez.

Dès que Max apparut dans la pièce, cependant, elle se sentit étrangement mal à l'aise. Comme si la présence de cet homme dans sa chambre à coucher avait modifié subtilement l'atmosphère. Première urgence : s'extirper de ce lit et vite, décida-t-elle en posant les pieds par terre. Debout, sans talons, elle lui arrivait tout juste à l'épaule. Ce qui ne contribuait guère à lui assurer l'avantage. Du bout de l'orteil, elle redressa ses escarpins et se hâta d'y glisser les pieds.

De quel droit venait-il la houspiller jusque dans sa chambre, au fait ? A sa connaissance, elle ne l'avait pas envoyé chercher. Que voulait-il donc ? Kristina tenta de lire la réponse sur son visage, mais se heurta à une expression indéchiffrable.

Le plus simple, assurément, était de lui poser la question.

— Alors ? Qu'est-ce qui vous amène ? Vous craigniez que je ne commence les travaux sans vous ?

Max glissa les pouces dans sa ceinture et lui jeta un regard étrangement placide. Serait-il par hasard revenu à de meilleurs sentiments ? se demanda Kristina, intriguée.

— La pensée m'a en effet traversé l'esprit que je risquais de vous trouver, marteau en main, en train de vous acharner sur une cloison, admit-il avec un vague sourire.

Elle salua sa plaisanterie d'un rapide sourire condescendant. L'ennui, c'est qu'elle ne savait pas vraiment sur quel pied danser avec cet individu. Max Cooper était un homme bizarrement impénétrable.

— Je ne sais toujours pas ce que vous êtes venu faire

ici, insista-t-elle, d'un ton plus sec qu'elle ne l'aurait souhaité.

Max hésita, comme s'il pesait ses mots.

— Il me semble que nous ne sommes peut-être pas partis d'un très bon pied, vous et moi...

Oh, oh! Serait-il venu présenter des excuses? Intéressant...

— Pas d'un très bon pied? C'est le moins que l'on puisse dire. Nous nous sommes littéralement volé dans les plumes.

Il fallait reconnaître que la victoire serait douce — très douce même — si le beau Max faisait amende honorable. Il lui adressa un sourire qui paraissait un rien forcé.

— Je suis monté vous inviter à dîner, Kristina.

Pour une volte-face, c'était une volte-face! songea-t-elle, estomaquée. Kristina lui jeta un regard méfiant.

— A dîner où? demanda-t-elle, sur ses gardes.

Un lent sourire incurva les lèvres sensuelles de Max.

— Inutile de me regarder de cet œil inquiet. Je pensais vous proposer de rester ici, tout simplement. Cela vous permettra de vous familiariser avec l'hôtel et avec tous ceux qui ont fait de la Rosée ce qu'elle est.

Ce qu'était la Rosée? Elle avait bien l'intention de lui en parler, justement!

— Bon, d'accord, déclara-t-elle. Je souhaitais tester la cuisine, de toute façon. Et comme vous et moi avons à parler affaires, nous ferons ainsi d'une pierre deux coups, ce qui représentera un gain de temps appréciable.

A sa grande surprise, Max se rapprocha d'elle. Kristina eut une impression bizarre comme si l'air dans la pièce se raréfiait.

— Parler affaires? répéta-t-il d'un air étonné. C'est si pressé que ça? Je pensais que nous pourrions commencer tout simplement par faire connaissance.

A ce moment précis, une détonation fit sursauter Kristina. Tournant la tête vers la fenêtre, elle vit un éclair zébrer le ciel, aussitôt suivi d'un second coup de tonnerre. Rassurée, elle fit volte-face et effleura Max au passage. L'éclair qui jaillit alors demeura invisible. Mais il la traversa telle une langue de feu...

Il lui fallut quelques secondes pour se ressaisir et reprendre le fil de leur discussion.

— Faire connaissance ? Pourquoi cela ?

Il parut surpris par sa question.

— Vous ne tenez pas à connaître les gens avec qui vous avez des relations de travail ?

Il avait une idée derrière la tête, elle le sentait. Ce qu'elle sentait aussi, c'était son eau de toilette : masculine, discrète et étonnamment grisante. Kristina se secoua mentalement pour chasser ces sensations troubles. C'était le moment ou jamais de garder la tête claire. Elle avait d'ailleurs horreur d'être distraite lorsqu'elle traitait de sujets importants.

— Les affaires sont les affaires, Cooper. Rien ne sert de tout mélanger.

— On ne peut pas dire que vous soyez très affable, Fortune.

David, lui, avait été affable, se remémora-t-elle. Affable et prévenant. Un concentré de charme, d'humour et de bonnes manières. Et elle était tombée dans le panneau avec une naïveté affligeante. Kristina frissonna. Max Cooper aurait-il décidé d'appliquer les mêmes méthodes de séduction que David ? Si c'était le cas, il se heurterait à forte partie. Avec les hommes, elle était désormais d'une vigilance sans faille.

Kristina eut un imperceptible mouvement de recul.

— J'ai horreur de perdre mon temps en bavardages stériles, rétorqua-t-elle sèchement. Si j'ai fait le voyage jusqu'ici, c'est avec des objectifs très précis en tête. Et je compte bien vous les soumettre dès ce soir.

Le « voyage jusqu'ici », Kristina Fortune avait certainement dû le faire, dans les airs, juchée sur un balai de sorcière ! songea Max en rongeant son frein. Suivant les conseils de June, il était venu frapper à sa porte avec la ferme intention d'enterrer la hache de guerre. « Avec un peu de douceur et de persuasion, tu peux tout obtenir », lui avait suggéré la réceptionniste. Lui-même avait espéré un instant que la jeune femme n'était pas aussi fermée à tout dialogue qu'elle le paraissait.

Max avait été sensible au plaidoyer de June, mais pour passer de la théorie à la pratique, il fallait une patience à toute épreuve. Cette fille avait le don de le mettre en rogne chaque fois qu'elle ouvrait la bouche. Et s'entendre qualifier de « cow-boy au sourire étincelant avec de la marmelade à la place du cerveau » n'avait pas contribué à améliorer son humeur.

Décidant néanmoins qu'aux grands maux il fallait appliquer les grands remèdes, il lui saisit le bras d'autorité et l'entraîna de force hors de la chambre.

— Hé ! protesta Kristina en tentant de se dégager.

Max raffermit sa prise sans tenir le moindre compte de son regard courroucé.

— Je pense qu'une fois que vous vous serez familiarisée avec le cadre et que vous connaîtrez mieux le personnel, vous...

Kristina secoua la tête avant même qu'il ait terminé sa phrase.

— Je suis convaincue que tous les gens que vous employez ici sont parfaitement adorables. Mais vous raisonnez comme s'il s'agissait d'un lieu de vie alors que vous vous trouvez sur un lieu de travail. Toute la nuance est là.

Max n'était pas venu la chercher dans le but de faire une scène. Il lâcha le bras de Kristina et laissa passer un couple âgé avant de répliquer d'un ton mesuré.

— Eh bien, vous vous trompez !

— C'est une manie chez vous, de me contredire, Cooper.

Reprenant son bras, il l'entraîna poliment mais fermement jusqu'au rez-de-chaussée.

— Je ne vous contredis pas pour le plaisir, mais pour rétablir la vérité : la Rosée est un lieu de vie. Tous ceux qui travaillent ici logent sur place. Cet hôtel est leur maison, tout comme elle a été la mienne durant une bonne partie de mon enfance.

— Oui, bon, d'accord ! concéda Kristina, avec un geste désinvolte de la main. Je me rends bien compte que pour le jeune garçon que vous étiez, cet endroit devait paraître extraordinaire mais, si vous voulez bien accepter d'ouvrir les yeux pour regarder la situation en adulte, vous conviendrez que le navire prend l'eau de toutes parts.

Une fois de plus, Max se contint et résista à la tentation de la gifler. Il n'était pas allé la chercher pour rouvrir le conflit mais pour tenter de la convaincre. Et, à défaut, pour trouver des solutions de compromis.

Il posa un doigt sur les lèvres de la jeune femme.

— Laissons ce débat de côté pour le moment, O.K ? Et commençons par passer à table. Nous pourrons toujours redéfinir nos positions respectives en dégustant un bon tournedos.

Il vit une lueur de triomphe scintiller dans les yeux de Kristina. Des yeux qui, au demeurant, auraient pu être magnifiques si seulement ils ne s'éclairaient pas exclusivement lorsqu'il était question de remplir un tiroir-caisse.

Un bon tournedos ? Rien que pour le plaisir de l'énerver, Kristina fut tentée de rétorquer qu'elle était strictement végétarienne — végétalienne, même, si cela pouvait exaspérer Max davantage. Il y avait un je-ne-sais-quoi chez cet homme qui éveillait son esprit de contradiction. Cela venait en grande partie de son attitude paternaliste, analysa-t-elle. Cette façon qu'il avait de la traiter, non pas comme la femme d'affaires qu'elle était, mais comme une gamine casse-pieds qui s'amuserait à jouer dans la cour des grands. Ou peut-être était-ce son physique trop avantageux qui lui portait sur le système. Max Cooper — à l'instar de David — faisait partie de ces hommes dont on avait du mal à détacher les yeux tant ils étaient séduisants.

Kristina jeta un rapide regard à son compagnon et fit un effort pour être impartiale. Autant le reconnaître : Max était même beaucoup plus beau que David. Mais ces considérations-là n'entraient pas en ligne de compte. Au contraire, le physique avantageux de cet homme servait surtout à affermir ses positions. Si Max avait l'intention de la manœuvrer en usant de son charme, il se heurterait à un mur d'indifférence. C'était au moins un service que lui avait rendu David : elle était devenue totalement insensible à la beauté masculine.

— Très bien. Va pour le tournedos, annonça-t-elle en plantant son regard dans le sien. A condition qu'il soit bien saignant.

Sa réponse arracha un sourire étonné à Max.

— Saignant ? Parfait. Nous avons au moins un goût en commun, semble-t-il.

Il avait un sourire terriblement sensuel, constata Kristina, inexplicablement troublée. Elle sentit ses lèvres frémir à l'endroit précis où il avait placé son doigt quelques instants plus tôt. Relevant la tête, elle rejeta résolument ses longs cheveux blonds en arrière.

— C'est bon signe ! Nous finirons par être d'accord, vous verrez ! déclara-t-elle en embrassant le rez-de-chaussée d'un geste large. Je trouverai bien le moyen de vous ouvrir les yeux et de vous rallier à mes positions.

Max ne répondit rien, mais il n'en pensait pas moins. Du coin de l'œil, il vit June qui les observait d'un air soucieux, comme une mère poule inquiète à l'idée que le loup ne dévore ses petits. Mais June pouvait dormir sur ses deux oreilles. Le chien de berger qu'il était veillait jalousement au grain.

58

Décochant au passage un sourire à la réceptionnaire, il s'effaça pour laisser entrer Kristina dans la salle à manger. C'était une pièce spacieuse et lumineuse. Le plancher de bois patiné fleurait bon l'encaustique et les larges fenêtres offraient une vue à couper le souffle sur l'océan.

Max jeta un coup d'œil à Kristina et eut l'agréable surprise de constater qu'elle paraissait sensible à la beauté du paysage.

— Vous aimez la vue ? Ou avez-vous également prévu d'apporter des améliorations sur ce plan ?

Comme si elle regrettait d'avoir laissé transparaître son émerveillement, Kristina se raidit.

— Nos clients profiteraient davantage de cette vue si les vitres étaient mieux faites, répondit-elle avec hauteur. La première chose qui m'a sauté aux yeux en arrivant ici, c'est qu'elles n'étaient pas impeccables.

Couperait-il l'appétit des autres dîneurs s'il l'étranglait sur place ? se demanda Max. Ou son acte salvateur serait-il salué, au contraire, par des applaudissements nourris ?

Il prit une profonde inspiration, se força à compter mentalement jusqu'à dix plutôt que de se jeter sur ce joli cou fragile, et sourit à Sydney qui venait s'enquérir de leur commande.

— Nous prendrons juste deux tournedos garnis, Syd. Bien saignants.

— Je vous sers quelque chose à boire ?

Max rêvait d'un double scotch qui noierait son exaspération dans le brouillard bienvenu d'un début d'ivresse. Mais la raison voulait qu'il reste sobre pour affronter l'ennemi la tête claire.

— Juste une carafe d'eau pour deux, Sydney.

Instantanément, Kristina se hérissa.

— Vous pourriez au moins me demander mon avis, Cooper.

Allons bon. Il avait encore trouvé le moyen d'offusquer la Princesse des Glaces...

— Je vous demande bien humblement pardon. Désolé de ne pas avoir respecté vos prérogatives. Allez-y. Commandez.

Elle desserra ses lèvres pincées, juste le temps de réclamer froidement un thé glacé.

— Glacé ? Tout à fait de circonstance, en effet, marmonna-t-il.

Les yeux de Kristina jetèrent des éclairs.

— Je vous demande pardon ?

Stoïque, Max se força à reprendre une attitude aimable.

— Je pensais au temps qu'il fait. Quoi de plus agréable qu'un thé glacé avec ce redoux ?

— Ce sera tout ? demanda Sydney.

Max hocha la tête.

— Pense simplement à demander à Sam de ne pas faire trop traîner la commande.

Le chef de la Rosée avait en effet pour habitude de ne pas activer le service. Convaincu que la précipitation était ennemie du plaisir, il estimait que ses dîneurs devaient avoir le temps de boire tranquillement leur apéritif en profitant de la vue. Mais Max ne survivrait pas à une demi-heure passée à siroter un verre d'eau tout en écoutant l'insupportable Kristina Fortune disserter sur les « fautes » de gestion de l'établissement.

Sydney lui adressa un léger sourire apitoyé.

— Pas de problème, Max. Je ferai passer le message.

Le sourire de la jeune serveuse se figea lorsqu'elle se tourna vers Kristina.

— Je vous souhaite un excellent appétit, mademoiselle Fortune.

Kristina hocha la tête d'un air d'indifférence et prit une tranche de pain dans la panière.

— Vous ne devriez pas la laisser se montrer aussi familière, vous savez.

Il lui adressa un sourire suave.

— Quelle coïncidence ! J'étais justement en train de me dire que vous aviez tort de vouloir absolument vous faire appeler « mademoiselle Fortune ».

Kristina parut interloquée par cette remarque.

— Ah bon ? Et pourquoi cela ?

La réponse coulait pourtant de source. Mais Kristina Fortune ne semblait pas douée de la même sensibilité que la moyenne de ses contemporains.

— Ça crée de la distance, expliqua-t-il patiemment.

Sourcils froncés, Kristina lui jeta un regard interrogateur.

— Et alors ? C'est une bonne chose, non ? Cela m'a toujours paru démagogique et hypocrite d'être à tu et à toi avec ses employés.

Max soupira. Si seulement il avait été libre de lui signifier en termes clairs ce qu'il pensait de ses théories ! Il aurait tout donné pour se lever de table, lui tourner le dos et oublier l'infernale Kristina Fortune pour toujours. Mais il devait se faire une raison. Elle était là de son plein droit et il se retrouvait avec Miss Teigne sur les bras. Pour le meilleur et pour le pire...

— Si vous travaillez en bonne intelligence avec vos employés, ils seront beaucoup plus motivés, argumenta-t-il calmement. Dans le cas contraire, ils auront l'impression que c'est juste un « boulot » dont ils ont à s'acquitter contre rémunération — rien de plus.

Kristina secoua la tête en levant les yeux au plafond.

— Votre raisonnement ne tient pas ! Pour commencer, c'est bel et bien un « boulot » qu'ils font, comme vous dites. Et leur motivation s'exprime en termes de salaire, de primes et éventuellement d'intéressement. Ça les pousse à être performants.

L'appétit radicalement coupé, Max reposa son morceau de pain sur la table. Il se pencha jusqu'à ce que son visage ne soit plus qu'à quelques centimètres de celui de Kristina.

— Performants, oui. Comme des otaries savantes faisant leur numéro de cirque. Vous avez vraiment l'art de vous rendre antipathique, Kristina. C'est un talent inné chez vous ?

Elle déplia posément sa serviette et la lissa sur ses genoux.

— Je constate que vous ne m'aimez pas beaucoup, Cooper. Mais c'est votre problème, O.K.? Pas le mien. Personnellement cela ne me dérange pas qu'il n'y ait pas d'affinités entre nous. Les affaires sont les affaires, et l'affectif n'a jamais été mon rayon. La seule chose qui compte pour moi c'est d'avancer.

— Avancer, vous dites? Cela me paraît compliqué. Au cas où vous ne l'auriez pas remarqué, nos objectifs sont radicalement opposés.

— Je ne vois pas pourquoi nous ne finirions pas par tomber d'accord, vous et moi, répliqua-t-elle avec un étonnement sincère. Dans la mesure où je vous soumets des propositions sensées, cohérentes, aisées à mettre en œuvre et qui feront monter votre revenu en flèche...

— Et tant pis pour le coût humain, du moment que ça rapporte, n'est-ce pas? compléta Max, partagé entre découragement et cynisme.

Kristina soupira avec une impatience manifeste.

— Mais enfin, il s'agit d'un hôtel, que je sache! Pas d'une entreprise de réinsertion! Si l'idée de réaliser un profit vous est à ce point insupportable, reconvertissez-vous dans l'humanitaire et laissez-moi diriger la Rosée comme je l'entends.

L'arrivée providentielle de Sydney le dispensa de lui répondre. La jeune serveuse posa deux assiettes garnies devant eux, gratifia Max d'un bref regard de compassion, et repartit en l'abandonnant à son sort.

Kristina examina le contenu de son assiette d'un œil critique.

— La viande est appétissante, mais les parts pourraient être plus petites et la présentation plus soignée, commenta-t-elle gravement. Les jeunes mariés en voyage de noces ont rarement beaucoup d'appétit, vous ne croyez pas? Ils seront sensibles à l'aspect esthétique plus qu'à la quantité.

Max grinça des dents.

— Mangez donc avant que votre tournedos ne refroidisse, Kris.

— Kris-ti-na, rectifia-t-elle en détachant les syllabes. J'ai horreur des surnoms.

— Mangez, Kristina, répéta-t-il docilement.

Satisfaite de le voir plier enfin devant sa volonté, elle s'accorda quelques secondes pour savourer cette victoire avant de repartir à la charge :

— Regardez donc autour de vous. L'hôtel a seize chambres et seules cinq d'entre elles sont occupées. Cela vous paraît normal ?

Max considéra sa viande d'un air de regret. Elle avait l'air délicieuse, mais il pressentait un repas irrémédiablement gâché.

— Alors qu'en appliquant vos propositions, nous ferions le plein, c'est ça ?

Les yeux de Kristina scintillèrent.

— Non seulement nous remplirions l'hôtel, mais nous aurions des réservations deux mois à l'avance !

Que savait-elle de l'hôtellerie pour être si sûre d'elle-même ? Il planta son regard dans le sien.

— Qu'est-ce qui me le prouve ?

Elle ne parut pas le moins du monde décontenancée par sa question.

— J'ai le sens des affaires, Cooper. C'est de famille.

Max n'en croyait pas ses oreilles. Qui avait eu la malencontreuse idée de lui mandater ce robot déguisé en jolie fille ?

— Parce que c'est tout ce que cet hôtel représente pour vous ? Un moyen de gagner de l'argent ? Rien de plus ?

Elle ouvrit de grands yeux sincèrement étonnés.

— Je ne comprends pas votre question. A quoi un hôtel pourrait-il servir, sinon à rapporter de l'argent ?

Patiemment, comme s'il s'adressait à une enfant attardée, Max réitéra ses explications.

— Comme je vous le disais tout à l'heure, la Rosée est également un lieu de vie pour...

— Ah non, Cooper, soyez gentil, voulez-vous, et ne recommencez pas à jouer les nobles cœurs. Vous croyez que je n'ai pas encore compris que tous ces bons sentiments vous servent d'excuse pour justifier votre incurie ? Mais je vous rassure tout de suite : vous pourrez continuer à lézarder au soleil autant que vous le souhaiterez. Je me chargerai de tout : vous n'aurez qu'à vous reposer sur moi. J'ai l'habitude de travailler en solo et ça me convient à merveille. Alors surtout, ne bougez pas de votre chaise longue et continuez à somnoler tout votre soûl. Je veillerai à ne pas faire trop de bruit pour ne pas perturber vos songes. Promis, juré, je ne vous tirerai de votre sommeil que pour vous glisser discrètement une enveloppe avec votre part de profit, précisa-t-elle d'un ton d'aimable mépris. Normalement, ça ne devrait pas trop vous fatiguer.

Cette fois, Max fut à deux doigts de l'étrangler pour de bon. Il avait suivi les conseils de June à la lettre et tenté l'impossible pour apprivoiser l'ennemi. Mais avec une fille comme celle-là, il n'y avait pas trente-six méthodes possibles : seul le conflit ouvert pouvait donner quelque résultat.

— C'est naturel chez vous, de vous promener dans la vie avec un portefeuille à la place du cœur ? Ou avez-vous suivi une formation intensive pour en arriver à ce stade de dessèchement avancé à un âge aussi tendre que le vôtre ?

Kristina releva la tête en sursaut. Ses grands yeux bleus s'écarquillèrent.

— Je refuse de dialoguer avec vous si vous poursuivez sur ce ton injurieux, protesta-t-elle, offusquée.

Elle était vraiment trop drôle, dans son genre, songea Max en se retenant de lui éclater de rire au nez.

— Dialoguer ? Vous appelez ça dialoguer, vous ? Dois-je vous rappeler que tout dialogue suppose un échange alors que vous êtes tellement centrée sur vous-même que vous ne savez que vous écouter parler !

Kristina se leva et reposa sa serviette sur la table.

— Vous direz de ma part au chef que j'ai beaucoup apprécié sa cuisine, mais que la compagnie laissait par trop à désirer.

Tous la suivirent des yeux tandis qu'elle quittait la salle à manger d'un pas digne, ses talons pointus claquant bruyamment sur le parquet. Sydney, qui avait assisté à la scène sans mot dire, s'approcha pour retirer l'assiette de la jeune femme.

— Tu as été héroïque, Max. A ta place, je l'aurais écharpée.

Il soupira.

— Ce n'est pas l'envie qui m'a manqué, mais l'écharper ne nous mènerait pas à grand-chose. Cette fille a un pouvoir de décision, et si nous ne trouvons pas un moyen de l'amadouer, elle va faire du grabuge, c'est certain.

« Adieu tournedos et petites mousses de légume », songea-t-il avec regret. Il ne lui restait qu'une chose à faire : tenter de retrouver Kristina et s'efforcer une fois de plus de lui faire entendre raison. Dire que, ce matin encore, il n'avait d'autres soucis que ceux — bien ordinaires — de l'avancée d'un chantier ! Il ne connaissait pas son bonheur. Car le client le plus capricieux ou le pire glissement de terrain n'étaient rien, comparés aux problèmes que lui posait cette pimbêche. Il avait, en effet, un gros problème d'incompatibilité avec les petites filles gâtées qui se prenaient pour de jeunes louves aux dents longues.

Alexia, elle aussi, avait ce genre de comportement et de valeurs, songea-t-il en traversant la salle à manger. Aussi n'avait-elle pas hésité une seconde à le plaquer lorsque ce cadre supérieur dévoré par l'ambition l'avait demandée en mariage. A y bien songer, ce type était d'ailleurs le pendant masculin exact d'une Kristina Fortune...

Lorsqu'il passa devant la réception, June ne fit aucun commentaire. Elle se contenta de désigner la porte d'un geste du menton.

Max sortit juste à temps pour voir Kristina se hâter, cheveux au vent, en direction de la plage. Parfait. Avec un peu de chance, une grosse vague l'emporterait et le problème serait réglé.

Mais, hélas! Il ne pouvait décemment se permettre d'abandonner cette jeune crétine à son sort. Jurant copieusement, il se lança à sa poursuite...

4

Bon sang, mais quelle enquiquineuse, cette fille ! songea Max, exaspéré. Si cette idiote trouvait le moyen de se noyer, il aurait toutes les peines du monde à prouver à la police qu'il n'était pour rien dans sa disparition. Et le clan Fortune ne manquerait pas de lui tomber dessus au grand complet. Il voyait d'ici le drame que provoquerait cette noyade.

— Hé ! lança-t-il en accélérant le pas. Attendez !

Mais elle poursuivait son chemin sans même se retourner.

Jurant de plus belle, Max se mit à courir. Il tenta de l'appeler une seconde fois mais le vent emporta ses paroles et les dispersa comme autant de feuilles mortes sous le ciel zébré d'éclairs. Comme s'il n'avait pas suffisamment de problèmes à régler comme ça ! pesta-t-il. Pourquoi la vie lui infligeait-elle encore ce fardeau supplémentaire ?

— Maintenant ça suffit ! s'exclama-t-il, excédé, en attrapant le bras de Kristina pour la faire pivoter vers lui.

La lune apparut alors dans une trouée entre les nuages et il vit distinctement son visage. Un visage sensuel et très attirant, au demeurant. Physiquement, elle aurait été son type, si elle avait été n'importe qui d'autre que Kristina Fortune...

— Vous ne savez donc pas qu'il est dangereux de

s'aventurer au bord de l'océan dans le noir lorsqu'on ne connaît pas la région? Une vague un peu plus forte que les autres pourrait vous emporter avant que vous ayez le temps de dire ouf.

— Je ne suis pas idiote, répliqua-t-elle avec hauteur. Et je ne me prends pas pour la douce Ophélie, rassurez-vous. Je sais ce que je fais.

« Moi aussi, je sais ce que je fais, songea Max avec fatalisme. Je perds un temps précieux à cause d'une fille qui vit dans l'illusion que l'univers a été créé pour sa satisfaction personnelle. »

L'ennui, c'est qu'au lieu de rester tranquillement chez elle à compter ses millions, Miss Calamité s'était mise en tête de venir chambouler la Rosée, de la cave au grenier, pour en faire un lieu aseptisé destiné à des snobs de son espèce! Cela étant, Max ne voyait qu'une raison susceptible de justifier cette fuite soudaine en pleine nuit sur la plage : sa remarque avait dû réveiller une ancienne blessure — d'amour-propre ou de Dieu sait quoi. Mais était-ce une raison suffisante pour se comporter comme une écervelée?

— Quel est votre problème, au juste, Kristina? Ce n'est tout de même pas ce que j'ai dit qui vous fait réagir! J'ai touché un point sensible, c'est ça? Un homme vous a larguée, ou quoi?

Elle tressaillit et il vit une lueur douloureuse traverser son regard.

— Pas du tout, pourquoi? protesta-t-elle avec vigueur. Et quand bien même cela serait, je m'en remettrais. J'ai d'autres sujets d'intérêt, voyez-vous!

Elle avait dû connaître un échec sentimental, conclut Max. Qu'elle ait subi une déconvenue amoureuse ne l'étonnait guère. Aucun homme normalement constitué ne supporterait une peste pareille plus de quinze jours d'affilée. Mais il avait d'autres chats à fouetter dans l'immédiat que de s'occuper des problèmes de cœur de la Princesse des Glaces.

— Bon, bon, calmez-vous, Kristina ! J'admets que votre énervement puisse avoir tout un tas d'autres causes.

Sa réaction conciliante parut prendre Kristina au dépourvu. Avec un léger soupir, elle passa la main dans ses cheveux décoiffés par le vent.

— Si vous voulez tout savoir, c'est bien à cause d'un homme que je suis énervée. Mais cet homme, c'est vous.

— Ah oui ? Vous m'en voyez très honoré.

Ses grands yeux bleus lancèrent des éclairs.

— Ne vous méprenez pas, surtout. J'avais simplement besoin de mettre un maximum de distance entre votre personne et la mienne, Cooper.

Bon. Apparemment, rien n'avait changé : elle cherchait la bagarre une fois de plus. Mais il en avait plus qu'assez de ces prises de bec continuelles. Résigné à tenter un ultime sacrifice, Max lui tendit la main.

— Et si nous concluions une trêve ?

Le regard rivé sur cette main tendue, Kristina l'examina avec attention. C'était une main forte ; une main sculptée par le travail. Peut-être avait-elle été injuste en le taxant de parasite, concéda-t-elle. Cette paume calleuse ne pouvait appartenir à un adepte exclusif de la chaise longue. Mais cela ne modifiait en rien les projets qu'elle avait pour l'auberge.

Croisant les bras sur la poitrine, elle soutint crânement son regard.

— Et si nous nous décidions enfin à parler sérieusement, plutôt ? rétorqua-t-elle en élevant la voix pour couvrir le fracas du ressac.

La main levée, elle entreprit de compter sur ses doigts.

— Voyons les faits : un, l'hôtel ne rapporte pas d'argent. Deux, il est idéalement situé. Trois, je dispose des fonds nécessaires pour le rénover. Quatre...

Elle se tut abruptement lorsque Max lui immobilisa la main.

— Quatre, je suis propriétaire à cinquante pour cent, reprit-elle, les mâchoires crispées, décidée à s'exprimer jusqu'au bout.

— Cinq, vous êtes une enquiquineuse de première classe, enchaîna-t-il en broyant ses doigts entre les siens.

Kristina dut serrer les dents pour réprimer un cri de douleur. Non seulement ce Cooper était une tête de mule, mais il avait des manières de primate !

— Avec les bénéfices que nous obtiendrons une fois que l'hôtel sera réaménagé par mes soins, poursuivit-elle résolument, vous pourrez vous acheter un appareil de massage électrique. Ou vous offrir les services d'une masseuse, si l'appareil vous paraît trop compliqué à manier.

Elle vit un muscle tressaillir à l'angle de la mâchoire de Max et il se rapprocha comme s'il avait la ferme intention de l'étrangler. Qu'il essaye, pour voir ! Kristina l'attendait de pied ferme. Mais il se ravisa, poussa un soupir et se contenta de désigner l'océan et la plage d'un geste large.

— Pourquoi vouloir à tout prix apporter des transformations alors que vous n'avez même pas pris le temps de séjourner d'abord quelques jours à la Rosée, comme l'avait fait votre grand-mère ? Commencez donc par profiter du cadre et par vous imprégner de l'atmosphère du lieu. Vous jugerez après.

Kristina soupira. Il était vraiment décourageant, dans son genre. Elle avait beau le placer face à l'évidence, pas moyen de lui faire ouvrir les yeux. Et le mot « progrès » semblait avoir été banni de son univers mental.

— Je n'ai pas besoin de méditer pendant trois jours pour savoir que ce lieu a des potentialités qui ne sont pas exploitées ! réitéra-t-elle patiemment, sans grand espoir de se faire comprendre.

Loin d'abonder dans son sens, en effet, Max lui jeta un regard infiniment découragé. Courbant soudain le dos sous le poids d'un fardeau invisible, il glissa les mains

70

dans ses poches et s'éloigna le long de la plage. Lorsque Kristina lui emboîta le pas, il se mit à parler d'une voix dure, les yeux fixés droit devant lui :

— S'il faut à tout prix qu'il y ait des changements, je pose une condition d'emblée : pas de licenciements.

C'était généreux de sa part de se soucier de ses employés, concéda Kristina. Mais il y avait des réalités économiques à respecter.

— Le problème, c'est que si ces gens-là ne font pas bien leur travail...

Max s'immobilisa net.

— Ils font bien leur travail.

Elle fut saisie par l'intensité de son expression. La détermination de cet homme inspirait un certain respect. Mais devait-elle renoncer à ses objectifs pour autant ? Non. Son projet de rénovation était valable et bien pensé. Et si on laissait les sentiments prendre le dessus en affaires, on se retrouvait bloqué, pieds et poings liés, et c'était la stagnation assurée.

— Ecoutez, Max. Il faut rester pragmatique. Si...

— Je ne reviendrai pas sur ma décision. Elle n'est pas négociable, Kristina.

— Mais...

— J'ai donné ma parole à mes parents adoptifs lorsque j'ai repris l'hôtel. C'est un principe intangible : les employés de la Rosée peuvent rester à vie s'ils le désirent.

Avec une telle philosophie, ils ne risquaient pas d'aller loin, les malheureux ! Le plus étonnant, c'est qu'ils ne se soient pas encore fait dévorer tout crus par les loups qui sévissaient alentour. Même si son code de conduite pouvait paraître généreux, Kristina était persuadée que Max se réfugiait derrière ces beaux principes pour laisser dériver sa barque au gré du courant en abdiquant toute responsabilité. Or ce genre de laxisme était dommageable pour tous, à long terme. Ses précieux employés seraient-ils plus avancés lorsqu'il mettrait la clé sous la porte pour cause de faillite ?

— Je ne voudrais pas vous brusquer, Max, mais tôt ou tard, il faudra ouvrir les yeux. Vos parents adoptifs n'auraient sûrement pas souhaité que...

— Assez ! Epargnez-moi vos rationalisations, d'accord ? Je leur ai donné ma parole — ma parole, vous entendez ? Et quand je fais une promesse, je la tiens. Toujours.

Contemplant le joli visage buté levé vers lui, Max sentit monter une colère si violente qu'il renonça à la maîtriser. Bon sang, mais quel gâchis ! Comment pouvait-on être à la fois aussi belle et aussi monstrueusement insensible ?

— Non, Kristina Fortune, je ne reviendrai pas sur ma parole. Et surtout pas pour faire plaisir à une morveuse gâtée de votre espèce. Ça ne vous pose pas l'ombre d'un problème, n'est-ce pas, de tout faucher sur votre passage pour satisfaire une envie passagère ? Avez-vous la moindre idée de ce que cela signifierait pour les gens de l'équipe, de perdre leur emploi ? C'est peut-être ainsi que vous procédez à Minneapolis, mais ici, nous avons d'autres valeurs.

Elle leva les yeux au ciel.

— C'est ça ! Bien sûr ! Les Californiens ne sont pas connus pour leur bronzage et leur surf, mais pour leur haut degré d'exigence morale. C'est tout nouveau ? Ça vient de sortir ?

— En l'occurrence, il ne s'agit pas des Californiens, mais de moi, hurla-t-il pour couvrir le vacarme du vent. Et tout ce que je sais, c'est que ce sont mes principes et que je n'y dérogerai pas. Maintenant, si vous avez un minimum de bon sens, vous feriez bien de retourner à la Rosée dare-dare.

Il l'agrippa par une épaule et la fit pivoter sans ménagement pour lui montrer le ciel tourmenté et noir au-dessus de l'océan.

— Une tempête se prépare. Cela dit, si vous avez envie d'être frappée par la foudre, libre à vous. Je vous laisse toute latitude pour faire comme bon vous semble.

A en juger par son air ulcéré, il n'aurait pas été fâché de la voir réduite en un petit tas de cendres, s'indigna Kristina en le regardant s'éloigner à grands pas. Max Cooper n'avait clairement qu'une hâte : mettre le maximum de distance entre lui et elle. Le lâche ! Saisie par une colère aussi soudaine qu'irrationnelle, elle se pencha, prit le premier bout de bois échoué qui lui tomba sous la main, et visa le dos de Max sans se donner le temps de réfléchir aux conséquences.

Le bâton heurta sa cible de plein fouet. Max fit volte-face, jeta un rapide coup d'œil au projectile à ses pieds, puis revint dans sa direction d'une démarche menaçante. Kristina déglutit. L'expression de son regard n'avait rien de rassurant, à vrai dire. Pourquoi avait-elle eu cette réaction idiote ? Relevant le menton, elle se força à rester sur place, résistant à la tentation de s'enfuir à toutes jambes.

Max la saisit par les épaules et la secoua avec tant de rudesse que ses dents s'entrechoquèrent.

— Bon sang, mais c'est dans un asile psychiatrique qu'il faudrait vous mettre ! Quel est votre problème, Kristina ?

Il lui faisait si mal qu'elle en avait les larmes aux yeux. Mais il était hors de question de s'abaisser à lui demander de lâcher prise.

— Le problème, c'est vous, Cooper. Vous me portez viscéralement sur le système. Je ne connais personne qui m'ait jamais exaspérée à ce point.

Max eut la bonté de lui lâcher les épaules. Il examina les marques laissées sur sa chair et fit la grimace.

— Vous vous comportez comme une hystérique et moi comme une brute. On ne peut pas dire que nous ayons une influence très positive l'un sur l'autre, Kristina.

Comme elle restait muette, il secoua pensivement la tête.

— Rendons-nous à l'évidence : ça ne marchera pas entre nous.

— Comme vous y allez, Cooper ! Il ne s'agit pas d'un mariage, mais d'un contrat d'affaires. Il y a tout de même une nuance.

— Un contrat d'affaires ? Moi je n'ai qu'un nom pour qualifier ce qui se passe entre nous, Kristina : c'est l'enfer.

Sans vraiment réaliser ce qu'il faisait, Max l'attira de nouveau contre lui. Les émotions les plus chaotiques faisaient rage en lui. Les yeux plongés dans ceux de Kristina, il se sentit comme aspiré dans un champ magnétique d'une puissance redoutable. Il se retrouvait soudain la proie d'une étrange fascination, une attraction inexplicable compte tenu de leur profonde antipathie mutuelle. Mais la sexualité brute fonctionnait sans doute indépendamment de tout critère affectif. Car, en même temps que la colère qui rugissait en lui, il se sentait aux prises avec le désir charnel sous sa forme la plus primaire.

Baignée par l'éclat irréel de la lune, avec ses longs cheveux blonds volant autour d'elle, Kristina ressemblait à une sirène échouée sur la plage déserte. Enveloppé par son parfum, Max était habité par les sensations les plus animales qu'il eût jamais éprouvées.

Il brûlait de la serrer contre lui.

Pour l'étrangler ou pour lui faire l'amour, il n'aurait su le dire. Mais il ne pouvait se résoudre à prendre de la distance. Le visage levé vers lui, Kristina respirait vite, les lèvres entrouvertes. Ses yeux paraissaient immenses et il sentait sa peau, tiède et souple, sous ses doigts.

Lorsqu'il se pencha sur elle, Kristina fut parcourue d'un violent frisson. Son expression se transforma, comme si elle sortait brusquement d'un état de transe.

— Si vous osez m'embrasser, vous le regretterez amèrement, l'avertit-elle d'une voix mal assurée.

Il avait une folle envie d'elle, mais il ne doutait pas qu'elle lui ferait payer le prix fort. Or le jeu n'en valait sans doute pas la chandelle... ⟨

Un rire rauque monta de sa gorge.

— Ne vous inquiétez pas, Kristina. Je préfère ne pas prendre le risque. Je ne suis pas à jour de mes vaccinations.

Plus perturbé qu'il ne voulait l'admettre, il la laissa aller.

— Et maintenant, marchez devant moi, mademoiselle Fortune.

Elle releva la tête d'un geste de défi.

— Pourquoi?

Il lui appliqua une légère poussée dans le dos pour la faire avancer et elle faillit perdre l'équilibre. Max jura et la rattrapa juste à temps par le bras. Il avait oublié qu'elle portait des talons. Il fallait s'appeler Kristina Fortune pour s'aventurer sur la plage dans un accoutrement pareil.

— Pourquoi? Parce que je n'ai pas les yeux derrière la tête, Kristina. Et je n'ai pas envie de me ramasser un second projectile dans le dos.

Jurant copieusement, elle prit la direction de l'hôtel et effectua tout le trajet en silence, sans se retourner une seule fois...

Lorsque Max se réveilla, le lendemain matin, ses paupières étaient si lourdes qu'il eut le plus grand mal à ouvrir les yeux. Il releva la tête tant bien que mal et la barre douloureuse qui lui ceinturait le front lui rappela qu'il avait bu plus que de raison la veille. Son regard embrumé tomba sur la bouteille de whisky débouchée qui trônait encore sur sa table de chevet. Captif d'un rayon de soleil, le liquide avait la chaude transparence de l'ambre jaune.

Avec un soupir contrarié, il se redressa et passa les mains sur son visage. Il n'avait pu résister à la tentation de boire quelques verres avant de se coucher. Pour faire glisser l'arrière-goût amer d'un désir physique insatisfait, tout d'abord. Et surtout pour tenter d'effacer les récents événements de sa mémoire.

Résultat des courses : il avait échoué sur les deux plans.

Car Kristina Fortune n'était pas un cauchemar transitoire, mais bel et bien une réalité. Une réalité des plus palpables même, songea-t-il avec un curieux mélange de désir et d'exaspération. Une catastrophe ambulante qui leur était tombée dessus comme une nuée de sauterelles s'abattant sur le désert du Sinaï. Et c'était à lui maintenant de trouver un moyen de neutraliser ce fléau...

Avec un profond soupir, Max se pencha pour récupérer le jean qui traînait par terre à côté du lit. Il l'enfila et, après une hésitation, décida de faire l'effort de mettre également une chemise — sans pousser néanmoins le zèle jusqu'à la boutonner.

Avec un peu de chance, l'infernale Kristina dormait encore à poings fermés. Il lui fallait impérativement un quart d'heure de calme pour avaler un café avant que Miss Calamité lui fonde dessus toutes griffes dehors en brandissant ses plans, ses schémas et ses bilans prévisionnels. En principe, il avait ses chances, estima-t-il avec cynisme. Les vampires et autres créatures nuisibles ne sévissaient généralement qu'après la tombée de la nuit.

Etouffant un bâillement, Max sortit de sa chambre. Plutôt que de rentrer à Newport Beach où il avait son appartement, il avait décidé de passer la nuit à la Rosée en se disant qu'après une bonne nuit de sommeil, l'intraitable Kristina se montrerait peut-être plus réceptive. Mais ces naïves illusions s'étaient dissipées au soleil du petit matin et il se sentait d'humeur résolument pessimiste.

Il traversait le grand salon du rez-de-chaussée pour gagner la salle à manger lorsqu'il s'arrêta net.

Toute pimpante dans un jean moulant et un gros pull à col roulé, Kristina était déjà à pied d'œuvre. Perchée au sommet d'une échelle qu'elle avait dû se faire apporter d'autorité par Antonio, elle s'employait à retirer la tapisserie accrochée au-dessus de la cheminée. Le sang de Max ne fit qu'un tour.

Il lui avait pourtant dit expressément qu'il refusait qu'on touche à ce souvenir de famille, bon sang ! De quel droit se permettait-elle de passer outre à son interdit ?

Furieux, il hurla.

— Remettez ça en place immédiatement, c'est compris ?

Très clairement, la jeune femme ne l'avait pas entendu approcher. Kristina poussa un cri de frayeur et perdit l'équilibre. Max vit l'échelle vaciller et se précipita pour la retenir. Il arriva juste à temps pour recevoir la jeune femme dans ses bras mais ne put empêcher sa tête de heurter le coin de la cheminée.

Bon sang, il ne manquait plus que ça. Elle avait perdu connaissance ! Pris de panique, Max la retourna de manière à examiner son visage. Il constata avec soulagement qu'elle ne saignait pas. Avec un peu de chance, elle en serait quitte pour une grosse bosse.

— Kristina ?

Elle ne répondit pas. Max ne douta pas un instant qu'elle fût réellement inconsciente. Orgueilleuse comme elle l'était, elle aurait préféré rassembler ses dernières forces pour le toiser d'un œil dédaigneux plutôt que de se montrer en position de faiblesse devant lui.

Inquiet, il lui saisit le poignet. Son pouls était un peu fluctuant, mais sa respiration demeurait régulière.

— Bon sang, mais ce n'est pas possible, marmonna-t-il tout bas. Cela ne fait pas vingt-quatre heures qu'elle est là et elle ne m'a créé que des ennuis !

Levant les yeux, Max jeta un regard reconnaissant à June qui se précipitait dans leur direction.

— J'ai entendu crier, précisa-t-elle en écarquillant les yeux à la vue de Kristina.

Les clients de l'hôtel, par chance, se trouvaient dans la salle à manger, hors de portée de voix. Sourcils froncés, June se pencha sur la jeune femme inanimée.

— Ça y est ? Tu l'as tuée ?

Max fit la grimace. L'heure n'était pas à la plaisanterie.

— J'aurais pu mais elle m'a devancée. Elle est tombée de l'échelle et s'est cogné la tête contre le rebord de la cheminée.

Toujours avec son fardeau dans les bras, Max se dirigea vers l'escalier. Le pied posé sur la première marche, il tourna la tête par-dessus l'épaule.

— Voilà ce que tu vas faire, June : appelle Daniel Valente à son domicile. Si tu te dépêches, tu devrais pouvoir l'intercepter avant qu'il ne parte pour l'hôpital. Dis-lui bien que c'est une urgence et que j'ai besoin de lui.

La réceptionniste avait déjà commencé à ouvrir l'annuaire.

— Occupe-toi d'elle, Max. Je me charge de prévenir ton ami Daniel.

La calme autorité de June le rasséréna un peu. Arrivé dans la chambre de Kristina, il posa délicatement la jeune femme sur son lit. Il fut étonné de la découvrir si menue, si fragile. Mais ce n'était qu'une illusion trompeuse, bien sûr. Sous les longs cheveux blond pâle et sous le visage d'ange se cachait une âme de crotale.

Ne voyant rien d'autre à faire dans l'immédiat qu'attendre l'arrivée de Daniel, Max tira une chaise près du lit et s'assit pour veiller la belle endormie. La peau sur son front bleuissait à vue d'œil et sa bosse prenait des proportions alarmantes. Mais il n'était guère qualifié pour juger de la gravité de la situation. Daniel saurait lui dire s'il devait s'inquiéter ou non.

— Quelle calamité, cette fille, marmonna-t-il en enfourchant la chaise, résigné à prendre son mal en patience en attendant que Daniel arrive ou — mieux encore — que Kristina se réveille.

Dans un quart d'heure, si rien ne se passait, il filerait à l'hôpital, décida-t-il, en proie à une inquiétude croissante. Son amitié avec Daniel remontait à l'enfance. Ils avaient joué, ou plus exactement « traîné » ensemble au bord de la plage et dans les rues de la petite ville depuis l'âge de treize ans où il avait été adopté par les Murphy. Et leur amitié avait perduré, même après le départ de Daniel pour la côte Est où il avait fait ses études de médecine. Ils se donnaient rendez-vous de temps en temps pour dîner ou boire un verre. Et même s'ils passaient parfois deux ou trois mois sans se voir, ils se retrouvaient chaque fois comme s'ils s'étaient quittés la veille. C'était une de ces amitiés que le temps n'altère pas.

Daniel arriva dix minutes après le coup de fil de June, juste au moment où Max se préparait à emmener la jeune femme à l'hôpital. Il fit les cent pas dans la chambre pendant que son ami examinait Kristina.

— Alors? demanda-t-il avec inquiétude tandis que le silence de Daniel se prolongeait. C'est grave, docteur?

Levant la tête vers lui, Daniel remonta ses lunettes sur son nez.

— Elle a une bosse monumentale sur la tête.

— Oui, d'accord, ça, j'avais remarqué. Je n'avais pas besoin d'un médecin pour faire ce constat.

— Mais tu as besoin d'un médecin pour t'indiquer qu'il ne semble pas y avoir de commotion cérébrale. La dilatation des pupilles est normale, sans asymétrie.

Daniel replaça son stéthoscope dans sa serviette et se leva.

— Je te conseille d'attendre, tout simplement. Elle ne devrait pas tarder à revenir à elle. Le mieux que tu puisses faire, c'est t'installer à son chevet et garder un œil sur elle. Ça ne devrait pas être une corvée trop pénible. Le moins que l'on puisse dire, c'est qu'elle n'est pas désagréable à regarder.

— Attends un peu de la voir éveillée, Daniel. Je suis sûr qu'en moins de trois minutes, elle te fera fuir en courant.

Daniel se mit à rire.

— J'en doute. Elle est vraiment superbe, ta Kristina ! Mais pour revenir aux choses sérieuses : elle risque d'être un peu désorientée lorsqu'elle se réveillera. Si tu remarques la moindre anomalie, appelle-moi, surtout. Et si dans — mettons une heure — elle n'a toujours pas repris conscience, je te conseille de la conduire à l'hôpital. *A priori*, cela me paraît peu probable, vu qu'elle ne présente aucun signe clinique alarmant. Mais on ne sait jamais.

— On ne sait jamais, non, acquiesça Max à mi-voix en reprenant son poste au chevet de la jeune femme.

« Encore une journée de fichue », songea-t-il. Cependant, il pouvait difficilement repartir pour son chantier en laissant June et les autres avec ce fardeau sur les bras. Il était en partie responsable de la chute de Kristina, après tout. S'il ne l'avait pas fait sursauter en l'apostrophant, rien ne serait arrivé.

— Cela dit, tu es largement autant en tort que moi, rectifia-t-il en s'adressant à la jeune femme toujours inconsciente. Si tu n'avais pas eu l'indélicatesse de retirer cette tapisserie alors que tu savais ce qu'elle représente pour moi...

Prenant le téléphone logé dans la table de chevet, il le posa sur ses genoux et appela le chantier. Il tomba directement sur Paul, son associé, et lui expliqua en quelques mots dans quelle situation épineuse il se trouvait.

Paul se mit à rire.

— Te voilà promu garde-malade, maintenant. On aura vraiment tout vu ! En tout cas, ne t'inquiète pas pour le chantier. Tout baigne, aujourd'hui. Les fournisseurs ont livré ce matin, l'équipe est au complet et le boulot a l'air de vouloir avancer, pour une fois.

Enfin, une bonne nouvelle ! se dit Max en reposant le téléphone. Il commençait à se demander si les dieux ne s'étaient pas ligués contre lui. S'installant aussi confortablement que possible, il tua le temps en essayant d'imaginer quelles seraient les premières paroles de Kristina au réveil.

Mortellement vexée d'être ainsi tombée devant lui, elle allait se montrer sans doute deux fois plus désagréable encore que de coutume.

Le bonheur...

La première réaction de Kristina cependant ne fut pas de l'invectiver. Le gémissement qui s'éleva du lit était si doux et si plaintif que Max se demanda un instant si c'était bien elle qui l'avait laissé échapper. Il se leva d'un bond et se pencha sur elle au moment où elle ouvrait enfin les yeux.

Il lui adressa un sourire encourageant.

— Comment ça va?

— Euh... je ne sais pas, murmura-t-elle d'un air égaré en portant la main à sa tête.

Elle grimaça de douleur, tenta de se relever, mais retomba sans force contre l'oreiller.

— Où suis-je? demanda-t-elle.

Daniel l'avait prévenu qu'elle serait sans doute un peu désorientée, songea Max. Peut-être serait-il bon de lui rappeler ce qui s'était passé?

— A La Jolla, Auberge de la Rosée. Vous êtes tombée d'une échelle et vous vous êtes cogné la tête.

— Ah bon...

Elle tourna vers lui de grands yeux bleus étonnés.

— Et ça s'est passé quand?

Max fronça les sourcils. Pour être secouée, elle était secouée, en effet. Elle avait dû prendre un sacré coup sur la tête! Même sa voix avait changé. Elle était devenue beaucoup plus douce. Beaucoup plus sensuelle aussi.

— Eh bien, juste à l'instant, il y a trois quarts d'heure, environ.

Il vit son visage se crisper, comme si elle se concentrait pour se souvenir.

— Et qu'est-ce que je faisais sur une échelle?

— Vous ne vous souvenez pas? s'étonna Max.

Elle parut désemparée.

— Non...

Elle était réellement différente. Rien dans la façon dont elle réagissait ne rappelait la Kristina d'antan. Autrement dit, quelque chose clochait sérieusement.

— De quoi te souviens-tu, au juste? demanda-t-il, passant sans même s'en rendre compte au tutoiement.

Pendant quelques secondes, elle parut réfléchir. Mais ses grands yeux bleus, peu à peu, se remplirent d'une détresse qui ne pouvait être feinte.

— Rien, murmura-t-elle dans un souffle. Je ne me souviens de rien.

5.

Le regard rivé sur Kristina, Max s'effondra plus qu'il ne s'assit sur sa chaise.

— Quand tu dis que tu ne te souviens de rien, tu parles de l'accident, n'est-ce pas? Tu ne te rappelles pas dans quelles circonstances tu es tombée?

Kristina secoua la tête et se mordit la lèvre. Le moindre mouvement éveillait des douleurs atroces. Mais ce n'était pas la souffrance physique qui la terrifiait. Le plus horrible, c'était ce grand vide qu'elle pressentait, tapi juste au-delà de la douleur. Elle savait qu'elle aurait beau se concentrer, rien ne viendrait — ni souvenirs, ni expériences, ni images. Pas même le visage d'un être proche. Rien. Rien. Rien.

Dans un sursaut de panique, elle chercha à se redresser. Mais un tel vertige la saisit qu'elle retomba sans force contre l'oreiller.

— Ce n'est pas seulement l'accident que j'ai oublié, murmura-t-elle en se mordillant la lèvre. Il y a aussi tout le reste. C'est comme si tout était noir dans ma tête. Je ne connais pas ton nom. Je ne sais pas où je suis, ni ce que je fais dans la vie et... et je ne sais même pas qui je suis moi, ajouta-t-elle dans un souffle.

Le regard rivé sur ses lèvres tremblantes, Max hésitait à la croire. Et s'il s'agissait d'une ruse de sa part? Cela ressemblerait finalement assez à la Kristina qu'il connaissait de le culpabiliser en feignant une amnésie totale, puis de profiter de son soulagement, une fois qu'elle serait miraculeusement « remise », pour lui arracher le consentement qu'il refusait de donner.

Mais il avait beau scruter ses traits, il ne détectait aucun signe de duplicité. Les yeux bleus qu'elle tenait rivés sur lui avaient la limpidité de l'innocence. Tout ce qu'il lisait dans son regard, c'était de la peur. Une peur panique doublée d'incertitude.

Il tenta de se mettre à sa place, d'imaginer ce qu'il ressentirait s'il se découvrait soudain étranger à lui-même : l'impression était terrifiante. Dans un élan de compassion, il saisit sa main dans la sienne. Elle la lui abandonna sans résister, et il fut presque ému de sentir contre sa paume ces doigts délicats, presque fragiles, qui reposaient en confiance contre les siens.

— Pas de panique, Kris. La mémoire va sûrement te revenir dans un moment. Essaye de te concentrer.

— Je ne fais que ça, justement, protesta-t-elle d'une voix tremblante. Et rien ne vient. Mais au fait, tu as bien dit Chris, je crois ? C'est mon prénom ?

Max fut à deux doigts de lui révéler que ce n'était pas ainsi que l'appelaient ses proches, car elle avait ce diminutif en horreur. Mais il se ravisa sur une impulsion. Un début d'idée venait de germer dans son esprit.

— Kris, oui, en effet, déclara-t-il. Il s'agit du diminutif de Kristina. Kristina avec un K.

Il l'observa avec attention pour voir si le son de son véritable prénom déclenchait une réaction. Mais son expression demeura inchangée.

Sourcils froncés, il contempla le fin visage paniqué.

— Tu ne te souviens vraiment de rien, n'est-ce pas ?

— Non, chuchota-t-elle. Vraiment de rien.

Voyant des larmes scintiller dans ses yeux, il se pencha pour glisser un bras autour de ses épaules.

— Eh là, doucement. Ça ne sert à rien de te mettre dans un état pareil. Tout va s'arranger, tu verras, murmura-t-il d'un ton réconfortant en priant pour qu'elle ne se mette pas à pleurer pour de bon. Tu as été un peu secouée et ça a provoqué une petite coupure dans les circuits. Mais je suis sûr que la circulation va bientôt se rétablir.

Elle se mordilla la lèvre.

— Tu crois?

— Bien sûr. Je t'aiderai, tu verras, promit-il en resserrant son étreinte autour de ses épaules fragiles. Fais-moi confiance.

Kristina abandonna la tête contre sa poitrine. Elle ne connaissait pas cet homme, mais il se dégageait de lui quelque chose de profondément rassurant. Elle prit une profonde inspiration et huma les effluves de son eau de toilette. Son odeur était troublante, musquée et... vaguement familière. C'était comme si l'ombre d'un souvenir se profilait dans l'épaisseur de son brouillard intérieur.

Levant la tête, elle scruta attentivement son visage.

— Et toi, qui es-tu? demanda-t-elle, le cœur soudain battant.

— Max, répondit-il. Max Cooper.

Max Cooper, se répéta Kristina. Elle avait beau tourner et retourner ces quelques syllabes dans sa tête, elles n'appelaient aucune association. Mais elle aimait le visage de cet homme. Quant à son charme un peu rude, il était loin de la laisser insensible. Y avait-il quelque chose entre eux? Si son eau de toilette lui était familière, on pouvait sans doute en déduire qu'ils se connaissaient assez intimement, non?

— Et moi? s'enquit-elle. Quel est mon nom de famille?

Max hésita. D'un côté, elle lui faisait presque pitié, dans sa situation présente. Mais il ne devait pas perdre des yeux une réalité essentielle: dans son état normal, cette fille était un véritable poison! Une excellente raison pour la tenir éloignée le plus longtemps possible de son personnage habituel, non? S'il lui inventait un nom d'emprunt et lui improvisait une nouvelle personnalité, il se donnerait un temps de répit qu'il pouvait mettre à profit pour organiser une contre-offensive en règle. Kristina Fortune leur était tombée dessus comme une bombe et avait entrepris de tout mettre sens dessus dessous sans même leur laisser le temps de fourbir leurs armes. Or il devait bien exister un moyen d'empêcher cette fille de mettre tous les employés à la porte.

Max fit taire la voix de sa conscience.

— Valentine, déclara-t-il lentement. Tu t'appelles Kris Valentine.

Kris Valentine...

Kristina poussa un profond soupir. Rien, dans cet enchaînement de sons, n'éveillait un écho quelconque. Le nom que Max Cooper venait de lui donner aurait pu tout aussi bien appartenir à n'importe qui d'autre. Elle ne parvenait même pas à imaginer qu'elle puisse un jour se l'approprier et réagir naturellement au son de ce patronyme. Kristina se mordilla la lèvre. Elle avait l'impression de se débattre au fond d'un puits noir et lisse qui n'offrait aucune issue, aucune prise, aucune possibilité d'en sortir.

Elle leva les yeux vers l'homme assis à son chevet et se sentit malgré tout un peu moins seule, un peu moins désespérée. Max Cooper ne l'avait-il pas veillée jusqu'à ce qu'elle reprenne connaissance? Il lui avait pris la main, lui avait entouré les épaules, l'avait consolée en lui demandant de lui faire confiance. Autrement dit, cet homme devait jouer un rôle dans sa vie — un rôle important, voire même central. Son attitude envers elle était protectrice, comme s'il se sentait responsable de son sort.

Kristina s'humecta les lèvres. La question était délicate à poser mais, si elle voulait se sortir de cet enfer, il lui fallait des certitudes, des bases solides sur lesquelles poser les pieds.

— Excuse-moi de te demander cela, mais sommes-nous... euh... mariés, toi et moi ?

La question prit Max tellement au dépourvu qu'il faillit renoncer à son projet et lui répondre la vérité. Elle paraissait si troublée, si confiante, aussi. Mais il songea à la tapisserie de sa mère dont elle s'apprêtait à se débarrasser. Kristina Fortune, dans son état naturel, était un monstre d'égocentrisme, un robot déshumanisé qui méritait bien une petite cure de rééducation.

— Non, nous ne sommes pas mariés, Kris. Nous sommes employeur et employée. Tu travailles pour moi.

Elle hocha lentement la tête.

— Ah bon ! A quel titre ?

Max songea à la façon dont elle avait rabaissé Sydney. Ce ne serait que justice, après tout, si la riche Kristina Fortune se retrouvait pour quelque temps dans la peau d'un de ces êtres qu'elle considérait comme inférieurs. Nul doute qu'elle lui ferait payer le prix fort lorsqu'elle aurait recouvré la mémoire. Mais la tentation était quasi irrésistible...

— Tu es femme de chambre, Kris.

— Femme de chambre ? répéta-t-elle, les sourcils froncés.

Elle paraissait désorientée, mais ne remit pas pour autant cette affirmation outrecuidante en cause. Son changement de personnalité était vraiment total, songea Max, impressionné. Il ne restait plus trace de la snob infecte à laquelle il avait eu affaire la veille.

— Tu es employée ici, à l'Auberge de la Rosée, précisa-t-il, vaguement tenaillé par le remords.

Elle paraissait tellement désemparée — et tellement différente, surtout — qu'il s'en voulait presque de tirer parti de sa faiblesse momentanée.

Kristina tourna la tête et son regard glissa sur le mobilier, la moquette, la table.

— Et mon travail consiste à nettoyer, à passer l'aspirateur, à faire les lits ? demanda-t-elle, comme si elle avait du mal à se faire une idée précise de toutes ces tâches.

Max hocha la tête.

— En gros, oui. Tu t'occupes des chambres avec Sydney. Et vous servez toutes les deux en salle aussi.

— Sydney ? C'est ma collègue, alors ?

— Vous faites le même travail, oui.

Sydney... Sydney... Kristina ferma les yeux et se concentra de toutes ses forces. Puisqu'elle travaillait quotidiennement avec cette personne, son prénom devait nécessairement évoquer quelque chose : un visage, une silhouette, le son d'une voix. Mais elle eut beau faire travailler ses neurones, aucune image ne surgit. Exaspérée, Kristina voulut se lever, retrouver au moins une illusion de liberté et de maîtrise d'elle-même. Mais une fois debout, la tête lui tourna tellement qu'elle vacilla et perdit l'équilibre. Ce fut Max qui la rattrapa dans ses bras au moment où elle allait tomber. Il murmura des paroles réconfortantes et l'aida à se rallonger. Le cœur lourd, Kristina se recroquevilla comme un petit tas de misère et abandonna sa joue contre sa poitrine. Lorsqu'elle releva la tête, elle trouva le visage de Max à quelques centimètres seulement du sien. Une situation qui ne lui parut ni choquante ni étrange mais, au contraire, parfaitement naturelle. Pourquoi cette impression persistante qu'entre cet homme et elle, il existait un certain degré d'intimité ?

— Entre toi et moi il n'y a pas d'autres rapports que d'employeur à employée ? demanda-t-elle timidement.

L'espace d'une seconde, elle crut voir une lueur de tendresse adoucir le regard de Max. Mais il secoua la tête.

— Non, répondit-il d'une voix légèrement hésitante. Notre relation est strictement professionnelle.

Son intuition l'avait trompée, comprit Kristina, douloureusement ébranlée. Il n'y avait donc plus rien sur quoi elle puisse s'appuyer puisqu'elle ne pouvait même pas se fier à ses impressions...

— Je suis désolée, murmura-t-elle en rougissant.

J'avais cru que... Enfin, ce doit être à cause de la façon dont tu me tiens dans tes bras, sans doute. Mais, à propos, je... je suis peut-être censée vous vouvoyer? s'enquit-elle en s'empourprant de plus belle.

Max secoua la tête.

— Nous nous tutoyons tous à la Rosée. Personne n'est à cheval sur l'étiquette, ici.

Ressentant soudain la nécessité d'introduire plus de distance entre eux, elle se redressa — lentement, cette fois — et réussit à se mettre sur pied sans retomber aussitôt. Le sol tanguait toujours un peu, mais elle tenait debout. Lentement, d'une démarche encore mal assurée, elle se dirigea vers la fenêtre. L'herbe et les arbres étaient d'un vert intense et brillaient au soleil d'un éclat humide, comme si de fortes pluies d'orage venaient de tomber. La mer était étale, calme et bleue.

Ce paysage ne lui était pas inconnu, réalisa Kristina avec un léger tressaillement de joie. Elle n'avait pas le sentiment de le découvrir pour la première fois. Ainsi il existait au moins deux éléments de réalité auxquels elle ne se sentait pas totalement étrangère : la vue qu'elle découvrait à travers la fenêtre et l'eau de toilette de Max.

Sa mémoire n'avait donc pas entièrement disparu. Le reste, décida-t-elle, finirait par revenir — que ce soit bribe par bribe ou d'un seul coup. En attendant, son sort reposait entièrement entre les mains du dénommé Max. Autrement dit, d'un parfait inconnu ! En soi, une telle dépendance pouvait paraître effrayante. Mais dès le premier regard, Max Cooper lui avait inspiré une totale confiance.

Et elle avait la chance, d'autre part, de se trouver dans un environnement calme et serein. Cet hôtel au bord de la mer était une oasis de paix où la vie devait être infiniment douce.

— Comme c'est beau ! murmura Kristina. Il y a longtemps que je travaille ici ?

Max la rejoignit près de la fenêtre. Même sa façon de s'asseoir avait changé, constata-t-il lorsque la jeune femme prit place dans un fauteuil. Son attitude était devenue plus souple, plus détendue, comme si elle avait renoncé à toute sa raideur combative. Elle semblait si douce, même, qu'il avait de la peine à se convaincre qu'il s'agissait bien de la même Kristina Fortune. A croire qu'un échange avait eu lieu au cours de la nuit !

Spontanément, il posa la main sur son épaule.

— Cela ne fait pas très longtemps que tu as rejoint notre équipe, à la Rosée. Quelques mois seulement.

Elle parut déçue.

— Ainsi tu ne sais rien à mon sujet ?

Max hocha la tête.

— Pas grand-chose de plus que les indications que tu as données dans ton C.V. Et deux ou trois détails que tu as eu l'occasion de me confier, ajouta-t-il en lui voyant un air de plus en plus désolé.

Logiquement, il aurait dû tirer une certaine satisfaction de la situation. Elle était à sa merci et il avait tous les éléments en main pour donner une leçon mémorable à une harpie. Mais il aurait fallu avoir un cœur de pierre pour rudoyer cette Kristina nouvelle version.

— Je pourrais le voir ? s'enquit-elle.

Aïe, aïe. Première complication. Inutile de rêver, d'ailleurs : d'autres suivraient inéluctablement. Pourquoi avait-il eu la malencontreuse idée de s'embarquer dans ce scénario tordu ?

— Voir quoi ? demanda-t-il pour gagner du temps.

— Mon curriculum vitæ. Je trouverai peut-être un nom, un numéro de téléphone, quelque chose qui réveillera ma mémoire.

Pourquoi avait-il été assez stupide pour lui parler de ce C.V ? Il ne lui restait plus maintenant qu'à lui en fabriquer un de toutes pièces. Et rapidement, de préférence. Max dissimula son hésitation sous un sourire rassurant.

— Tu as raison. Ton C.V. t'aidera sans doute à y voir

plus clair. Je tâcherai de mettre la main dessus, mais je ne te le promets pas pour tout de suite. June n'a pas un système de classement à toute épreuve, et elle a tendance à égarer les papiers.

Un air de soudaine lassitude se peignit sur les traits de Kristina. Elle se passa la main dans les cheveux et eut une grimace de douleur lorsque ses doigts effleurèrent sa bosse.

— Qui est June ?

— La réceptionniste.

— Ah ! Le nom ne me dit rien, admit-elle avec un profond soupir. Ai-je toujours été femme de chambre, Max ? Cela me fait une impression un peu bizarre, comme si ce n'était pas mon vrai métier.

— Non, Kris, je crois que tu n'as pas toujours été femme de chambre.

Max s'assit à côté d'elle. Son esprit tournait en accéléré tandis qu'il cherchait désespérément une explication plausible. D'un côté, il regrettait amèrement de s'être fourré dans cette situation alors qu'il avait toujours eu le mensonge en horreur. Mais de l'autre... c'était presque comme si le destin lui avait tendu une perche. Depuis le début, il avait la conviction que si seulement Kristina se donnait un peu de temps pour découvrir l'hôtel et les gens qui y travaillaient, elle laisserait tomber ses projets modernistes et tomberait amoureuse, comme sa grand-mère, de cette ambiance si particulière qui régnait à la Rosée. Or l'occasion qui s'offrait était vraiment trop belle. Il n'avait pas eu le cœur de la laisser filer.

Son regard tomba sur les mains de Kristina et il nota la marque à peine visible qu'une bague avait laissée à son annulaire. Il songea à sa réaction, la veille, lorsqu'il lui avait demandé si « quelqu'un l'avait larguée ».

— Tu es arrivée ici juste après ton divorce.

— Mon divorce, murmura-t-elle, pensive. Mon divorce.

Elle tourna les yeux vers Max. A cet homme calme et

compréhensif, elle avait sans doute dû confier certains détails concernant cette rupture, supputa-t-elle.

— Pourquoi me suis-je séparée de mon mari ? Tu le sais ?

Il secoua la tête.

— Je suis désolé, mais je ne peux pas te dire grand-chose à ce sujet. Tu ne parlais jamais de ton passé et je ne voulais pas être indiscret.

La voyant désappointée de nouveau, Max se laissa aller à improviser un peu.

— Tu as simplement précisé que tu avais besoin de changer d'horizon, de ville, d'entourage. Tu avais l'air triste et malheureuse lorsque tu es arrivée ici. D'après le peu que je sais, tu avais vu notre annonce dans le journal local, alors que tu séjournais à La Jolla à l'occasion de courtes vacances. Et tu as saisi cette opportunité au vol.

Au train où il allait, il aurait bientôt construit tout un roman ! songea Max dans un accès de panique. La première chose à faire était de mettre tous les autres au courant. Et cela sans traîner, sinon son plan se retournerait contre lui d'emblée.

— Je pense que tu devrais te rallonger et essayer de dormir un peu. Tu es pâle comme un linge.

Elle porta la main à son front et tourna vers lui un regard soucieux.

— Me rallonger ? Mais je ne peux pas laisser tout le travail à... à comment s'appelle-t-elle, déjà ? Sydney, c'est ça ? Ce ne serait pas juste.

Elle avait l'air tellement épuisée ! Et pourtant, s'il lui avait demandé de prendre un balai sur-le-champ, elle lui aurait sans doute obéi sans protester. Max se sentit soudain une âme d'exploiteur !

— Nous ne sommes pas des brutes ici, à la Rosée, Kris. Le travail, c'est une chose, mais il faut d'abord penser à récupérer du choc que tu as subi. Tu es loin d'être remise de cette mauvaise chute.

Elle lui décocha un pâle sourire reconnaissant.

— Qu'est-ce que je faisais perchée sur une échelle, au fait ?

— Tu...euh... dépoussiérais la tapisserie au-dessus de la cheminée. Tu es méthodique et tu aimes faire les choses à fond.

Kristina hocha la tête. Elle avait toujours autant de mal à s'imaginer avec un chiffon à poussière à la main. Mais elle se reconnaissait dans la description qu'il lui faisait d'elle-même. Instinctivement, elle sentait que ces qualités lui correspondaient. En revanche, il y avait quelque chose de bizarre dans ce poste de femme de chambre qu'elle était censée occuper. Elle avait beau essayer de se voir dans ce rôle, cela ne collait pas.

Max Cooper n'avait pourtant pas l'air d'être un menteur. Et quel avantage aurait-il eu à lui raconter des histoires ?

Bah ! Cet emploi de femme de chambre était sans doute encore nouveau pour elle. Et il ne correspondait peut-être pas à la formation d'origine qu'elle avait pu recevoir. D'où cette sensation d'étrangeté...

Elle poussa un soupir si désespéré que Max la considéra avec inquiétude.

— Il faut te reposer, Kris. Je t'assure. Ce n'est pas prudent de rester assise comme ça alors que tu viens juste de reprendre connaissance.

Epuisée, elle hocha la tête.

— O.K., Max, comme tu voudras. Je ne suis pas contrariante.

Pas contrariante, elle ? Ça, c'était le scoop de l'année, songea-t-il en s'approchant pour l'aider à se lever de son fauteuil. Au lieu de décliner son offre avec superbe, elle plaça aussitôt ses deux mains dans les siennes et lui adressa un sourire reconnaissant. Il la conduisit jusqu'au lit et la retint par les coudes pour l'aider à s'allonger en douceur. Une fois de plus, Max était harcelé par la voix de sa conscience. Il avait beau se répéter que la vraie Kristina Fortune était une harpie, rien à faire : il avait l'impression de se comporter comme la dernière des ordures avec une pauvre fille sans défense.

Mais il était trop tard pour revenir en arrière. A présent qu'il avait fait d'elle une modeste femme de chambre répondant au nom de Kris Valentine, il pouvait difficilement lui annoncer qu'il y avait erreur sur la personne et qu'il l'avait prise pour quelqu'un d'autre ! Max soupira. Puisqu'il s'était lancé dans cette drôle d'aventure, il ne lui restait plus qu'à enchaîner : autrement dit, à réunir June, Antonio, Sydney, Jimmy et Sam afin de les informer de la situation. Avant tout, cependant, il lui fallait rappeler Daniel Valente et lui demander conseil sur la conduite à tenir.

— Repose-toi bien, Kris. Je reviendrai te voir tout à l'heure pour m'assurer que tu n'as besoin de rien.

Il avait déjà la main sur la poignée lorsqu'elle murmura son nom de cette voix sensuelle et tendre qu'il avait le plus grand mal à associer à Kristina Fortune.

— Max ?

Il tourna la tête vers elle. Aucune force au monde, en cet instant, n'aurait pu l'amener à quitter la chambre.

— Cela t'ennuie de rester avec moi un moment ? demanda-t-elle timidement. Je me rends compte que tu dois être très occupé mais... mais c'est terrifiant, cette absence de mémoire. J'ai l'impression que toute cette obscurité va m'engloutir et que je vais disparaître si je n'ai personne à qui donner la main. Alors, si tu pouvais me tenir compagnie juste quelques petits instants...

Max se retourna lentement. S'il avait eu le moindre grain de bon sens, il aurait tourné les talons. Mieux valait ne pas songer à la réaction de Kristina lorsqu'elle aurait recouvré la mémoire. Sans doute lui intenterait-elle un procès pour avoir abusé honteusement de la situation, en plus de lui avoir menti sans vergogne sur son identité. Mais tant pis pour les conséquences, songea-t-il en revenant sur ses pas pour s'asseoir sur le bord du lit. Il n'avait pas le cœur de répondre par la négative à une pareille requête.

Elle avait l'air tellement perdue, tellement fragile ! Cette jeune femme qui était arrivée la veille blindée comme un char d'assaut semblait s'être transformée comme par miracle en un être plein de douceur. Même l'expression de son regard s'était modifiée.

Timidement, Kristina prit sa main dans la sienne et s'allongea sur le côté, le visage tourné vers lui. La bouche sèche, soudain, Max ne parvenait plus à la quitter des yeux. Elle était décidément très belle. Il s'en était déjà aperçu la veille, bien sûr. Mais sans son tailleur, ses talons hauts et son maquillage, elle lui paraissait incroyablement fragile et émouvante.

« Ne te laisse pas attendrir, mon vieux. Elle a l'air d'un ange comme ça, mais elle n'aura pas plus tôt recouvré la mémoire que le naturel reviendra au galop. »

Max se surprit à penser que c'était vraiment regrettable.

— Faut-il te lire un conte de fées pour t'aider à t'endormir ? demanda-t-il avec une pointe d'amusement dans la voix.

Elle eut un joli sourire un peu triste.

— Seulement si, à la fin, la princesse recouvre la mémoire.

Il secoua la tête.

— Je regrette, mais mon répertoire se limite à des histoires de jeunes filles embrassant des grenouilles ou croquant innocemment des pommes empoisonnées.

— Dommage, murmura-t-elle d'une voix endormie en fermant les paupières.

Dommage, oui, en effet. Dommage que cette nouvelle personnalité qu'elle lui montrait ne soit pas réellement la sienne. Dommage que la princesse soit condamnée à se réveiller pour se transformer de nouveau en méchant crapaud.

Lorsque la respiration de la jeune femme se fit ample et régulière, il retira tout doucement sa main et remonta la couette sur elle.

— Que vais-je faire de toi, je me le demande? murmura-t-il en se levant.

Il attendit encore quelques minutes pour s'assurer que tout allait bien. Mais elle dormait d'un sommeil si paisible qu'il ne voyait guère de danger à la laisser seule un moment. Il s'apprêtait à quitter la chambre lorsque son regard tomba soudain sur le sac à main de Kristina, posé en évidence sur la table. Son cœur battit plus vite. Bon sang, comment avait-il pu négliger ce détail? Se déplaçant sans bruit, il s'empara de l'objet de cuir noir et s'engouffra dans la première chambre libre qu'il trouva ouverte. Refermant la porte à clé derrière lui, il inventoria le contenu du sac. Il ne trouva aucune lettre, aucune facture comportant son nom. Il retira son carnet d'adresses et ouvrit son portefeuille, d'où il sortit ses cartes de crédit ainsi que son permis de conduire. Par mesure de précaution, il glissa le tout dans ses propres affaires. Il ne fallait surtout pas que Kristina tombe dessus par mégarde.

Lorsqu'il se fut assuré que son sac ne contenait plus rien qui puisse lui révéler sa véritable identité, il regagna la chambre de Kristina et reposa le tout sur la table. Et hop! Cette fois, le décor était en place. Kris Valentine, personnage inventé de toutes pièces, allait pouvoir entrer en scène...

Max appela Daniel à l'hôpital et fit tant et si bien que sa secrétaire finit par accepter de le lui passer.

— J'espère pour toi que tu as de bonnes raisons de me déranger en pleine consultation, Max! s'exclama quelques minutes plus tard la voix de Daniel dans le combiné.

— Est-ce que j'ai l'habitude de t'arracher à tes patients sans raison, Dan? Je n'appelle pas pour te proposer une partie de bridge. C'est au sujet de Kristina, que tu as vue, tout à l'heure. Apparemment, il y a un gros problème...

En quelques phrases brèves, il exposa la situation à son ami. Un silence pensif tomba sur la ligne.

— Ça m'a tout l'air d'être un cas d'amnésie, finit par déclarer Daniel.

— Oui, merci. J'avais remarqué. Si je fais appel à toi, c'est pour que tu me dises comment ça se traite. Faut-il que je la conduise à l'hôpital en urgence ? Il vaudrait peut-être mieux lui faire passer un scanner, non ?

— Dans un premier temps, cela ne me paraît pas utile. Il n'y a qu'une chose à faire, en fait : attendre que la mémoire revienne.

Ce n'était pas la réponse que Max avait souhaité entendre. Même s'il avait monté toute cette mise en scène lui-même, il ne se sentait pas en paix avec sa propre conscience. Plus vite Kristina recouvrerait la mémoire, moins il aurait de chances de s'enfoncer dans des mensonges inextricables !

— Attendre ! Et pendant combien de temps ? s'enquit-il avec impatience.

La voix de Daniel, contrairement à la sienne, demeura calme et mesurée. Max ne se souvenait pas d'avoir jamais vu son ami s'énerver, d'ailleurs. C'était probablement cette différence de caractère qui avait cimenté leur amitié.

— Le temps qu'il faudra, mon vieux. Une journée, une semaine...

Bon. Apparemment la médecine moderne n'avait pas encore trouvé de parade efficace aux problèmes d'amnésie provoqués par les chocs. Autrement dit, il se voyait confronté à un sacré dilemme.

— Dis-moi, elle ne risque pas de rester comme ça toute sa vie, quand même ?

Daniel soupira.

— C'est hautement improbable, mais ce n'est pas entièrement exclu, pour autant. On a vu des cas de patients qui ne recouvraient jamais la mémoire. Tout ce que tu peux faire pour aider Kristina, c'est l'entourer d'objets familiers. Ce sont souvent de simples détails qui provoquent le retour des souvenirs : une humeur un peu particulière, une chanson, une odeur. Peut-être trouveras-tu une photo dans ses affaires ? En attendant, je peux faire un saut ce soir en sortant de l'hôpital, si ça te rassure que je la réexamine ?

— J'y compte bien, oui. Car elle n'est pas dans son état normal, je te le garantis. Elle est même devenue aimable, c'est te dire à quel point le choc a été brutal !

Même si Max était résolu à poursuivre sa mise en scène, il refusait de prendre le moindre risque en ce qui concernait la santé de Kristina. Reposant le combiné, il contempla pensivement le téléphone. Les paroles de Daniel continuaient à résonner dans son esprit. « Entoure-la d'objets familiers. »

Mais il n'y avait rien de familier pour elle, dans le contexte de l'hôtel. Tout était neuf ici, pour Kristina Fortune.

Ce qui, en l'occurrence, servait plutôt ses desseins, se dit Max. Depuis qu'elle était revenue à elle, la jeune femme lui témoignait même une sorte de reconnaissance — comme les victimes d'un naufrage éprouvent de la gratitude envers leurs sauveteurs. Autrement dit, les conditions étaient idéales. Débarrassée de ses anciens préjugés, Kristina découvrirait la Rosée d'un œil neuf et apprécierait la solidarité qui régnait parmi le personnel.

Max se leva pour arpenter le bureau de long en large. Puisque Daniel lui assurait qu'il n'y avait ni traitement ni remède, il se sentait la conscience plus tranquille. Etant donné qu'il n'y avait rien d'autre à faire, de toute façon, qu'à attendre, autant mettre ce répit inespéré à profit pour essayer d'agir, non ? Kristina elle-même ne pourrait que bénéficier de l'expérience si elle acquérait quelques qualités humaines au passage...

Et puis, si elle restait amnésique quelque temps et se prenait d'amitié pour les gens de la Rosée, comment aurait-elle encore le cœur de les renvoyer une fois qu'elle aurait recouvré la mémoire ? De toute façon, il n'avait pas grand-chose à perdre. Kristina était arrivée dans de telles dispositions, la veille, qu'il ne voyait guère comment elle pourrait durcir encore un peu plus ses positions !

— June ! appela-t-il en sortant de son bureau. Essaye de me rassembler tout le monde pour dans environ un quart d'heure, O.K. ? J'ai une petite annonce à vous faire.

La réceptionniste reposa le roman sentimental dans lequel elle était plongée et se leva paisiblement pour se mettre à la recherche de ses collègues.

« Quitte ou double », songea Max avec une pointe d'excitation mêlée d'appréhension. Car il n'excluait pas que Kristina Fortune, une fois redevenue elle-même, ne passe le reste de ses jours à lui faire regretter amèrement son initiative...

6

Adossé contre la cloison, Max passa en revue le petit groupe déployé en demi-cercle dans le bureau étriqué qui avait naguère été le domaine réservé de sa mère adoptive. C'était Sylvia, à l'époque, qui gérait les affaires courantes de l'hôtel et prenait les décisions financières importantes. John, lui, était plus un homme de contact qu'un homme d'affaires. Il adorait son rôle d'hôte et laissait volontiers à sa femme le soin « d'aligner les chiffres ».

Tous deux, quoi qu'il en soit, avaient adoré l'Auberge. Et cette passion restait sensible, à la fois dans l'atmosphère qui régnait à la Rosée et dans le choix des collaborateurs dont John et Sylvia Murphy s'étaient entourés. Voilà pourquoi, depuis l'arrivée inopinée de Kristina Fortune, la veille, Max s'était découvert une mission sur terre : protéger coûte que coûte l'œuvre que ses parents adoptifs avaient réalisée avec amour.

Il regarda avec affection les cinq personnes qui se tenaient devant lui. June, Sam et Jimmy formaient l'ancienne garde. Ils vivaient à la Rosée depuis une éternité et faisaient partie intégrante de l'adolescence de Max. Sydney et Antonio, beaucoup plus jeunes, appartenaient, eux, à la nouvelle génération. Mais ils n'en étaient pas moins considérés comme des membres de la « famille » à part entière. Une famille que Max refusait de voir démantelée sous prétexte que Kristina Fortune avait décidé d'en faire une espèce de club de luxe pour jeunes mariés bon chic bon genre !

Alors tant pis si sa conscience le travaillait un peu parce qu'il se comportait en manipulateur consommé. N'était-il pas fondé à se battre avec ses propres armes face à une associée entièrement inféodée au dieu dollar ? S'il avait un parti à prendre, c'était celui des gens de la Rosée qui avaient toujours considéré l'hôtel comme leur maison. Et non pas celui d'une Kristina Fortune qui se hâterait de regagner son conglomérat familial une fois ses ravages accomplis.

Mais il avait beau accumuler les justifications, Max n'en restait pas moins tenaillé par des remords insidieux tandis qu'il exposait son « plan » à ses cinq amis.

Sam, le cuisinier en chef, prit place dans un des deux fauteuils disponibles et leva vers lui un regard sceptique.

— Tu es sûr et certain qu'elle ne se souvient vraiment de rien ?

— Absolument. Elle a perdu toute notion de sa véritable identité.

Sydney secoua pensivement la tête.

— C'est quand même bizarre, non ? Quand je pense au nombre de fois où mon petit frère a pris des chocs sur le crâne quand nous étions enfants. Il ne perdait pas la mémoire pour autant, c'est moi qui vous le dis. Tout ce qu'il oubliait, c'était de se laver les dents et de faire ses devoirs.

Max sourit.

— Je n'en sais pas plus que vous sur la nature exacte du phénomène. Toujours est-il que l'esprit de Kristina Fortune est désormais une page blanche. Et personne ne sait combien de temps ça va durer. D'après Daniel, ça pourrait se prolonger une semaine. Peut-être moins, peut-être plus...

— Moi je la plains, en tout cas, commenta June d'un air préoccupé. Ça doit être affreux de ne plus savoir qui on est. Et dans un milieu totalement étranger, en plus. Loin de ses amis, loin de sa famille. Pauvre petite !

102

Pour Max, June avait toujours été comme la grand-mère qu'il n'avait jamais eue. Une grand-mère très éloignée de tous les stéréotypes du genre, avec ses cheveux teints en blond platine, ses petits rires sensuels et sa passion avouée pour les romans d'amour. Cette « vieille dame indigne », en effet, ne craignait pas de jouer au whist jusqu'aux petites heures du matin et adorait les films policiers les plus noirs. Mais elle avait le cœur sur la main.

— La « pauvre petite », comme tu dis, avait tout de même la charmante intention de tous vous mettre au chômage. Mais grâce à cette chute providentielle, nous avons désormais affaire à une nouvelle Kristina Fortune : une jeune femme toute neuve, sans préjugés de classe et sans idées préconçues. On ne pouvait pas rêver mieux, vous êtes d'accord avec moi ? Nous allons donc tirer parti de la situation pour amener son Altesse Royale à voir la Rosée à travers nos yeux. Et plus précisément, à travers les tiens, Sydney.

La jeune femme écarquilla les yeux en question.

— Les miens ? Comment ça ?

— J'aimerais que tu l'inities à ton travail.

Sydney échangea avec June un regard sidéré.

— Initier Mlle Fortune au métier de femme de chambre ? Tu plaisantes ou quoi ?

— Pas du tout. J'ai revu et corrigé le passé de Kristina à ma manière. Elle sait qu'elle s'appelle Kris Valentine, qu'elle vient de divorcer et qu'elle a décidé de prendre une place de femme de chambre, ici, à la Rosée.

Sydney fronça les sourcils.

— Elle, travailler comme femme de chambre ? Mais elle ne doit même pas savoir tenir un balai ! Ça ne peut pas marcher, Max. Elle va se rendre compte tout de suite que ses délicates petites mains blanches n'ont jamais été conçues pour les viles tâches ménagères.

Max sourit. Pour le moment, il se sentait confiant.

— Elle apprendra, voilà tout. Je suis sûr que ça lui

ouvrira de nouveaux horizons. C'est très intéressant de découvrir la réalité sous de nouveaux angles, une fois qu'on est descendu de son piédestal. En tout cas, elle ne pourra plus vous considérer, tous, comme des pions inter-changeables ! Si elle ne s'humanise pas un peu, après une pareille expérience, c'est que son cas est désespéré.

Son regard glissa sur son auditoire. Il attendait leur réaction avec impatience, conscient qu'il ne ferait rien s'ils ne lui donnaient pas le feu vert. La Rosée, c'était eux, principalement. Lui-même n'y tenait qu'un rôle somme toute accessoire.

Assis le dos droit, avec un air de vieux sage, Sam hocha gravement la tête.

— Moi, je suis partant. De toute façon, on ne perd rien à essayer.

— Je te soutiens à cent pour cent, Max, chevrota Jimmy.

Le vieux jardinier qui avait passé l'âge de la retraite depuis des lustres avait toujours eu l'intention de finir tranquillement ses jours à la Rosée, en continuant à bichonner ses rosiers adorés.

Sydney et Antonio donnèrent également leur accord. Seule June semblait perturbée. Max haussa un sourcil.

— Mon plan ne t'enthousiasme pas, June, on dirait ?

— Je ne suis pas certaine que nous maîtrisions bien toutes les données, Max. Kristina Fortune n'est pas orpheline, que je sache. Que ferons-nous lorsqu'un membre de sa famille appellera pour prendre des nou-velles ?

Si le reste des Fortune était à l'image de Kristina, ils ne téléphoneraient pas de sitôt, songea Max. Ces gens-là étaient beaucoup trop occupés à gérer leurs milliards. Il les imaginait perpétuellement affairés, le regard rivé sur leur écran d'ordinateur, l'oreille collée en permanence à leur téléphone portable. Puisque Kristina avait prévu de s'absenter environ deux mois, ils ne s'inquiéteraient pas avant un bon bout de temps si elle les laissait sans nouvelles.

— Nous verrons bien si le problème se présente. Il y aura toujours moyen d'improviser. Mais, à mon avis, personne ne lui fera signe avant un bon bout de temps. Ils doivent se frotter les mains d'être débarrassés d'elle pour un moment.

— Ça, c'est sûr ! acquiesça Sydney qui n'avait manifestement pas apprécié les manières hautaines de Kristina. Mais dis-moi, Max, tu ne pourrais pas demander plutôt à Sam de la prendre avec lui en cuisine ? Ou la confier à Jimmy pour qu'elle lui arrache ses mauvaises herbes ? Je ne supporterai pas d'avoir cette fille constamment dans les jambes.

Max ne put s'empêcher de sourire de sa réaction.

— Ne t'inquiète pas, Sydney. Elle sera polyvalente. Je veux qu'elle découvre la Rosée sous tous ses aspects. Tu lui expliqueras que c'est ainsi que nous formons nos nouvelles recrues. Nous veillerons à la faire passer dans tous les services.

Max fut soudain assailli par une vision de Kristina telle qu'il l'avait laissée en partant. Et il se sentit tenu de préciser :

— Ça va peut-être vous étonner, mais elle est plutôt sympa, en ce moment. Elle ne devrait pas nous poser trop de problèmes.

Sydney émit un rire sarcastique.

— Sympa, elle ? Je voudrais bien voir ça. Elle a dû te jouer la comédie, Max. Et tu es tombé dans le panneau.

Antonio renchérit aussitôt, abondant dans le sens de Sydney. Jimmy se plaignit qu'elle avait critiqué ses parterres. Et Sam précisa qu'elle avait traversé sa cuisine comme une tornade en lui faisant observer sèchement que son organisation laissait à désirer.

— Et je ne savais même pas qui c'était, moi, cette fille ! acheva-t-il d'un ton indigné. Crois-tu qu'elle se serait présentée ?

— Oh, elle n'a pas besoin de décliner son identité, on la reconnaît au premier coup d'œil : Mme Vampire, maîtresse de M. Dollar ! ironisa Antonio. Canines sorties et prête à aspirer.

D'un geste de la main, Max mit un terme à cette pluie de critiques acerbes. Même s'il était d'accord avec eux, sur le fond, il jugeait déplacé qu'on s'acharne ainsi sur Kristina alors qu'elle n'était pas en état de se défendre.

— Ecoutez, même si elle nous a tous réfrigérés hier soir, elle s'est réveillée aujourd'hui avec une bonne dose d'arrogance en moins. Il n'y a qu'une chose à regretter, sans doute : c'est que personne n'ait eu l'heureuse idée de lui donner un grand coup sur la tête plus tôt !

Un large sourire s'épanouit sur les traits de Sydney.

— C'est parce que tu ne m'as pas laissée faire. Dès hier soir, je me serais dévouée volontiers pour l'assommer d'un grand coup de balai !

Une fois que tout le monde eut quitté le bureau, Max regarda sa montre. Au point où il en était, ça ne valait même plus la peine de se rendre au chantier. Tant pis. Paul se débrouillerait sans lui. De toute façon, il pouvait difficilement se permettre de quitter la Rosée en ce moment, et les laisser seuls gérer le problème Kristina. Sourcils froncés, il composa le numéro de portable de son associé.

— Alors, Roméo ? s'exclama Paul en reconnaissant sa voix. Toujours occupé à veiller de jolies jeunes filles évanouies ? Ça tourne à la vocation, chez toi.

Max, lui, ne voyait pas la situation avec autant d'humour. Le chantier lui manquait et il n'avait pas l'habitude de laisser sa part de travail à autrui.

— Je suis désolé de te faire ce coup de Trafalgar, Paul, mais je crois que tu vas encore être obligé de te passer de moi aujourd'hui. Car la situation ne s'arrange pas, par ici.

— Qu'est-ce qui se passe, Max ? Elle est restée dans le coma, ta Juliette ?

— Dans le coma, non. Mais elle ne sait plus très bien où elle en est.

En quelques phrases succinctes, Max décrivit le réveil de Kristina à son ami. Paul poussa une exclamation sourde en apprenant que la jeune femme ne se souvenait de rien, pas même de son propre nom. Il eut aussitôt la réaction que Max redoutait :

— Il n'y a aucune raison pour que tu te retrouves avec cette fille amnésique sur les bras, mon vieux ! Tu vas me faire le plaisir de prévenir quelqu'un de sa famille. Qu'ils viennent donc la chercher en avion ! Ils ont les moyens, merde !

Max sentit sa conscience le titiller une fois de plus. A ce train, c'était à se demander jusqu'où son mensonge allait le mener.

— C'est-à-dire que... Daniel — tu sais, mon ami médecin — m'a conseillé d'attendre encore un peu. Ses parents ont d'autres chats à fouetter, si j'ai bien compris. Ils ont un énorme consortium à diriger. Je crois que l'argent est tout ce qui les intéresse.

A l'autre bout du fil, on entendait le fracas des bulldozers et le grincement des grues. Max soupira. L'ambiance du chantier lui manquait, décidément. Paul attendit que le bruit de fond ait diminué pour répliquer :

— Je crois que les Fortune ont d'autres problèmes en ce moment que le montant de leurs chiffres d'affaires cumulés. Tu ne lis donc pas les journaux, Max ?

— Pas ces derniers temps, non. Pourquoi ?

— L'un d'eux — l'oncle de ta Kristina, je crois — est apparemment inculpé pour le meurtre d'une actrice, Monica quelque chose. Ça fait deux semaines qu'on ne parle que de ça. Peut-être que les autres membres de la famille en ont profité pour prendre la tangente avant de tomber aux mains de la justice à leur tour.

N'était-ce pas ainsi qu'avait réagi sa propre famille d'origine ? songea Max. En fuyant, ses parents s'étaient débarrassés de tout ce qui était susceptible de les encombrer — leur fils, y compris.

Kristina et lui avaient peut-être plus de points communs qu'on aurait pu le penser, tout compte fait ?

— Ecoute, Paul, tout ce que je sais, c'est que les parents de Kristina vivent loin d'ici et qu'ils sont difficiles à joindre pour le moment. Il va donc bien falloir que je m'occupe d'elle. D'ailleurs, je compte profiter de ce temps de repos forcé pour lui montrer comment l'hôtel fonctionne.

Paul se mit à rire.

— Et pour lui donner un aperçu de ton fonctionnement personnel ?

Sur le point de nier avec énergie, Max songea à la façon dont il avait réagi la veille, sur la plage. Il haussa les épaules. Cela n'avait été qu'une vague de désir passagère.

— Aucun danger de ce côté-là, mon vieux. Cette fille est une véritable ogresse. Elle dévore tout ce qui lui passe sous la main. Enfin, je te dis ça, mais son coup sur la tête semble avoir provoqué un changement de personnalité assez spectaculaire. Depuis qu'elle a repris conscience, elle se montre étonnamment docile. C'est assez frappant, en fait.

— Qu'est-ce qui est frappant ?

— Eh bien, c'est un peu l'histoire de Dr Jekyll et Mr Hyde. Mais à l'envers.

— Mmm... Tu veux que je te dise une chose, Max ? J'ai beau être marié depuis dix ans, les femmes resteront toujours un mystère à mes yeux. J'espère simplement pour toi que tu sais ce que tu fais.

Max rit doucement.

— Ça, je n'en suis pas si certain, non.

Il jeta un regard par la fenêtre et vit les vagues se dérouler calmement sur la plage. Il bénéficiait ici de la même vue que Kristina, songea-t-il, soudain conscient que sa chambre était située juste au-dessus du bureau. Il savait qu'elle ne pouvait pas l'entendre, mais il n'en baissa pas moins la voix.

— Je te retrouve au chantier demain, Paul. C'est promis.

— O.K. ! Comme tu voudras. Mais il n'y a pas le feu au lac, tu sais. J'ai la situation en main. Pour une fois, nous ne sommes pas trop en retard.

Pas trop en retard, peut-être, mais ils avaient des délais stricts à respecter. Et Paul avait parfois tendance à se montrer laxiste.

— C'est vrai. Mais n'oublie pas les pénalités de retard prévues dans le contrat. Il faudra essayer d'accélérer un peu le rythme.

— Très bien, patron. Je vais faire claquer mon grand fouet.

Max se mit à rire.

— A demain, Paul.

Il reposa le combiné et sortit du bureau. Il passa devant la réception et trouva un couple de vieux clients, les Abbot, en train de faire leurs adieux à June.

— Alors à l'année prochaine, monsieur et madame Abbot ?

Les deux vieux époux échangèrent un sourire. Ils revenaient chaque année, à la même époque, passer la dernière semaine de janvier à la Rosée.

— Nous serons fidèles au rendez-vous, déclara M. Abbot en souriant à sa femme. Cette nuit de tempête, hier, fut particulièrement romantique, pas vrai, Edna ? Un temps comme celui-là réveille mes ardeurs de jeune homme.

Mme Abbot rougit légèrement.

— Il oublie que ses soixante-cinq ans sont déjà loin, confia-t-elle à June.

Le vieux couple se dirigea vers la porte d'entrée, escorté par Sydney et suivi par Antonio qui portait leurs valises. A quatre-vingts ans passés, ils avaient toujours l'air aussi amoureux, songea Max avec envie. Certaines personnes avaient vraiment une chance inouïe.

June dut lire sa réaction sur son visage car elle lui sourit d'un air entendu.

— Ça réconcilie avec la vie de les voir aussi épris, ces deux-là, non ?

— Tu sais que tu es une incurable romantique, June ?

— Bien sûr ! Et je le revendique !

Avec le départ des Abbot, quatre chambres seulement restaient occupées dans tout l'hôtel. Max fronça les sourcils en se penchant sur le vieux registre dans lequel les clients continuaient à signer à leur arrivée comme à leur départ. Son père adoptif avait toujours refusé de se mettre à l'informatique. John ne voulait rien avoir à faire avec une machine qui pourrait, comme il le disait, « se révéler plus intelligente que lui ». Bien qu'il eût informatisé sa propre société dans le bâtiment, Max n'avait pas jugé utile d'introduire un ordinateur à la Rosée. Peut-être était-ce un tort. Les affaires, c'est vrai, n'allaient pas très fort, même si on tenait compte des variations saisonnières...

« Voilà que je me mets à penser comme elle ! » constata Max, avec un frisson involontaire.

— Tu as froid ? s'étonna June.

Il repoussa le registre.

— Pas vraiment non. Il fait un temps plutôt merveilleux pour la saison.

June l'examina de la tête aux pieds avec une fierté toute maternelle. Elle fit semblant de battre des cils en portant la main à sa poitrine.

— Tu sais que tu es devenu un très beau garçon, toi ?

Max secoua la tête.

— Un garçon, moi ? A t'entendre, on croirait que je suis à peine sorti de l'adolescence. N'oublie pas que j'ai trente-deux ans.

— Mais moi, j'ai quelques petites années de plus, déclara la réceptionniste qui se faisait un principe de ne jamais avouer son âge. Donc, à mes yeux, tu restes un jeune homme. Un superbe jeune homme, même.

Avec un rire amusé, Max accepta le compliment.

— Kris est-elle descendue ?

— Pas que je sache. Tu veux que je lui envoie quelqu'un avec un plateau repas ? Il est midi passé.

Max se rappela alors qu'il n'avait rien avalé depuis la veille. Pas même une tasse de café. L'accident de Kristina lui avait fait oublier ces basses contingences, mais son estomac, tout à coup, se rappelait à son bon souvenir.

— Inutile de déranger Sydney ou Antonio. Je me charge de lui monter un en-cas.

— Tiens, tiens ! J'étais sûre que tu dirais ça, marmonna June dans sa barbe.

Avec un petit sourire entendu, la réceptionniste se replongea dans son roman d'amour.

— Ne t'occupe surtout pas de moi, Sam. Je me débrouille, annonça Max en faisant irruption dans les cuisines.

Il prit un plateau et le posa sur le plan de travail. Ils utilisaient ces plateaux bien particuliers pour les clients qui désiraient prendre leur petit déjeuner dans leur chambre. Un compartiment spécial était prévu de chaque côté pour poser journaux et magazines. Il y avait également un espace aménagé en creux où l'on pouvait loger un petit vase. Jimmy cultivait ses fameuses roses thé spécialement à cette intention.

Max se confectionna un sandwich à la hâte, puis prit une grappe de raisins qu'il disposa sur une assiette.

— Je peux te préparer quelque chose, si tu as faim, proposa Sam qui détestait qu'on farfouille dans sa cuisine.

— Ce n'est pas pour moi, c'est pour Kris.

Sam se rassit aussitôt et recommença à peler ses pommes de terre avec de grands gestes vengeurs.

— Dans ce cas, tu trouveras l'arsenic dans la réserve, juste à côté de la mort-aux-rats, maugréa le cuisinier.

Max sourit sans faire de commentaires et entreprit de préparer une salade ainsi qu'une assiette de viande froide.

Puis il rajouta une petite cafetière en argent et deux tasses.

Abandonnant le cuisinier qui continuait à s'indigner à voix basse sur « ces gens qui se prenaient pour le nombril du monde et qui parlaient à tort et à travers », Max sortit dans le couloir, grimpa l'escalier de service et se retrouva juste devant la porte de la chambre de Kristina.

Il frappa doucement et, n'obtenant pas de réponse, se décida à entrer, le cœur serré par un soupçon d'inquiétude. Et si elle avait de nouveau perdu connaissance ? Avait-il eu tort de la laisser seule alors qu'elle venait de recevoir un choc sur la tête ? Il fut rassuré de trouver Kristina toujours allongée mais les yeux grands ouverts. Elle tourna lentement la tête dans sa direction.

— Je ne dormais pas, murmura-t-elle, toujours de sa même voix douce.

— Mais tu n'as pas réagi quand j'ai frappé.

— Je n'ai pas fait attention, admit-elle en se redressant. J'étais perdue dans mes pensées.

Elle noua les bras autour de ses genoux repliés. Ses cheveux glissèrent de ses épaules et tombèrent le long de son visage, formant un fin rideau de soie claire. Max s'efforça de faire abstraction de la sensualité qui émanait d'elle.

La jeune femme jeta un coup d'œil sur le plateau puis releva la tête d'un air désemparé.

— Je ne sais même pas si j'aime la salade ou le café. C'est bizarre, non ? Je connais le nom des choses, pourtant. Mais je ne parviens pas à établir d'association avec des saveurs connues. Il n'y a rien d'établi, rien de dessiné, dans ma tête. Je suis comme une toile encore vierge.

La métaphore plut à Max. Une toile encore vierge. Il se promit de prendre pinceaux et couleurs pour ajouter à son portrait quelques petites touches à sa façon...

Elle lui adressa un sourire qu'il eût qualifié de timide s'il avait eu affaire à n'importe qui d'autre que Kristina Fortune. A moins que ce ne soit un aspect de sa véritable personnalité qu'elle avait toujours tenu soigneusement caché sous des dehors agressifs?

— C'est gentil de m'avoir apporté un plateau-repas, dit-elle après avoir goûté prudemment sa salade. Mmm... C'est bon.

Max sentit son propre sourire se crisper. Il aurait préféré de loin qu'elle se montre un peu moins reconnaissante à son égard...

— Je peux quand même difficilement te laisser toute seule ici dans ta chambre, à mourir de faim, dit-il d'un ton bourru.

Coupant court, il s'approcha de la fenêtre pour contempler la vue. C'était nettement plus confortable que de la regarder elle.

— J'ai appelé un médecin pour qu'il vienne t'examiner. Tu verras, il est très gentil. Daniel est un ami. Nous avons plus ou moins grandi ensemble.

— C'est ici que tu as grandi? demanda Kristina avec un intérêt qui semblait sincère.

— Oui. Enfin... plus ou moins.

Tout ce qui s'était passé avant ses treize ans, il préférait en faire abstraction. Il considérait que sa vie avait commencé le jour où il avait gravi pour la première fois les marches de bois qui menaient à la porte d'entrée de la Rosée.

— Ça a dû être merveilleux de passer toute ton enfance dans un lieu comme celui-ci. Cet endroit est tellement beau!

— Toute mon enfance, c'est un grand mot. J'avais déjà treize ans lorsque je suis arrivé ici, admit-il.

— C'est l'âge que tu avais quand tes parents ont acheté l'hôtel?

Max se pencha pour se verser une tasse de café. Pour Dieu sait quelle raison obscure, il choisit de lui dire la vérité.

— Non, j'avais treize ans lorsque le juge pour enfants m'a envoyé chez John et Sylvia Murphy. C'était l'ultime chance qu'on m'accordait avant le centre de redressement pour délinquants juvéniles.

Kristina leva vers lui de grands yeux préoccupés.

— Je ne comprends pas, murmura-t-elle.

Placé en équilibre précaire, le plateau menaçait de basculer. Max s'en saisit et le posa sur la table.

— Les gens qui étaient propriétaires de l'hôtel avant moi sont mes parents adoptifs, pas mes parents d'origine.

— Ainsi tu es orphelin ?

Etonné, Max se retourna pour la regarder. Etait-ce de la compassion qu'il avait perçue dans sa voix ? En d'autres circonstances, il aurait coupé court tout de suite. Il détestait parler de son passé. Et a fortiori quand les gens faisaient mine de prendre son histoire à cœur. Mais, avec elle, c'était différent. La spontanéité de sa réaction le laissait entièrement désarmé.

— D'une certaine manière, oui, je suis orphelin.

— D'une certaine manière ? répéta Kristina, manifestement dépassée par ses explications.

Le rire bref de Max rendit un son amer.

— Disons que j'ai toujours vécu comme un enfant qui n'a pas de parents, même si, en réalité, mon père et ma mère sont sans doute toujours en vie quelque part. Il n'empêche que je serais bien incapable de les reconnaître si je devais tomber sur eux par hasard. Et vice versa, d'ailleurs.

Kristina posa sa main sur la sienne.

— Comment en es-tu arrivé là ?

Ses doigts étaient si légers sur les siens, sa voix si douce, que les mots sortirent d'eux-mêmes.

— Je me souviens de m'être réveillé un matin dans une chambre de motel. Je crois que c'est mon premier souvenir conscient, en fait. J'avais quatre ou cinq ans, je ne sais plus. Je suppose que c'était une chambre de dimensions normales, mais telle que je la vois, à travers mes yeux d'enfant, elle était absolument immense — caverneuse, même. Et vide surtout. Effroyablement vide.

La raison en était simple : mes parents avaient décampé au cours de la nuit en laissant derrière eux tout ce dont ils n'avaient pas réellement besoin. Et je faisais manifestement partie des bagages inutiles.

Jamais les yeux de Kristina n'avaient paru aussi immenses. Elle semblait au bord des larmes.

— Oh, Max ! Je suis désolée.

Il s'éclaircit la voix en se demandant par quel mystérieux détour il en était arrivé à lui confier son enfance pathétique.

— Ce n'est pas si dramatique, tu sais. Au fond, je crois même que c'était ce qui pouvait m'arriver de mieux. S'ils ne m'avaient pas abandonné, je n'aurais jamais été adopté par les Murphy. Et je n'ose même pas imaginer ce qu'aurait été ma vie si je n'avais pas eu la chance extraordinaire de passer une dizaine d'années sous le toit de ces gens-là.

John et Sylvia avaient effectivement réussi ce petit miracle : le détourner de son propre destin. Parce qu'ils avaient cru en lui, tout simplement. Il n'y avait eu ni punitions, ni sermons, ni leçons de morale. Mais leur exemple avait suffi. En les regardant vivre, c'était comme si la couche de haine, peu à peu, avait fondu en lui. Il était devenu quelqu'un d'honnête. Du moins, jusqu'à maintenant.

Que penseraient ses parents adoptifs s'ils le voyaient à l'œuvre avec Kristina ? se demanda-t-il avec cynisme. Et le pire, c'est que celle-ci semblait sincèrement émue par son sort.

— Oui, tu as raison, murmura-t-elle. Tout s'est terminé pour le mieux. J'espère que mon histoire connaîtra le même dénouement heureux, ajouta-t-elle pensivement.

— Bien sûr que ça va s'arranger aussi pour toi. C'est juste une question de temps.

Kristina se passa nerveusement la main sur le front.

— J'ai peur, tu sais, avoua-t-elle à mi-voix.

Elle paraissait tellement perdue que Max ne put s'empêcher de lui offrir un espoir auquel se raccrocher.

— Mon ami Daniel qui t'a examinée ce matin n'avait pas l'air inquiet du tout. Normalement, tout devrait rentrer dans l'ordre dans quelques jours. D'après lui, un détail, même infime, peut suffire à réveiller ta mémoire.

Un sourire plus confiant s'épanouit sur les traits de Kristina. Elle poussa un soupir et s'étira.

— C'est rassurant de l'entendre. Encore merci pour le repas, c'était délicieux.

— Je transmettrai le compliment à Sam, promit Max.

Et avec un peu de chance, le cuisinier, flatté, renoncerait à lui faire avaler ses provisions de mort-aux-rats.

« Sam... Encore un nouveau nom », songea Kristina, vaguement découragée.

— Sam, comme Samantha, ou Sam comme Samuel ?

— Comme Samuel. C'est notre chef de cuisine. Il est très doué... mais un peu susceptible.

Kristina essaya de se représenter un visage, une silhouette qui iraient avec ce nom de Samuel. Mais, là encore, aucune image ne se présenta.

— J'ai l'impression d'avoir tout à réapprendre, murmura-t-elle en luttant contre l'abattement.

Elle avait l'air tellement malheureuse ! Il était grand temps qu'il quitte la chambre, décida Max, sur le qui-vive. Lorsqu'elle le regardait avec ces grands yeux désolés, il n'avait qu'une envie : lui avouer toute la vérité. Mais il devait résister à la tentation coûte que coûte. Si Kris redevenait Kristina, la partie était perdue d'avance. Car avec l'héritière des Fortune, inutile d'espérer négocier un compromis. C'était clairement le genre de fille qui ne reculait devant rien pour parvenir à ses fins. Et elle obtiendrait ce qu'elle voulait, bien sûr : en mettant le nom et l'argent des Fortune dans la balance, on pouvait ouvrir bien des portes. Face au pouvoir du clan, il ne ferait pas le poids.

— Nous sommes ici pour t'aider, Kris. Alors haut les cœurs, O.K. ? Demain, si tu te sens mieux, tu pourras essayer de reprendre ton travail.

Le visage de Kristina s'éclaira.

— Oui, je crois que ce serait une bonne chose. Exécuter des gestes familiers stimulera sûrement ma mémoire.

— Sans doute, oui, acquiesça-t-il gravement tout en priant pour que le réveil se fasse le plus tard possible !

7.

Lorsqu'elle ouvrit les yeux le lendemain matin, Kristina connut un bref moment d'espoir. Elle se sentait reposée, en forme, et sa tête ne la faisait plus souffrir. Et si tout était redevenu normal? Stimulée par ses rêves, sa mémoire était peut-être revenue spontanément au cours de la nuit? Mais elle eut beau se concentrer, rien à faire : ses souvenirs restaient limités aux événements de la veille. Au-delà, c'était le trou noir...

En fin de journée, Max était venu la voir en compagnie de son ami médecin, un homme calme et compétent qui avait su trouver des mots rassurants pour lui parler de son amnésie. Max et lui l'avaient conduite à l'hôpital où elle avait subi toute une batterie d'examens. Mais scanner et IRM n'avaient fait que confirmer le diagnostic de Daniel Valente : son cerveau ne présentait aucune lésion détectable. Toutes les chances étaient donc réunies pour que la perte de mémoire reste passagère, en avait conclu le médecin.

Seule chose à faire : attendre. Et guetter les signes, bien sûr.

Les rêves qui étaient survenus au cours de la nuit auraient pu lui apporter des éléments de réponse. Mais lorsque Kristina avait voulu les récapituler au réveil, elle s'était heurtée à un échec. Tous s'étaient évanouis, ne laissant derrière eux que quelques vagues sensations indéfinissables, des images floues aux contours fuyants.

La jeune femme se mordit la lèvre. Comment vivre au bord d'un tel gouffre sans avoir le vertige ? Les questions qui se pressaient dans sa tête la rendaient à moitié folle d'angoisse. Avait-elle des secrets que Max ignorait ? Un de ses proches attendait-il de ses nouvelles en se rongeant d'inquiétude parce qu'elle ne donnait plus signe de vie ? Avait-elle des parents ? Des amis ? Un amoureux, peut-être ?

Si seulement quelqu'un pouvait l'aider à répondre à ces questions ! Mais, apparemment, elle n'avait pas noué de relations d'amitié avec les gens qui travaillaient à l'hôtel. Ni Sydney, sa collègue femme de chambre, ni June la réceptionniste, ni Sam, le cuisinier n'étaient venus lui rendre visite la veille. Seul Max, leur employeur, semblait s'inquiéter de son sort.

Refusant de céder au découragement, Kristina repoussa sa couette et se leva, bien décidée à reprendre ses activités le jour même. Tant qu'elle serait privée de mémoire, elle ne pourrait compter que sur ses propres forces — au moral comme au physique. Ce n'était donc pas le moment de s'effondrer. Pensive, la jeune femme se passa la main sur le front. Avait-elle l'habitude de s'en remettre aux autres pour régler les problèmes à sa place ? Quelque chose lui disait que non ; une petite voix lui soufflait qu'elle avait les épaules assez larges pour affronter la situation.

Une fois debout, la jeune femme jeta un coup d'œil au réveil placé sur sa table de chevet. Il était tout juste 7 heures. Etait-elle matinale, d'ordinaire ? Sans doute, puisqu'elle s'était réveillée spontanément. Peut-être était-ce encore ce qui la désorientait le plus : ne rien savoir d'elle-même, de ses goûts, de ses préférences. Même le simple fait de se coiffer suscitait des interrogations de toutes sortes.

Brosse en main, Kristina examina son reflet dans le

miroir et finit par laisser ses cheveux défaits. *A priori*, c'était ce qui paraissait convenir le mieux. Elle pourrait toujours les relever plus tard si le besoin s'en faisait sentir. Finalement, son cas n'était pas très éloigné de celui d'un bébé sur le point de faire ses premiers pas, songeait-elle en fronçant les sourcils. Son élan l'emporterait-il glorieusement jusqu'à l'autre bout de la pièce ou s'effondrerait-elle à la première tentative ?

Elle finissait de s'habiller lorsqu'on frappa à sa porte. Quelqu'un enfin ! C'était un soulagement de pouvoir parler, communiquer, poser des questions. La moindre indication — même infime — que les gens de son entourage voudraient bien lui fournir lui paraissait infiniment précieuse. Elle était avide d'apprendre, de reconstituer le puzzle en rassemblant les éléments épars.

— Kris ? C'est moi, Max.

Elle ouvrit la porte à la volée et lui décocha un sourire rayonnant. Il parut agréablement surpris de la trouver en si grande forme.

— Bien dormi, Kris ? Je viens voir si tu te sens en état de travailler, ce matin ?

— Tout à fait, j'ai bien récupéré cette nuit, annonça-t-elle vaillamment. Enfin... physiquement, en tout cas. Pour le reste, hélas, c'est toujours la nuit noire. Est-ce que cette tenue convient ? J'ai inventorié mes affaires de A à Z, mais je n'ai pas trouvé d'uniforme.

Max se félicita d'avoir prévu cette réaction. La veille, avant de conduire la jeune femme à l'hôpital, il avait mandaté Sydney afin qu'elle récupère le dossier annoté que Kristina avait constitué sur la Rosée. Sydney en avait profité également pour défaire ses bagages et ranger ses affaires dans les armoires. Kristina se serait sûrement posé des questions si elle avait trouvé ses vêtements encore soigneusement pliés dans une valise.

Il nota qu'elle avait choisi spontanément une tenue très simple : une jupe en jean et un T-shirt à manches longues. Enfin, simple était un bien grand mot. Elle avait vraisemblablement payé une fortune pour des vêtements qui n'avaient de modestes que l'apparence.

— Nous n'avons pas d'uniforme, à la Rosée, Kris. Chacun s'habille comme il le désire et affirme librement son identité.

Du moins en temps normal, songea-t-il, conscient qu'il faisait tout pour éviter que Kristina Fortune affirme la sienne propre !

— Descends déjeuner avec moi si tu es prête, enchaîna-t-il en la voyant hésiter sur la conduite à tenir.

Kristina hocha la tête et le suivit dans l'escalier.

— Ah, ça y est, ça me revient tout à coup : j'ai rêvé de toi, cette nuit ! annonça-t-elle avec un sourire réjoui.

Elle ferma les yeux, comme si elle cherchait à préciser les images du rêve. Mais la tentative dut échouer car elle secoua tristement la tête.

— Chaque fois qu'un souvenir semble se dessiner, clac ! il se dissipe dès que je veux mettre le doigt dessus. J'ai l'impression que ma mémoire ne reviendra jamais, ajouta-t-elle sombrement.

Max s'immobilisa sur une marche et lui passa fraternellement le bras autour des épaules.

— Un peu de patience, O.K. ? Daniel t'a bien dit que tu n'avais pas de souci à te faire. Tu redeviendras toi-même, Kris.

« Mais pas trop vite, s'il te plaît, d'accord ? ajouta-t-il pour lui-même. Vu le mensonge que je t'impose, il faut d'abord que je trouve un moyen de me tirer de cette situation sans me faire écharper ! »

La salle à manger était encore vide. Seule Sydney s'activait, préparant les tables pour le petit déjeuner. Elle tourna un regard souriant vers la porte en les entendant arriver, mais son expression se figea dès qu'elle reconnut Kristina.

— Bonjour, dit-elle sèchement.

Sydney recommença à mettre le couvert en se désintéressant d'eux ostensiblement.

— Bonjour, lança Max avec bonne humeur. Kris va bien mieux, ce matin. Elle se sent même d'attaque pour reprendre le travail.

— Tant mieux, marmonna Sydney sans daigner relever les yeux.

Max posa la main dans le dos de Kristina et sentit la tension qui émanait d'elle. Il se mit un instant à sa place et se traita mentalement de monstre sans scrupules : il l'avait vraiment placée dans une situation impossible !

— Je suis désolé, Sydney, mais comme je te l'ai expliqué hier, Kris a momentanément perdu la mémoire. Il faudra donc l'initier de nouveau, si tu veux qu'elle puisse t'aider.

Sydney prit un air encore plus lugubre.

— C'est bien pour te faire plaisir, Max, marmonna-t-elle.

Kristina examina le visage morose de sa « collègue ». Avec un champ d'expérience aussi limité que le sien, elle manquait certes de points de comparaison. Mais une chose paraissait certaine : un condamné dans les couloirs de la mort n'aurait pas fait preuve de plus d'enthousiasme à entendre sa sentence que la dénommée Sydney en apprenant qu'elle aurait à lui réinculquer le B.A. BA du métier !

Un condamné à mort... la prison... Cela éveillait un vague écho dans son esprit. Pourquoi ? Avait-elle connu une personne accusée de meurtre ? La question rencontra comme l'amorce d'une réponse positive chuchotée à travers l'épaisseur opaque qui la séparait de son passé. Mais elle eut beau chercher à tirer sur ce fil ténu pour le ramener à la conscience, aucune révélation spectaculaire ne s'ensuivit.

— Que se passe-t-il ? demanda Max avec sollicitude. Tu es toute blanche, tout à coup.

Kristina haussa les épaules.

— Oh, rien. J'ai cru retrouver un souvenir, mais il s'est encore évanoui. Je cours après des ombres, je crois.

Max fronça les sourcils.

— Ne te crispe donc pas tant là-dessus, Kris. Laisse venir doucement, sans rien forcer. Je doute que ce soit une question de volonté, tu sais. Ça se fera tout seul, tu verras.

Du coin de l'œil, Kristina nota que la glaciale Sydney semblait trouver ces propos hilarants, à en juger par le sourire amusé qui flottait à présent sur ses lèvres.

La jeune femme découvrit cependant que ses épreuves de la journée ne faisaient que commencer. Car Max avait à peine avalé un café noir et une tartine lorsqu'il se leva pour prendre congé.

— Bon, je vous laisse vous débrouiller, toutes les deux. A ce soir.

Kristina crut que le sol se dérobait sous ses pieds.

— Tu pars ? se récria-t-elle dans un sursaut de panique.

L'idée qu'il puisse quitter la Rosée ne lui avait même pas traversé l'esprit, à vrai dire. Privée de passé comme elle l'était, elle ne connaissait que lui au monde. Il était son seul point d'ancrage dans un univers qui semblait soudain singulièrement hostile.

Max lui effleura gentiment le bras.

— Je ne peux pas rester, Kris. J'ai du travail qui m'attend.

— Mais je croyais que tu étais le propriétaire de cet hôtel !

C'était bien ce qu'il lui avait expliqué, non ? Ou avait-elle mal interprété ses paroles ? Dans l'état de confusion où elle se trouvait, elle en arrivait à douter de tout.

Sydney lui prit le bras et l'éloigna de Max d'autorité.

— C'est vrai. La Rosée lui appartient. Mais il a également monté sa propre entreprise dans le bâtiment. Et on l'a pas mal empêché de travailler, ces temps derniers.

— A ce soir, alors, lança Max avant de franchir la porte.

Sydney lui adressa un sourire affectueux qui s'évanouit lorsqu'elle se tourna vers Kristina.

— Bon. Et maintenant, dépêche-toi de finir ton petit déjeuner. Nous avons seize chambres à nettoyer avant midi.

— Seize chambres ? s'étonna Kristina. Il y a donc tant de clients que ça, dans cet hôtel ?

Elle n'avait pas eu l'impression, depuis la veille, d'entendre grand monde dans les couloirs.

— Nous n'avons que quatre chambres d'occupées. Mais qu'il y ait du monde ou non, la poussière s'installe quand même. Autrement dit, il faut repasser un petit coup tous les jours si on veut accueillir les clients dans de bonnes conditions. Et comme je sens que tu ne vas pas m'être d'une grande aide, autant nous y mettre sans tarder.

La reprise de son travail de femme de chambre fut catastrophique. Kristina ne savait pas si sa vie jusqu'alors avait été triste ou gaie, difficile ou aisée, mais la journée présente ne pouvait être qualifiée que de journée noire. Plus le temps passait, plus elle se sentait inutile, gauche et encombrante.

Ses malheurs débutèrent dès la première heure alors qu'elle avait entrepris de faire un lit sous la houlette de Sydney.

— Tu n'as pas dégagé suffisamment les draps et les couvertures sont posées de travers, annonça son instructrice en découvrant son œuvre. Bon, allez, pousse-toi de là et prends ce chiffon. Faire la poussière ne nécessite aucun talent particulier. Tu devrais y arriver sans problème.

Tel était également le sentiment de Kristina. Cette nouvelle tâche lui parut relativement peu compliquée... jusqu'au moment où elle fit tomber un bibelot en porce-

125

laine qui se cassa en plusieurs morceaux par terre. Réprimant un cri, elle se baissa pour récupérer les éclats, se coupa un doigt qu'elle se hâta d'envelopper dans un mouchoir, puis courut porter la statuette en morceaux dans sa chambre. Avec un peu de chance, elle parviendrait à recoller le tout avant que quelqu'un s'aperçoive de cette disparition.

Avec un peu de chance, oui. Mais la chance, apparemment, n'était pas de son côté, constata-t-elle plus tard, alors que Sydney l'accablait une fois de plus de reproches. Elle était incapable de s'acquitter correctement des tâches même les plus élémentaires. De guerre lasse, Sydney finit par lui confier un aspirateur. Kristina réussit à le mettre en marche, après avoir tâtonné un bon moment, et s'attaqua à la moquette. Mais les automatismes qui auraient logiquement dû lui revenir n'étaient toujours pas au rendez-vous. Tout lui paraissait si laborieux, pénible et compliqué ! Aurait-elle également perdu la mémoire des gestes ? Pouvait-on être dépossédé de soi-même à ce point après un simple choc sur la tête ? Dans un moment d'inattention, Kristina aspira le bas d'un rideau et le moteur émit un horrible bruit ronflant.

Sydney entendit son cri de détresse et arriva en courant de la chambre voisine alors qu'elle s'efforçait vainement de dégager le morceau de tissu prisonnier.

— Laisse tomber, d'accord ? lança Sydney en levant les yeux au ciel. Tu m'as fait suffisamment de dégâts pour aujourd'hui.

Elle coupa l'aspirateur et examina le rideau d'un œil sombre.

— Ce n'est pas possible d'être maladroite à ce point ! Il va falloir le recoudre, maintenant. Il est tout effiloché ! Alors, on essaye de limiter les dégâts, d'accord ? Va donc voir dehors si tu trouves Jimmy. Il a peut-être besoin d'un coup de main.

— Jimmy ? balbutia Kristina.

Elle ne se souvenait pas que Max ait jamais prononcé ce nom-là.

126

— Le jardinier, bien sûr ! précisa Sydney avec impatience.

Le moral au plus bas, Kristina se mit en quête de ce nouveau personnage caché quelque part au cœur de ce décor inconnu où elle avait l'impression de trébucher à chaque pas...

Elle finit par repérer ledit Jimmy à l'arrière du bâtiment. A genoux dans un parterre, le vieil homme plantait amoureusement des primevères en leur parlant avec tendresse, comme s'il s'adressait à de petits enfants. Kristina s'éclaircit la gorge et risqua quelques « hum hum ! » afin d'attirer son attention. Mais le vieil homme était trop absorbé pour s'apercevoir de sa présence.

— Sydney m'a envoyée vous aider, finit-elle par annoncer d'une toute petite voix.

Jimmy releva enfin la tête et cligna des yeux.

— Elle a fait ça ? bougonna-t-il. Tu lui transmettras de ma part que j'apprécie sa générosité.

D'un air résigné, il lui désigna une petite pelle.

— Bon. Puisque tu es là, autant que tu te rendes utile. Va donc arracher les mauvaises herbes, là-bas. Mais attention, pense à respecter sa sensibilité.

— Sa sensibilité ? s'étonna Kristina.

De qui pouvait-il bien parler ? Sûrement pas de Sydney, en tout cas !

— La sensibilité du jardin, bien sûr, déclara le vieux Jimmy d'un ton sans réplique. Tous les jardins ont une âme. Retiens bien cela.

Il tendit une main noueuse pour lui montrer le recoin éloigné où il désirait qu'elle se mette à l'œuvre. Etait-ce à dessein que le jardinier choisissait de mettre le maximum de distance entre eux deux ? se demanda-t-elle, tristement. De toute évidence, elle n'était pas très aimée, à la Rosée. Seul Max, jusqu'ici, lui avait témoigné un peu de sympathie.

Stoïque, elle s'accroupit en plein soleil et commença à arracher méthodiquement les mauvaises herbes. Il y en avait de toutes sortes. Certaines cédaient facilement, d'autres piquaient les doigts et refusaient obstinément de se laisser déloger. Mais, dans l'ensemble, Kristina n'était pas mécontente d'elle-même. Elle avait dégagé tout un coin de terre et s'attendait à être félicitée lorsqu'elle entendit Jimmy pousser une exclamation consternée.

— Hé là, malheureuse ! Mais qu'est-ce que c'est que ce travail de sauvage ? Tu ne connais donc pas la différence entre une mauvaise herbe et un couvre-sol ?

Kristina se mordilla la lèvre.

— Eh bien — à vrai dire — pas vraiment, admit-elle, consternée. Je suis désolée.

Mais Jimmy ne semblait même pas l'entendre. Il se pencha pour prendre une plante qu'elle avait déracinée et la contempla d'un air effaré.

— As-tu la moindre idée du temps que cela m'a pris pour faire pousser ce millepertuis ?

Kristina frémit intérieurement.

— Non, chuchota-t-elle.

Jimmy secoua la tête avec accablement.

— J'aurais dû m'en douter. Les gens de ton espèce n'ont aucun respect pour les plantes, les animaux, la vie... Va donc voir Antonio, plutôt. Si tu lui fais pousser des cheveux blancs, il s'en remettra mieux que moi. Je n'ai plus la force, à mon âge, de supporter qu'on me massacre ce que j'aime.

Désolée d'avoir échoué dans sa mission une fois de plus, Kristina tenta de s'excuser. Mais Jimmy ne voulut rien entendre. Il s'éloigna tristement, le dos voûté, en marmonnant Dieu sait quoi entre ses dents.

Les larmes aux yeux, Kristina regagna l'hôtel en se demandant où et comment trouver le dénommé Antonio. Elle n'eut pas à se poser la question longtemps. En débouchant d'un couloir, elle le percuta de plein fouet. Grand et bâti en force, il parut à peine s'apercevoir du choc. Mais l'élément de surprise dut jouer malgré tout car sa caisse à outils lui échappa des mains.

— Oh, je suis confuse, vraiment ! s'écria Kristina en tombant à genoux pour rassembler clés et tournevis épars. Je suis maladroite !

— Ne t'inquiète pas pour ça, marmonna Antonio en récupérant son bien.

Il semblait particulièrement pressé de lui fausser compagnie.

— Euh... excuse-moi, tu ne serais pas Antonio, par hasard ? lança Kristina, prise de panique, en le voyant sur le point de disparaître.

Il se retourna comme à contrecœur.

— En personne, oui. Pourquoi ?

— C'est Jimmy qui m'envoie. Il pense que je pourrais peut-être t'aider.

Antonio hésita puis finit par hausser les épaules, en homme qui sait faire contre mauvaise fortune bon cœur.

— Ma foi... pourquoi pas ? Tu me tiendras compagnie. Je trouverai bien le moyen d'éviter que tu me fasses trop de dégâts.

La suite des événements lui donna tort. Dix minutes à peine s'étaient écoulées lorsque Kristina comprit une de ses instructions de travers : elle ouvrit le robinet d'eau froide en grand au moment où il changeait le pommeau de la douche. Trempé jusqu'aux os, il lui conseilla vivement d'aller mettre ses « talents » à la disposition de Sam, en cuisine.

Le cuisinier parut encore plus chagriné de la voir arriver que les trois autres réunis. Et il ne fit aucun effort pour dissimuler sa contrariété. Son accueil hostile acheva de démoraliser Kristina. Il était clair que tous ces gens la considéraient comme un boulet à traîner. Pourquoi continuait-elle à travailler avec eux, s'ils la méprisaient à ce point ?

Et que leur avait-elle fait, surtout, pour qu'ils se montrent aussi pressés de se débarrasser d'elle ? Kristina se promit d'interroger Max à la première occasion. C'était au moins une question à laquelle il devrait être en mesure de répondre. Avec un soupir d'inquiétude, elle considéra la montagne de tubercules posée devant elle. « Allons, haut les cœurs ! » C'était le moment ou jamais de serrer les dents et d'essayer de remplir la mission que Sam lui avait confiée. En limitant les dégâts, de préférence.

Mais éplucher les pommes de terre, hélas, ne semblait pas non plus être son point fort. Elle fit de son mieux, même après s'être coupé les doigts à deux reprises. Pourtant, à en juger par les rugissements que poussa Sam, le résultat n'était pas à la hauteur des efforts consentis.

— Regarde-moi ça ! Elles ont l'air de quoi, ces pommes de terre, maintenant ? On dirait des osselets alors qu'elles étaient toutes belles et dodues. Allez, file-moi d'ici que je puisse réparer les dégâts. Sydney ! tempêta-t-il. Sors-moi cette calamité d'ici ou je fais un malheur ! Et qu'elle ne remette plus jamais les pieds dans ma cuisine.

Max regagna l'hôtel peu après 19 heures. Les contretemps s'étaient succédé depuis son arrivée au chantier, ce matin-là. Une série noire qui avait atteint son point culminant lorsqu'il s'était retrouvé coincé dans les embouteillages de fin d'après-midi. Le trafic était tel qu'il avait failli faire demi-tour et renoncer à se rendre à la Rosée. Mais avec la mise en scène périlleuse qu'il leur avait concoctée, il pouvait difficilement rester chez lui en laissant les événements suivre leur cours ! Sa responsabilité était fortement engagée, pour commencer. Et, ensuite, il brûlait de curiosité de savoir comment Kris s'était tirée de cette première journée de vrai labeur.

La question lui brûlait les lèvres lorsqu'il poussa la porte de la réception ce soir-là. Il trouva June à son poste habituel, plongée dans un de ses éternels romans. Elle n'avait pas l'air particulièrement stressée, constata Max avec soulagement. Ce qui signifiait déjà au moins une chose : Kristina n'avait toujours pas recouvré la mémoire. Sinon, tout l'hôtel serait sens dessus dessous.

— Alors, June ? Comment notre nouvelle recrue s'en sort-elle ?

La réceptionniste ouvrait la bouche pour répondre lorsqu'un grand fracas de verre brisé s'éleva en provenance de la salle de restaurant. June plaça un marque-page dans son roman et haussa les sourcils.

— Ça, c'est signé Kris, commenta-t-elle, fataliste.

Max en conclut que la journée avait dû être riche en péripéties du même ordre. Il haussa les épaules avec résignation.

— Ma foi. C'est en tombant qu'on apprend à se relever, non ? Si quelqu'un a besoin de moi, je suis dans mon bureau.

Epuisé, il s'effondra dans un fauteuil, et posa les jambes sur sa table de travail. Comment avait-il pu être assez fou pour décider de faire croire à Kristina Fortune qu'elle travaillait comme femme de chambre dans son propre hôtel ? se demanda-t-il, effaré. Avait-il perdu la tête, ou quoi ? Tout allait d'ailleurs de travers dans son petit monde. Deux de ses ouvriers s'étaient fait porter pâle le matin même. Et les intérimaires auxquels il avait fait appel pour les remplacer s'étaient révélés totalement incompétents.

Max soupira. Des vacances, voilà ce dont il aurait besoin. Prolongées, de préférence. Mais inutile de rêver : ce n'était jamais le bon moment, de toute façon...

Le dos tourné à la porte, Max ne fut pas autrement surpris d'entendre frapper. Il se retourna, persuadé que Sam, Sydney ou Jimmy — ou une délégation complète — venait lui présenter des doléances. Mais c'était Kristina qui se tenait timidement sur le pas de la porte. Elle avait l'air d'une naufragée, songea Max avec un léger pincement au cœur.

131

— Max... je peux te parler une seconde ?

Il se redressa et lui fit signe d'entrer.

— Bien sûr. Assieds-toi, Kris.

— Non, merci. Je préfère rester debout.

Elle avait l'air profondément perturbée. Mal à l'aise, Max se demanda si sa mémoire n'était pas en train de se réveiller. Comme elle se tordait nerveusement les mains, il lui jeta un regard interrogateur.

— Dis-moi ce qui ne va pas, Kris.

— Je crois que la comédie a assez duré, tu sais.

Il tressaillit.

— Quelle comédie ?

— Le fait que je sois employée ici. Ça ne se passe pas bien du tout, Max.

Elle était mal dans sa peau, comprit-il. Et quoi d'étonnant, d'ailleurs ? Il lui avait confectionné un personnage qui ne ressemblait ni de près ni de loin à ce qu'elle était réellement. Loin de tout élément familier, elle devait se heurter constamment à un sentiment d'étrangeté. Il y avait de quoi être sérieusement déphasée...

Kristina se mordilla la lèvre.

— Le bilan de la journée n'a pas été très glorieux, Max. Ça ne m'amuse pas de l'admettre mais, en tant qu'employeur, tu as le droit d'être informé. Or je suis incapable de faire un lit correctement, il est inutile de me demander de faire le distinguo entre une ortie et une azalée, et j'épluche les pommes de terre comme le « dernier des sagouins », d'après Sam.

Elle lui montra ses mains. Son vernis à ongles était écaillé et ses doigts couverts d'égratignures. Pour la première fois de sa vie, Kristina Fortune s'était colletée avec la réalité d'un « vrai » travail, songea Max. Une belle victoire morale, assurément. Et pourtant, il n'en tirait pas la satisfaction escomptée.

— Et, en guise de bouquet final, j'ai laissé tomber un plateau avec une bonne douzaine de verres, conclut-elle piteusement.

132

Il réprima non sans mal le sourire qui lui venait aux lèvres.

— J'ai entendu ça, en effet.

— Tu as entendu ? Et tu n'as rien dit ?

Kristina écarquilla les yeux comme si elle avait de la peine à croire qu'il ne réagisse pas plus vigoureusement.

— Non seulement je ne sers à rien mais, en plus, je fais perdre du temps aux autres, observa-t-elle avec tristesse.

Max était sidéré de voir à quel point elle prenait tout cela à cœur. Qui aurait cru que la hautaine Kristina Fortune se désolerait un jour de ne pas savoir passer un aspirateur ? Un peu plus, et elle finirait par l'émouvoir !

— Ne t'inquiète donc pas pour ça, Kris.

— Ne pas m'inquiéter ? Mais je ne veux pas être une charge pour tout le monde !

Max se leva et contourna le bureau pour venir se placer à côté d'elle.

— S'intégrer dans un emploi demande du temps. Et tout est neuf ici, pour toi, du fait de ton amnésie. Il est normal que je fasse preuve de compréhension.

Il ne put s'empêcher de sourire.

— En espérant seulement que le bris de verre ne deviendra pas systématique.

— Je ne l'ai pas fait exprès ! se défendit Kristina, les joues en feu.

— Je l'espère.

Elle ouvrit de grands yeux.

— Tu ne penses tout de même pas que j'aurais pu jeter ce plateau par terre à dessein ?

Max songea au bout de bois qu'elle lui avait lancé dans le dos avec une singulière violence. Il haussa les épaules avec une désinvolture feinte.

— Tu aurais pu lâcher le plateau dans un moment de colère ou de frustration.

— Voyons, jamais je ne ferais une chose pareille ! Enfin... du moins je... je ne sais pas, acheva-t-elle dans un murmure, en lui jetant un regard interrogateur. Cela m'est peut-être déjà arrivé, c'est ça?

Max secoua la tête.

— Non, trancha-t-il. Ce n'est pas ton genre.

Pas le genre, en tout cas, de cette Kristina nouvelle manière. Il songea avec étonnement à la harpie qui lui avait fondu dessus l'avant-veille. Quel contraste avec cette fille douce et sensible qui s'inquiétait des réactions des autres et se désolait de ne pas donner entièrement satisfaction dans son modeste emploi de femme de chambre! Cette nouvelle personnalité n'avait pas pu surgir, comme ça, ex nihilo, comprit Max, décontenancé. D'une façon ou d'une autre, l'ancienne Kristina avait contenu en germe cette charmante créature.

Avec un léger soupir, la jeune femme porta la main à son front.

— Honnêtement, je pense que je ferais mieux de partir, Max. Cela me paraît difficile de rester ici dans ces conditions.

Aïe, aïe. Il n'avait pas prévu ce cas de figure. Or il pouvait difficilement la lâcher dans la nature sans papiers, sans identité et sans argent...

— Un peu de patience, Kris. C'est ta première journée de reprise et la science innée, ça n'existe pas, crois-moi. Alors sois charitable avec toi-même, O.K.? Je suis sûr que tu te réhabitueras très vite.

Il vit une expression de gratitude se dessiner sur ses traits. Mais quelque chose devait encore la contrarier car elle recommença à se tordre les mains de plus belle.

— Dis-moi ce qui te préoccupe, Kris.

Elle lui jeta un regard hésitant.

— Je ne voudrais pas avoir l'air de me plaindre mais... mais je crois que les autres ne m'aiment pas, admit-elle d'une toute petite voix.

Et le plus incroyable, c'est qu'elle en souffrait réellement! songea Max, stupéfait. La première chose à faire serait de prendre le reste de l'équipe à part pour leur prodiguer quelques recommandations. Mais, en attendant, il pouvait toujours essayer de minimiser le problème.

— C'est un effet de ton imagination, Kris. Tu es un peu paranoïaque en ce moment. Ça fait partie des symptômes qui accompagnent l'amnésie. Rien de bien dramatique.

Kristina secoua la tête. Elle savait que les autres ne la supportaient pas. C'était l'évidence même. Mais, d'un autre côté, où irait-elle si elle décidait de s'en aller d'ici ?

— Tu es sûr que tu veux que je reste ? demanda-t-elle en se mordillant la lèvre.

Pour en être sûr, il en était sûr, oui. Il n'avait même jamais eu de certitude aussi forte.

— Naturellement que je veux que tu restes. Tu as ta place, ici, et c'est ton droit de la garder. D'ailleurs, ce serait de la folie d'aller errer Dieu sait où, seule et amnésique !

— Il n'y a personne dans ma vie ? demanda-t-elle tristement. Pas d'amis proches ? Pas de famille ?

Conscient de jouer un jeu cruel, Max se détourna pour aller se planter devant la fenêtre. C'était plus facile de lui mentir lorsqu'il ne la regardait pas dans les yeux.

— C'est ce que j'ai cru comprendre.

Du coin de l'œil, il vit les épaules de Kristina s'affaisser.

— Donc je suis seule au monde, chuchota-t-elle.

— Pas tout à fait. Nous sommes là, ne put s'empêcher d'observer Max.

Elle lui adressa un sourire étonnamment chaleureux.

— C'est vrai, et je te remercie. Tu as été très gentil avec moi. Merci de m'avoir accordé quelques instants, Max.

Sur le point de sortir, elle se retourna, la main sur la poignée.

— Tu aimerais peut-être que je te serve quelque chose ?

Kristina Fortune lui proposant humblement ses services : qui l'eût cru ? Max releva les yeux des papiers qu'il avait commencé à compulser. Il y avait une éternité qu'il ne s'était pas penché sur les comptes de la Rosée.

— La cuisine va bientôt fermer et tu n'as pas encore mangé, précisa-t-elle timidement. Si tu veux, je peux t'apporter un plateau repas pendant que tu travailles. A condition, toutefois, que Sam accepte de me le confier. Après ce que j'ai fait, j'ai bien peur d'être à tout jamais bannie de la cuisine. Je... je crois qu'il me déteste.

Max se mit à rire.

— Mais non, il ne te déteste pas. Sam a mauvais caractère, c'est tout. Tous les cuisiniers de génie sont comme ça. C'est un chef de grande classe, tu sais.

— Ah bon ? Mais qu'est-ce qu'il fait ici, alors ? se récria Kristina.

Elle rougit, consciente que sa question pouvait paraître vexante.

— Je veux dire... ne préférerait-il pas employer ses talents dans un restaurant un peu plus fréquenté ?

Ainsi, l'ancienne Kristina n'avait pas entièrement disparu, conclut Max. Elle avait gardé malgré tout certains de ses anciens réflexes !

— Sam est enchanté de travailler ici, Kris. Pour rien au monde il n'échangerait sa place.

Avec un léger sourire aux lèvres, il décida de lui raconter toute l'histoire.

— C'est par un concours de circonstances un peu particulier qu'il est arrivé ici, vois-tu. Sam a d'abord connu la Rosée en tant que client. Il avait réservé une chambre pour une semaine, afin de se remettre d'une petite intervention chirurgicale. Passionné comme il l'est par son métier, il s'est très vite intéressé à ce qui se passait dans les cuisines, bien sûr. Or notre cuisinier de l'époque était loin d'avoir son talent. Sam a pris l'habitude de lui prodiguer toutes sortes de conseils. Peu à peu, il a commencé à prendre certains repas en charge. Histoire de ne pas perdre la main, comme il disait. Le jour prévu pour son départ, il a bavardé un long moment avec ma mère adoptive en lui confiant qu'il était tombé amoureux de la Rosée. Sur une impulsion, ma mère lui a proposé de rester. Et il n'est plus jamais reparti depuis.

— Et l'ancien cuisinier, alors? Qu'est-il devenu? demanda Kristina. Vous ne l'avez pas mis à la porte, quand même?

— Penses-tu! Sam l'a pris comme assistant. Ils formaient une fine équipe tous les deux. Phil est parti à la retraite il y a deux ans et il vit désormais chez sa fille. Depuis son départ, Sam règne sur les lieux en tyran absolu. Et ça a l'air de lui convenir. Il refuse même de prendre des vacances. « Des fois qu'un autre chef viendrait se reposer ici et en profiterait pour piquer ma place pendant mon absence. »

Kristina sourit timidement.

— Tu me racontes des histoires, n'est-ce pas?

— Pas du tout. Qui irait inventer quelque chose d'aussi farfelu? La Rosée attire ainsi des originaux de tous bords. Des gens qui recherchent une certaine qualité de vie, loin de tout consumérisme. Et le plus étonnant, c'est que ça tourne.

Enfin, que ça tournait, plus exactement. Depuis quelques années, les affaires avaient ralenti de façon assez dramatique. Et cela, probablement parce qu'il était censé diriger les lieux et qu'il passait le plus clair de son temps ailleurs...

— Tous les gens qui travaillent ici ont-ils une histoire un peu particulière, comme Sam? voulut savoir Kristina.

Max sourit.

— Plus ou moins, oui. Mais tu avais proposé d'aller me chercher quelque chose à manger, je crois? enchaîna-t-il, conscient qu'il commençait à se plaire un peu trop en sa compagnie.

Kristina rougit et se précipita en direction de la porte.

— Oui, bien sûr. Excuse-moi. Je t'apporte un plateau tout de suite.

Il se contenta de hocher la tête et fit mine de se plonger de nouveau dans ses papiers. Elle était vraiment attachante, cette fille, en définitive. Dans un sens, cela facilitait les choses car il éprouvait désormais un réel plaisir à l'avoir ici, à la Rosée. Mais de l'autre côté, il était bourrelé de remords !

Le pire, c'est que, tôt ou tard, elle finirait par redevenir elle-même. Et là, il risquait d'essuyer la tempête du siècle. Quelle serait la vengeance de Kristina Fortune lorsqu'elle découvrirait que ce moins que rien de Max Cooper l'avait mise aux basses besognes, la faisant travailler comme la plus vile de ses propres domestiques ?

Kristina hésita à l'entrée de la cuisine. Sam dirigeait son royaume de main de maître, constata-t-elle. Tout semblait avoir été pensé, structuré, organisé jusque dans les moindres détails.

— Sam ?

Le cuisinier sortit un soufflé du four et le considéra avec une satisfaction manifeste.

— Oui ? murmura-t-il distraitement.

Il tourna la tête dans sa direction et son expression se durcit.

— Ah, c'est toi ! Qu'es-tu venue casser, cette fois-ci ?

Le premier réflexe de Kristina fut de fuir. De fuir à toutes jambes. Mais elle serra les dents et se força à faire front. Puisqu'elle avait décidé de rester à l'hôtel pour le moment, il lui fallait coûte que coûte trouver un modus vivendi avec ces gens.

— Max est de retour, annonça-t-elle calmement. J'ai promis de lui apporter son dîner dans le bureau.

Le cuisinier hocha la tête et prépara une assiette garnie qu'il posa sur un plateau. Rassemblant son courage, Kristina se jeta à l'eau.

— Je suis désolée, pour tout à l'heure.

Sam haussa un sourcil grisonnant. Il avait l'air sidéré de l'entendre prononcer des mots d'excuse.

138

— Pardon?

— Je suis désolée d'avoir si mal épluché les pommes de terre, reprit-elle, bien décidée à s'expliquer jusqu'au bout. Je crois que l'amnésie n'a pas seulement effacé mes souvenirs, elle m'a également privée de toute habileté manuelle. C'est sans doute idiot, mais j'ai l'impression de n'avoir jamais rien fait de mes dix doigts. Je suis devenue complètement gourde, gauche et bête! Et du coup, je représente un poids pour vous tous.

Sam la considéra un instant d'un air songeur. Peu à peu, son expression revêche disparut et un vrai sourire se dessina sur son visage plissé par les rides.

— Tu n'es pas gourde, gauche et bête. Juste un peu maladroite, mais ça devrait s'arranger très vite. Tiens... reviens donc faire un tour par ici quand tu auras porté le dîner de Max. Je pourrais te donner quelques petits tuyaux pour te remettre dans le bain. Ça te dit?

Soulagée, Kristina hocha vigoureusement la tête.

— Oh oui, ça me dit! Je reviens tout de suite.

Le cuisinier se pencha sur son soufflé en sifflotant joyeusement. Le cœur soudain plus léger, Kristina sortit de la cuisine en se demandant distraitement si oui ou non le beau Max Cooper avait une femme dans sa vie.

8.

La nuit était tombée depuis longtemps lorsque Kristina, épuisée par cette première journée de travail, put enfin se retirer dans sa chambre. Elle referma soigneusement la porte derrière elle, puis sortit de sa poche le petit flacon de colle emprunté à June avant de déballer les débris de la statuette. Les dégâts, par chance, paraissaient réparables. Le petit berger au visage rond de chérubin avait certes perdu son bâton, une partie de son bras et un morceau de chapeau. Mais les cassures étaient nettes et la porcelaine ne s'était pas fendillée sous le choc.

Kristina considéra la figurine en se mordillant nerveusement la lèvre. Rien ne prouvait qu'elle aurait plus de talent pour le bricolage que pour faire les lits ou passer l'aspirateur !

Elle s'empara du flacon et appliqua une légère pression pour faire sortir la colle. Une substance blanche apparut, formant un pâté qui se répandit sur toute la longueur du bras en porcelaine. Aïe, aïe. Mauvais début. Avait-elle donc toujours été aussi maladroite ?

A ce moment fatidique, deux coups légers furent frappés à sa porte. Kristina tressaillit et laissa tomber le morceau de porcelaine sur le bureau.

Le cœur battant, elle se leva, écarta prudemment le battant de quelques centimètres et réprima une grimace : Max se tenait dans le couloir. En temps normal, elle aurait été ravie de le voir mais, vu les circonstances, il allait falloir trouver un prétexte pour l'éconduire...

— Il y a un problème? demanda-t-elle en se plaçant de façon à lui bloquer la vue.

— C'est à toi que je suis venu poser la question. June m'a dit que tu avais emprunté un flacon de colle.

Kristina sentit le feu lui monter aux joues. Allons bon. On ne pouvait donc rien faire dans cet hôtel sans que Max en soit informé?

— C'est vrai, admit-elle à contrecœur.

— Et qu'as-tu donc à coller de si urgent?

Max soupçonnait quelque chose, de toute évidence. Avec un léger soupir, Kristina recula d'un pas pour lui céder le passage. Et elle qui avait espéré que personne ne s'apercevrait de rien!

— J'ai cassé une petite statuette ce matin en faisant la poussière, confessa-t-elle sombrement en l'entraînant jusqu'à son bureau pour lui montrer les fragments. Tu vois: encore un élément à ajouter à la liste de mes forfaits du jour. Je pensais la recoller ce soir et la remettre en place. Ni vu ni connu! Mais c'était sans doute idiot de ma part d'espérer m'en tirer à si bon compte.

Max fut tellement surpris par cette « confession » qu'il fit mine d'examiner la figurine avec une attention soutenue afin de dissimuler son embarras.

Alors que Kristina Fortune avait été disposée à se débarrasser de tout et de tout le monde sans l'ombre d'un scrupule, Kris Valentine, elle, poussait le respect d'autrui jusqu'à se mettre dans tous ses états pour une simple babiole!

— Ne t'inquiète pas pour ce petit berger en porcelaine, la rassura-t-il. J'en rachèterai un la prochaine fois que j'irai en ville. Cet objet n'a pas grande valeur.

— Il reste que je l'ai cassé et que je me sens responsable, déclara la jeune femme en s'installant à son bureau avec son flacon de colle à la main.

Elle se mit à l'ouvrage avec un tel sérieux qu'on aurait

pu croire que l'avenir du pays tout entier dépendait de sa mission.

— Tu es extrêmement consciencieuse, commenta Max, décontenancé.

— Extrêmement maladroite, surtout. Je passe mon temps à casser, à détruire, à aspirer les choses de travers.

— Aspirer les choses de travers ?

Elle lui raconta l'épisode du rideau. Une fois son récit achevé, Kristina essuya ses doigts couverts de colle sur un morceau de buvard en levant vers lui un regard interrogateur.

— Tu n'as toujours pas changé d'avis ?

— Changé d'avis à quel propos ? demanda-t-il, sourcils froncés.

Elle considéra la figurine maladroitement recollée avec une moue découragée.

— Tu comptes toujours me garder ici avec toi ?

La garder avec lui ? Très volontiers, oui. La perspective devenait même de plus en plus séduisante d'heure en heure. Il ne demandait pas mieux que de la conserver ainsi toujours. Douce, timide et jolie. Si différente de la première image qu'elle lui avait offerte ! Une Kristina réinventée qui avait cessé de regarder le monde de haut et qu'il aurait bien aimé pouvoir pérenniser d'un léger coup de baguette magique.

Sans compter que tous ses problèmes se trouveraient résolus du même coup...

Kristina se demanda pourquoi elle avait tant de peine à soutenir le regard de Max. Elle était tentée de détourner la tête en rougissant lorsqu'il la contemplait de cette façon. Elle se sentait vulnérable, presque à nu.

Peut-être avait-il pris une importance particulière à ses yeux parce qu'elle avait trouvé son visage penché sur le sien en reprenant connaissance ? Elle s'était réveillée avec un grand vide que Max avait rempli à sa façon. Il représentait son premier souvenir conscient, en somme...

Avec un frisson qui n'avait rien de désagréable, Kristina referma le flacon et examina son œuvre. Le malheureux berger n'avait pas très fière allure. Malgré tous ses efforts, les raccords de colle sautaient aux yeux.

— Tu pourrais peut-être m'emmener, Max ?

Il parut décontenancé par cette proposition.

— T'emmener où ?

— En ville. Pour remplacer la figurine, expliqua-t-elle patiemment. Je la paierai sur mon salaire. A condition qu'il reste encore quelque chose sur mon compte une fois que j'aurai remboursé les verres et le rideau.

Max se mit à rire.

— Si j'étais toi, je ne m'inquiéterais pas trop pour ça. Je ne pense pas que tu aies des soucis à te faire au niveau de l'argent. Cela dit, pour ce qui est de venir avec moi en ville, pourquoi pas ? Tu pourras même m'offrir une bière à l'occasion.

— Une bière, murmura pensivement Kristina.

Une image soudaine lui traversa l'esprit : Max perché sur un tabouret de bar, au milieu d'une salle sombre aux murs lambrissés et à l'atmosphère alourdie par la fumée. Il tenait à la main une chope remplie d'un liquide ambré dans lequel jouait un rayon de lumière. A l'arrière-plan, une femme à la voix rauque chantait une chanson d'amour.

— Tu aimes la bière ? demanda-t-elle rêveusement.

Max sourit.

— Il fut même une époque où je l'aimais un peu trop. Maintenant, j'en bois une de temps en temps. Pour le plaisir.

Kristina s'interrogea sur les images de bar enfumé qui venaient de lui traverser l'esprit. Et si elles correspondaient à des souvenirs personnels ?

— Et moi ? Il m'arrive aussi d'aller boire une bière quelque part ?

Kristina Fortune en train de « descendre un demi sur le zinc » ? Certainement pas, décida Max. Avec Kris Valentine, en revanche, rien ne paraissait impossible.

— Je ne sais pas, admit-il en toute sincérité. Tu découvriras cela par toi-même.

Sourcils froncés, la jeune femme se rapprocha de lui. Elle était si près, même, qu'il sentit la chaleur de son souffle sur sa joue.

— J'aimerais tant en savoir plus sur mon passé, Max. Je ne t'ai donc jamais parlé de moi ? De mes parents ? De ma famille ?

« C'est le moment ou jamais de garder la tête froide, mon vieux », songea Max, troublé, en s'efforçant de considérer la situation avec toute l'objectivité souhaitable. Kristina était désormais si proche que leurs corps se touchaient presque !

— Non, tu n'as jamais mentionné tes parents, affirmat-il d'une voix étranglée.

Ce qui était l'exacte vérité, en l'occurrence. Si ses souvenirs étaient bons, Kristina Fortune avait simplement nommé sa grand-mère décédée.

La jeune femme promena un regard désenchanté autour d'elle.

— Je n'ai trouvé aucune photo parmi mes affaires, déclara-t-elle.

— Ah vraiment ? s'enquit Max prudemment, tout en se demandant où elle voulait en venir.

— J'imagine que tu dois avoir raison, qu'il ne me reste plus aucun proche. C'est comme si je n'avais pas vraiment vécu avant d'arriver ici, murmura-t-elle tristement.

Max hocha la tête. C'était idiot, vu les circonstances, mais il ne pouvait s'empêcher de se mettre à sa place.

— J'ai éprouvé la même chose en arrivant ici. J'ai eu le sentiment que tout ce qui précédait ma venue à la Rosée avait cessé de compter.

— Cela nous fait un point commun, donc ? chuchotat-elle d'une voix presque caressante.

Si seulement elle pouvait cesser de le regarder comme si elle mourait d'envie qu'il la prenne dans ses bras ! De son côté, il était bel et bien en train de jouer avec le feu. Et il avait tout intérêt à sortir très vite de cette chambre, avant que ça tourne mal. La situation était déjà largement assez compliquée comme ça, bon sang ! Il était exclu qu'il tombe amoureux de Kris Valentine pour la bonne raison que cette fille n'avait aucune existence réelle. Kris était un personnage inventé de toutes pièces, une chimère qu'il avait bricolée lui-même !

Il se détourna résolument et se dirigea vers la porte.

— Il est temps que je te laisse dormir, Kris. Demain matin, tu te lèves de bonne heure.

Elle hocha la tête et lui emboîta le pas pour le raccompagner jusqu'à la porte de sa chambre.

— Max ? murmura-t-elle d'une voix douce comme du velours.

Pendant une fraction de seconde, il hésita. « Si tu te retournes, tu es fichu, mon vieux. » Mais ce fut plus fort que lui : il pivota sur lui-même pour répondre à son appel.

— Oui ?

Elle lui jeta un bref regard hésitant, puis, comme si elle venait de rassembler tout son courage, elle se dressa sur la pointe des pieds pour lui poser un rapide baiser sur les lèvres.

Max n'en revenait pas. Il était plus secoué encore que lorsqu'elle l'avait frappé, sur la plage, en lui lançant un bout de bois dans le dos. Tout doux qu'il fût, ce baiser avait un impact autrement plus puissant...

— Et qu'est-ce qui me vaut cette délicate attention ? murmura-t-il.

Elle parut hésiter. Puis un sourire lumineux naquit sur ses lèvres, s'étendit jusqu'à ses yeux et, par quelque phénomène de transmission mystérieuse, finit par se communiquer à Max, comme s'il brûlait soudain de l'intérieur.

— C'est juste un merci, chuchota-t-elle. Un merci pour ta générosité, ton soutien...

Max lut une telle vulnérabilité dans son regard qu'il n'y résista pas. Il la prit dans ses bras et l'embrassa. Avec une conviction et une ardeur qui peu à peu prenaient corps, laissant le reste du monde au-dehors, de plus en plus loin, de plus en plus flou...

Le sang battait aux tempes de Kristina, bouillonnait dans ses veines. Pour la première fois depuis qu'elle avait ouvert les yeux la veille, elle se sentait vivante — réellement vivante. La tête renversée, elle buvait aux lèvres de Max un élixir si puissant qu'il lui semblait renaître. Dans ses bras, elle n'était plus étrangère à elle-même; il avait suffi qu'il la serre contre lui et que leurs bouches se mêlent pour qu'elle retrouve sa patrie intérieure.

C'était pourtant la première fois que Max l'embrassait, comprit-elle d'instinct au même moment.

Si elle avait déjà connu pareil enchantement, elle s'en serait souvenue à coup sûr. Un bonheur aussi intense serait resté gravé dans sa mémoire en lettres capitales et aucune amnésie n'aurait pu l'effacer.

Nouant les doigts derrière la nuque de Max, Kristina s'abandonna contre lui et savoura un plaisir nouveau : le contact de son corps pressé contre le sien. Il n'y avait en elle aucune hésitation, aucune réserve. Avec Max, elle était prête à partir en aveugle, toutes ailes déployées, pour le suivre là où leur baiser voudrait bien les mener.

Un gémissement de protestation lui échappa lorsqu'il lui prit les mains et les tint serrées entre les siennes comme pour l'empêcher de le toucher.

— Je pense qu'il vaudrait mieux que nous nous arrêtions là, dit-il d'une voix rauque.

Le souffle coupé, Kristina baissa la tête. Elle avait encore dû commettre une erreur; une erreur terrible, même, sans doute.

— Oh, Max, je suis désolée. Il y a déjà quelqu'un dans ta vie?

Oui, songea-t-il. Il y avait déjà quelqu'un. Mais ce quelqu'un n'était autre qu'elle-même, Kristina Fortune

— la personne qu'elle était avant d'avoir perdu la mémoire. Or, cette mémoire, tôt ou tard, finirait par lui revenir. Aussi, dans l'intervalle, n'avait-il pas le droit d'abuser de la situation. Ni d'abuser d'elle, surtout. Ce serait complètement immoral, compte tenu des circonstances.

Et tant pis pour lui si ce renoncement exigeait une bonne dose d'héroïsme de sa part. C'était le prix à payer pour le rôle qu'il lui faisait jouer malgré elle. Même si le procédé employé était douteux, il avait monté cette mise en scène pour la bonne cause. Il n'aurait plus aucune excuse, en revanche, s'il profitait de la faiblesse momentanée de Kristina pour l'entraîner là où elle ne serait jamais allée de son plein gré dans son état habituel...

Sans répondre à sa question, il lui lâcha les mains et recula prudemment.

— Je te laisse, Kris. A demain.

Il battit en retraite afin de ne pas se laisser le temps de changer d'avis.

En la voyant arriver, le lendemain matin, Sydney considéra Kristina avec inquiétude. La jeune femme était venue la retrouver spontanément, ce matin, et semblait presque pressée de se mettre à la tâche. Son regard — encore terne et triste, la veille — avait retrouvé son éclat, et il n'y avait plus trace de timidité ni d'appréhension dans son attitude.

Sa mémoire lui était-elle revenue durant la nuit? se demanda Sydney dans un sursaut de panique.

Mais non, c'était ridicule! Si c'était le cas, Kristina Fortune serait déjà en train de distribuer des ordres courroucés tout en fomentant d'horribles projets de vengeance. Et elle ne se promènerait pas avec un balai et un chiffon à la main!

— Tu te sens d'attaque, aujourd'hui? demanda prudemment Sydney.

148

Kristina hocha la tête. Si la veille avait été une journée cauchemar, elle s'était réveillée ce matin d'humeur résolument optimiste. Le baiser de Max avait fait toute la différence. Même son absence de passé ne lui pesait plus aussi lourdement sur le moral. Pourquoi vivre dans la nostalgie d'hier alors qu'aujourd'hui offrait de telles promesses ? Elle se sentait neuve, légère, prête à prendre la vie à bras-le-corps...

Sydney lui tendit un tablier en lui jetant un regard à la dérobée comme si elle ne savait plus trop sur quel pied danser avec elle.

— Tu crois vraiment que ça va aller, Kris ?

— Bien sûr que ça va aller ! Les aspirateurs n'ont qu'à bien se tenir. Ce matin, je me sens de taille à les maîtriser.

Kristina noua le tablier autour de sa taille en se demandant comment définir ces sensations neuves qui vibraient en elle. Et si c'était le bonheur, tout simplement ? Un bonheur comme elle n'en avait sans doute jamais connu auparavant ?

Sydney continuait à la fixer comme si elle avait affaire à une apparition.

— Je suis désolée pour ma série de maladresses d'hier, à propos, déclara Kristina en lui adressant son plus beau sourire. Je crois que j'étais à la fois sonnée, fatiguée et très perturbée par mon amnésie. Je regrette d'avoir été une charge pour toi. Mais si tu me montres comment faire, je pense que je devrais m'en sortir sans trop de problèmes aujourd'hui.

Tout en continuant à papoter gaiement, Kristina plongea dans le réduit et s'arma de chiffons ainsi que de produit pour les vitres. Pour la première fois depuis la veille, Sydney prit la peine de l'encourager d'un sourire.

— D'accord. On va commencer par la 5. June a demandé qu'elle soit prête pour 11 heures, lorsque les Hennessey débarqueront. C'est un couple encore assez jeune avec une petite fille d'environ cinq ans qui s'appelle Heather.

Avec un profond soupir, Sydney entreprit de s'équiper à son tour.

— Ça n'a pas l'air de beaucoup t'enthousiasmer, de voir arriver ces clients, commenta Kristina, intriguée.

Sydney fit la moue.

— Avec cette gamine-là, bonjour les dégâts. L'année dernière, après leur départ, j'ai dû passer trois bonnes heures à remettre leur chambre en état. Si tu avais vu les traces de doigts sur les papiers peints ! C'était carrément l'horreur ! Du coup, June a décidé de leur attribuer la 5, cette année. Pour cause de peinture lavable sur les murs.

— Normalement, cela devrait être aux parents de veiller à ce que leurs enfants ne fassent pas trop de dégâts, observa Kristina, étonnée.

— Normalement, oui. Mais Mlle Heather n'en fait qu'à sa tête. Ses parents la pourrissent complètement. Ce sont des snobs finis comme — comme...

Sydney rougit et porta la main à sa bouche, comme si elle avait été sur le point de commettre une grosse gaffe.

— Comme les gens riches peuvent l'être parfois, compléta-t-elle à mi-voix.

— Avec un peu de chance, ils auront modifié leur attitude depuis l'année dernière, lança Kristina, d'humeur résolument optimiste, en se demandant pourquoi Sydney paraissait gênée à ce point.

Sa jeune collègue eut une moue sceptique.

— On ne sait jamais, c'est vrai. Mais n'y compte pas trop !

A son grand soulagement, Kristina constata que sa seconde journée se passait infiniment mieux que la première. Elle progressait à un bon rythme et la chambre n° 5, par chance, ne s'enorgueillissait d'aucune figurine en porcelaine sur ses étagères. Quant à Sydney, elle ne s'esquivait plus toutes les cinq minutes sous prétexte qu'elle avait des tâches urgentes à accomplir à l'autre bout de l'hôtel. Elle semblait prendre plaisir à passer du temps en sa compagnie, au contraire, et fit en sorte de travailler en duo avec elle.

Elles nettoyaient ensemble la salle de bains lorsque Sydney passa aux confidences. Kristina tendit une oreille attentive tandis que sa jeune collègue lui parlait à mi-voix de ses sentiments pour le bel Antonio. Kristina songea à Max qui ne quittait presque jamais ses pensées, ainsi qu'à leur baiser qui lui faisait battre le cœur.

Et si c'était cela « être amoureuse » ?

Cet après-midi-là, Kristina aida Sam en cuisine. Le lave-vaisselle était tombé en panne le matin même et Antonio, faute de matériel, n'avait pas pu effectuer la réparation sur-le-champ. Il était parti aussitôt acheter les pièces manquantes en ville. Mais son retour se faisait attendre et des piles d'assiettes, de couverts et de casseroles sales débordaient de l'évier.

Lorsque Kristina se porta volontaire pour faire la « plonge », Sydney poussa un grand ouf en lui confiant qu'elle avait horreur de plonger les bras jusqu'au coude dans l'eau grasse. Kristina s'y mit de bon cœur, cependant, et trouva à cette tâche simple et délassante un agrément inattendu.

— Sam ? demanda-t-elle pensivement tout en récurant une cocotte en fonte.

— Mmm ?

En contemplation devant une rangée impressionnante de flacons d'épices, le cuisinier ne tourna même pas la tête de son côté.

Cherchant ses mots, Kristina finit par formuler la question qui lui brûlait les lèvres.

— Sais-tu si Max est — euh — déjà pris ?

Sam lui jeta un regard en coin.

— Tu veux savoir s'il est marié ? Ma foi, non.

Un silence suivit cette réponse laconique. Kristina continua à frotter, et Sam à tourner sa sauce. Frustrée par la brièveté de ces révélations, la jeune femme reformula sa question.

— Mais il a quand même quelqu'un dans sa vie, je suppose ?

Un sourire joua sur les lèvres de Sam.

— Alors là, tu me poses une colle. Des « quelqu'unes », on en a tant vu défiler que j'ai tendance à perdre le fil. Il n'est pas du genre à s'investir, notre Max. Ses amours, il les aime brèves et intenses. Comme une saveur qui se déploie d'emblée, sans s'attarder en arrière-bouche, commenta Sam qui ramenait toujours tout à son art.

Ce n'était pas vraiment la réponse que Kristina avait souhaité entendre.

— Ah ! murmura-t-elle si tristement que Sam lui jeta un regard songeur.

— Pourquoi ? Tu t'es amourachée de lui ?

Le mot ne signifiait pas grand-chose pour Kristina. Et d'une façon ou d'une autre, il lui paraissait impropre à désigner les sentiments que lui inspirait Max.

— Amourachée ?

Sam haussa les épaules.

— Je veux dire : il te plaît ?

Nul besoin d'y aller par quatre chemins avec Sam, décida Kristina. Le plus simple serait encore de lui dire la vérité.

— Je crois qu'il me plaît, oui. Et depuis qu'il m'a embrassée, je...

Sam, pour le coup, en oublia ses casseroles. Il tourna vers elle un visage stupéfait.

— Il t'a embrassée ?

Kristina soupira. Peut-être valait-il mieux reprendre l'histoire du début. Ce ne serait pas très correct envers Sam de lui donner une fausse idée de la situation.

— En fait, c'est moi qui l'ai embrassé en premier. Juste par amitié, pour le remercier de sa gentillesse envers moi. Et puis... euh... de fil en aiguille... lui et moi, nous...

Les joues en feu, elle réprima un rire nerveux.

— Je vois, dit Sam qui paraissait vivement intéressé par son récit.

Une expression de sollicitude presque paternelle se peignit sur son visage creusé par les rides.

— Max, c'est quelqu'un de bien, mais avec les femmes, il a un côté papillon, admit-il comme pour la mettre en garde. J'ai tendance à me dire que c'est parce qu'il n'a pas connu de relations affectives stables lorsqu'il était enfant. Mais peut-être considère-t-il tout simplement que la vie est trop courte pour ne pas en profiter pleinement.

Cette réponse-là fut encore moins du goût de Kristina. Elle se mit à frotter furieusement le fond d'une poêle. Si furieusement même que Sam s'approcha pour lui poser la main sur l'épaule.

— Bon. Il est comme ça pour le moment, marmonna-t-il maladroitement en frottant son crâne dégarni. Mais rien ne prouve qu'il ne finira pas par changer. Alors haut les cœurs, d'accord ?

Debout près de la réception, Sydney, June et Kristina formaient un mini-comité d'accueil lorsque la famille Hennessey fit son entrée. La mère tenait fermement la petite Heather par la main, ce qui ne semblait pas ravir la gamine outre mesure. Son regard, en effet, luisait d'un éclat redoutable. Cette petite avait de l'énergie à revendre, comprit Kristina. Dès l'abord, elle diagnostiqua un esprit vif, une intelligence précoce et des parents qui, en face, avaient le plus grand mal à suivre...

Le regard de la petite Heather balaya la pièce, cherchant la bêtise à faire. Le résultat ne se fit pas attendre : quelques secondes plus tard, l'enfant s'arrangeait pour renverser une lampe au passage sans que sa mère ait eu des réflexes assez prompts pour prévenir son geste.

June s'avança à la rencontre du couple sans se départir de son sourire accueillant.

— Ne vous inquiétez pas, madame Hennessey. C'est sans importance. Nous allons nettoyer cela tout de suite.

— Je l'espère bien, rétorqua la mère d'un air pincé. Il ne manquerait plus que Heather se blesse avec un éclat de verre !

Drôle de façon d'élever un enfant, songea Kristina. Les parents n'avaient même pas fait d'observation à leur fille ! June se tourna vers Sydney.

— Tu veux bien conduire M. et Mme Hennessey jusqu'à leur chambre, s'il te plaît ? Je vous ai donné la 5, cette année. J'ai pensé que la vue vous plairait.

Mme Hennessey contempla d'un air offusqué la clé que lui tendait la réceptionniste.

— La 5 ? Il me semblait pourtant avoir réservé la 4, comme l'année dernière. J'ai même souvenir d'avoir insisté pour...

— La 4 est en cours de rénovation, intervint Kristina en arborant son plus beau sourire.

June lui jeta un regard reconnaissant. Heather, de son côté, avait enfin réussi à dégager sa main de celle de sa mère. Elle tapa du pied par terre lorsque ses parents voulurent emboîter le pas à Sydney.

— J'irai pas ! Je veux voir l'océan ! Tout de suite !

Manifestement épuisée, Mme Hennessey lui jeta un regard presque implorant.

— Dans un moment, ma chérie, tu veux bien ? La route a été longue et nous voulons d'abord nous reposer un instant, papa et moi.

— Tu m'as promis qu'on irait direct à la plage ! T'es une menteuse ! Une méchante !

Mme Hennessey tenta de reprendre possession de la main de sa fille.

— Juste le temps de poser nos bagages, alors. Sois raisonnable, Heather.

Vive comme une anguille, la fillette réussit à échapper à sa mère.

— Heather ! Tu te calmes maintenant ou je me fâche ! intervint le père sur un ton d'avertissement.

Le gros caprice n'était pas loin, comprit Kristina en s'avançant dans l'arène pour se placer entre l'enfant et ses parents.

— Cela ne m'ennuie pas d'emmener votre fille se promener sur la plage si vous désirez vous reposer un moment.

Non seulement Mme Hennessey ne se fit pas prier pour accepter, mais elle se jeta sur la proposition.

— Vous voulez bien ? Vraiment ? Ce serait tout simplement merveilleux pour elle — et pour nous.

Kristina se pencha vers la petite fille. A travers l'attitude hostile de l'enfant, elle percevait comme un appel au secours. Confusément, elle sentait une affinité entre Heather et la fillette inconnue qu'elle avait elle-même été.

— Bonjour, Heather. Je m'appelle Kris. Si tu veux, nous pouvons aller voir l'océan ensemble, toi et moi.

La fillette hésita quelques instants, manifestement partagée entre la tentation de mener son caprice jusqu'au bout, et l'envie de se précipiter vers la plage. Ce fut cependant l'attrait de l'océan qui l'emporta. Gravement, l'enfant plaça sa main dans celle de Kristina.

Etrangement émue, la jeune femme se dirigea vers la porte.

— Nous serons de retour dans une heure, promit-elle à Mme Hennessey.

Le visage de cette dernière s'était détendu, et elle n'avait plus du tout l'air aussi revêche. Même le père se dérida quelque peu.

— Merci. C'est vraiment très aimable de votre part, dit-il en échangeant avec son épouse un regard éloquent.

Kristina sourit juste avant de franchir la porte.

— Qui sait ? Si tout se passe bien, il se pourrait même que nous ne revenions pas avant deux heures !

— Elle est dans le jardin, derrière l'hôtel, annonça June dès l'instant où Max franchit la porte.

155

Il considéra la réceptionniste avec inquiétude.

— C'est à ce point catastrophique ?

— Qu'est-ce qui te dit que ce n'est pas un bon signe au contraire...

Max ne se sentait pas d'humeur à plaisanter.

— Un bon signe ? Comment ça, un bon signe ?

— Et si tu allais te rendre compte par toi-même, suggéra June en lui décochant un clin d'œil.

Max ne lui rendit pas son sourire. Trop de soucis lui trottaient dans la tête depuis la veille. Il avait passé la nuit penché sur les comptes de la Rosée et avait dû s'incliner devant le verdict des chiffres : si l'hôtel ne dégageait pas des profits plus importants d'ici peu, il ne serait bientôt plus en mesure d'assurer le versement des salaires.

Ce constat l'avait mis de fort méchante humeur.

S'attendant au pire, Max ressortit et contourna le bâtiment à grands pas. Il entendit Kristina avant de la voir. Elle lisait à haute voix une histoire où il était question de vilains crapauds et de jolies princesses.

Il trouva la jeune femme assise sous un arbre, les jambes repliées sous elle, ses longs cheveux défaits. Elle tenait un livre ouvert sur ses genoux. A côté d'elle, une petite fille de cinq ans était allongée à plat ventre et écoutait attentivement, la tête entre les mains. Charmé par le tableau qu'elles formaient, il s'immobilisa pour écouter. Kristina mettait le ton, prenait tour à tour une voix grave, chevrotante ou aiguë.

La jeune femme et la petite fille prirent conscience de sa présence au même moment. Un sourire radieux éclaira le visage de Kristina. La réaction de l'enfant fut nettement plus réservée. Elle fronçait les sourcils, manifestement contrariée par cette interruption. Max ne put résister à la tentation de se laisser choir dans l'herbe à côté d'elles.

— Qu'est-ce que tu fais ? demanda-t-il, intrigué.

— Elle me lit un conte de fées, déclara la petite fille en couvant Kristina d'un regard possessif.

La jeune femme retourna son livre pour lui montrer la couverture.

— Je te présente Heather, dit-elle en désignant la petite fille. Et ça, c'est son livre de contes. Tu le connais ?

Max estima qu'il ne restait plus que quelques minutes avant que le soleil n'effectue sa plongée derrière l'horizon. Déjà, le froid humide de la nuit de janvier commençait à se faire sentir.

— Je ne connais aucun conte de fées, révéla-t-il distraitement.

Kristina parut choquée.

— Personne ne t'en a jamais lu quand tu étais petit ?

A en juger par sa réaction horrifiée, il avait été privé de quelque chose de vital, songea Max, étonné. Ce n'était pourtant pas ce qui lui avait manqué le plus dans son enfance. Il avait rêvé inlassablement de l'amour d'une vraie famille, fantasmé sur des sapins à Noël, des gâteaux d'anniversaire et la douceur des bras d'une mère. Mais il ne se souvenait pas d'avoir jamais rêvé autour du moindre conte de fées...

Kristina, cependant, semblait croire fermement aux vertus de la lecture à voix haute.

— Reste assis là encore un moment. J'allais juste commencer à lire une nouvelle histoire pour Heather.

9.

— Mon Dieu, mais c'est Noël ici ou quoi ? s'exclama
June lorsque Max déposa un grand carton sur son bureau.

Elle eut juste le temps d'écarter son registre pour faire
place à un second carton, encore plus volumineux que le
premier.

— La Rosée sort de l'obscurantisme pour entrer dans
l'ère informatique, lança Max par-dessus l'épaule avant
de retourner à sa jeep pour en sortir un clavier et une
imprimante.

— Je croyais que nous n'avions pas besoin de ces
machins-là pour fonctionner, protesta la réceptionniste en
secouant la tête. Tu as toujours dit qu'un ordinateur serait
superflu à la Rosée.

— Eh bien, j'avais tort, décréta Max en sectionnant la
bande adhésive à l'aide du couteau suisse que John Murphy lui avait offert pour ses treize ans.

C'était le premier cadeau qu'il eût jamais reçu et il ne
quittait plus sa poche depuis.

— Que se passe-t-il ? demanda Sydney, attirée par le
son de leurs voix.

— Max nous modernise, annonça June.

Son expression disait clairement qu'elle n'attendait
rien de bon de ces transformations. Du coin de l'œil, Max
vit Kristina pénétrer dans la pièce à son tour. C'était suite
à une réflexion émise par la jeune femme qu'il avait pris

la décision d'acheter l'ordinateur. En prenant un peu de recul, il était parvenu à la conclusion qu'il avait eu tort de vouloir résister à tout prix au changement. Sans rapporter des millions, l'hôtel tournait bien lorsque ses parents adoptifs lui en avaient confié la charge. Sa mission à lui ne consistait pas à en faire un musée, une relique poussiéreuse. Il devait garder la Rosée en vie, au contraire. Et pour cela, certaines concessions à la modernité se révélaient nécessaires.

Assisté par Kristina, il sortit le moniteur du carton.

— Avec ça, nous suivrons plus facilement la clientèle, commenta-t-il.

June eut un petit rire amer.

— Si ce n'est que ça, mieux vaut le remballer tout de suite, ton engin. Vu comme les affaires tournent en ce moment, je peux répertorier nos clients en les comptant sur les doigts d'une seule main.

Poussés par la curiosité, Sam et Antonio vinrent se joindre à leur tour au petit groupe. Sam contempla le matériel informatique exposé sur le bureau et fronça ses épais sourcils grisonnants.

— Que se passe-t-il ici ?

— Max vient de dilapider nos futures augmentations de salaires en investissant dans un ordinateur, annonça June d'un air sombre.

— Nous nous informatisons ? demanda Sam.

— On nous augmente ? s'enthousiasma Antonio.

Penché sur l'unité centrale, Max bataillait avec les câbles en se demandant comment effectuer le branchement.

— Non, je n'ai pas acheté cet ordinateur sur vos salaires. Quant à l'augmentation, vous la toucherez lorsque la Rosée remontera la pente.

Cette dernière précision fut saluée par un concert de grognements. Personne ne semblait penser que les affaires allaient reprendre de sitôt. Seule Kristina paraissait résolument optimiste. Depuis deux semaines qu'elle était « intégrée » dans l'équipe, elle se passionnait pour le fonctionnement de l'hôtel et en assimilait chaque aspect avec une facilité et une intelligence redoutables.

Max, de son côté, avait pris l'habitude de retourner à la Rosée tous les soirs. Officiellement, pour se tenir au courant de la situation et suivre les progrès de Kristina. Mais il ne concevait déjà plus de rentrer seul dans son appartement en quittant le chantier. Passer du temps en compagnie de Kristina n'avait rien d'une contrainte. Au contraire, même...

Max sortit les manuels d'instruction qui accompagnaient l'ordinateur et les tendit à June. Elle fronça les sourcils.

— Que veux-tu que je fasse de tout ça, moi ?

— Les ouvrir, les lire, les étudier de la première à la dernière page.

— Je t'aiderai, proposa Kristina en feuilletant un des fascicules avec enthousiasme. Grâce à l'ordinateur, nous obtiendrons peut-être de nouvelles réservations. Il existe des programmes spéciaux qui peuvent nous aider à faire des tris, une fois que nous aurons défini les goûts, les préférences, la classe d'âge de nos clients. Des trucs comme ça.

La jeune femme écarquilla soudain les yeux.

— Je me demande d'où je sais ça, du reste, murmura-t-elle pensivement.

— Si mes souvenirs sont bons, tu as fait un stage d'initiation à l'informatique peu avant de venir ici, précisa Max après avoir échangé un bref regard avec June. Apparemment, il t'en reste quelques traces.

Au cours des deux semaines écoulées, il avait réussi à répondre au pied levé à toutes les questions de Kristina en lui fournissant chaque fois des explications à peu près plausibles. Mais il savait que sa mise en scène reposait sur des bases fragiles. Combien de temps encore réussiraient-ils à lui faire jouer ce rôle si éloigné de son propre personnage ?

Kristina secoua la tête et lui prit gentiment le câble des mains. En quelques minutes, elle avait effectué les branchements et mis l'ordinateur en marche. June applaudit.

— Bravo, Kris. Je crois que je vais te déléguer le soin de travailler sur ce monstre. Je suis trop vieille pour commencer un nouvel apprentissage.

— On va s'y mettre ensemble, tu verras, déclara Kristina affectueusement. Je te montrerai comment faire.

— Et moi? Tu m'expliqueras aussi? demanda Antonio en s'approchant pour effleurer les touches du clavier.

— Quand elle aura fini d'initier June, trancha Max.

Le passage à l'informatique risquait de prendre un certain temps, comprit-il en voyant l'expression méfiante de June. Mais il avait confiance en Kristina. Elle prenait à cœur tout ce qui concernait la Rosée et s'attelait à chaque nouvelle tâche avec un enthousiasme communicatif.

Il se tourna vers June.

— Nous avons des réservations pour le mois qui vient?

— Je commence par la bonne nouvelle : douze chambres ont été retenues pour le week-end de la Saint-Valentin, annonça la réceptionniste. Mais pour le reste du mois, c'est morne plaine. Je suis désolée d'avoir à te dire ça, Max, mais il va falloir faire quelque chose. Quoi, je ne sais pas, mais nous ne pouvons pas continuer comme ça indéfiniment.

Max hocha la tête. Il avait fait le même constat de son côté. C'était au moins un point sur lequel Kristina Fortune l'avait aidé à voir clair lorsqu'elle lui était tombée dessus à l'improviste avec ses projets de modernisation sous le bras.

Kris tourna vers lui un regard préoccupé.

— Que se passera-t-il si les clients continuent à bouder l'hôtel?

Max fourra les mains dans les poches de son jean.

— Il n'y a pas trente-six solutions, malheureusement. Il faudra fermer la Rosée.

162

— Mais alors... que deviendrons-nous, tous ? s'enquit Kristina en écarquillant les yeux.

— Il ne nous restera plus qu'à trouver du travail ailleurs, répondit Sydney avec un haussement d'épaules découragé.

L'expression de June s'assombrit un peu plus encore.

— Parle pour toi. Moi, à mon âge, je n'ai plus aucune chance. Personne ne voudra d'une sexagénaire de mon espèce.

Jimmy, le jardinier, qui avait pris place discrètement dans un des fauteuils en rotin pour assister au débat, commenta de sa voix chevrotante :

— A côté de moi, tu fais figure de jeune fille, June.

Le cœur serré, Kristina les dévisagea un à un. Ces gens-là étaient tout ce qu'elle avait au monde. Pour autant qu'elle pût en juger, ils constituaient sa seule famille.

— C'est vrai, Max, déclara-t-elle avec force. Il faut trouver des idées. On ne peut pas se laisser sombrer comme ça sans rien faire. Ce serait trop bête si la Rosée disparaissait.

— C'est également mon point de vue, acquiesça-t-il, stimulé par sa réaction. Nous pouvons essayer de remettre cet hôtel à flot en offrant des prestations plus proches de celles de nos concurrents.

Les idées les plus variées se pressaient dans la tête de Kristina. Des idées qui semblaient venir de très loin, comme si elles appartenaient à une autre — à cette inconnue qu'elle avait été avant de perdre la mémoire.

— Non, dit-elle lentement. Il ne s'agit pas de s'aligner sur la concurrence, mais de proposer plutôt quelque chose que les autres ne font pas. En visant une catégorie de population particulière, peut-être ?

June hocha la tête.

— Bonne idée, mais laquelle ?

— Les retraités ? proposa Jimmy.

— Les gastronomes ! suggéra Sam.

Kristina se mit à rire.

163

— Non, il faudrait une catégorie plus vaste. Pourquoi pas les jeunes mariés, plutôt ? Et les couples en quête d'un environnement romantique pour redonner un second souffle à leur mariage ?

L'idée parut plaire à Sam.

— Ça ne me paraît pas bête du tout. Qu'en penses-tu, Max ?

Max songea aux annotations que Sydney avait récupérées dans la chambre de Kristina pendant que la jeune femme passait un scanner à l'hôpital. Pourquoi n'avait-il jamais pensé à lire ces suggestions plus tôt ? Toutes les idées de Kristina Fortune n'étaient pas nécessairement mauvaises, après tout...

— En attendant, déclara June, toujours très pragmatique, il s'agit d'investir dans les décorations pour le week-end de la Saint-Valentin. Si nous soignons un peu le cadre, nos clients auront peut-être envie de revenir en d'autres circonstances. Ce serait déjà un début.

Max fronça les sourcils.

— Des décorations ? Je croyais que nous en avions à la pelle ! C'est une tradition à la Rosée de célébrer la Saint-Valentin. Je me souviens, quand j'étais jeune, il y avait des cupidons un peu partout et des grands cœurs en papier brillant collés aux murs.

June et Sydney échangèrent un regard.

— Il faut voir la tête qu'ils ont, ces pauvres cupidons, depuis le temps. Ils sont tellement vieux et fatigués qu'ils ont l'air tout juste bons pour faire la manche.

Kristina écoutait la conversation d'une oreille. Des idées pour égayer l'hôtel, elle n'en manquait pas. Pivotant sur elle-même, elle effleura Max par mégarde. Un courant d'électricité passa entre eux, si violent qu'ils échangèrent un regard. L'espace d'une seconde, elle oublia le reste du monde.

— Je pourrais faire un tour en ville et effectuer quelques achats, proposa-t-elle lorsqu'elle eut à peu près recouvré ses esprits.

— Tu n'as pas de voiture, objecta Max d'une voix légèrement plus rauque qu'à l'ordinaire.

Bloquée net dans son élan, Kristina se mordilla la lèvre.

— Et si tu m'emmenais ?

Trop risqué, songea Max. Vu l'attirance physique entre eux, ce serait suicidaire.

Le regard de June glissa sur lui avant de s'attarder plus longuement sur Kristina. Un lent sourire s'épanouit sur les traits de la réceptionniste.

— Kris a raison, Max. Conduis-la en ville. Il ne nous reste plus tant de temps que ça avant la Saint-Valentin. C'est le moment ou jamais de prendre le taureau par les cornes et d'agir.

Jimmy se leva pesamment en annonçant qu'il retournait à ses massifs. Sam déclara qu'une idée de menu révolutionnaire lui trottait dans la tête et qu'il allait la tester de ce pas en vue de la Saint-Valentin. Quant à June, Sydney et Antonio, ils se regroupèrent autour de l'ordinateur, apparemment déterminés à se mesurer avec la « bête ».

Resté seul face à Kristina, Max se résigna à l'inévitable.

— Bon ! Eh bien, on y va ?

Une demi-heure plus tard, il se garait sur le parking d'un grand centre commercial en se demandant comment il avait pu se laisser embrigader dans une telle expédition. Il avait toujours eu le shopping en horreur et ne se résignait à acheter des vêtements que lorsque les siens tombaient en guenilles.

Lugubre, il se tourna vers Kristina.

— Alors ? Par où commence-t-on, d'après toi ?

La jeune femme étudia les lieux d'un œil expert et désigna une papeterie-cadeaux nichée entre une pizzeria et un magasin d'articles pour salles de bains. Un sourire conquérant se dessina sur ses lèvres.

— Par là. Ce sera toujours un début.

Un début et rien qu'un début, en effet. Une fois lancée, Kristina était plus difficile à arrêter qu'un char d'assaut en marche, constata Max, deux heures plus tard. Elle avait beau avoir perdu la mémoire, il lui restait encore quelques solides réflexes : elle achetait comme une Fortune et non pas comme la femme de chambre d'une modeste pension de famille. Et la liste de ce « qu'il leur fallait impérativement » pour la Saint-Valentin s'allongeait de façon impressionnante à mesure qu'ils progressaient dans la galerie marchande.

A 1 heure de l'après-midi, après avoir stocké une nouvelle série de paquets dans sa jeep déjà surchargée, Max déclara forfait.

— Stop. Halte. Je n'en peux plus. Tu n'es pas fatiguée, toi ?

Kristina sourit. Le ciel était bleu et elle paraissait aux anges.

— Non. J'étais juste sur le point de reprendre un second élan.

Max leva les deux mains en signe de défense.

— Laisse tomber le second élan, O.K. ? Tu m'as déjà ruiné suffisamment avec le premier.

— Il faut savoir dépenser de l'argent pour en gagner, rétorqua sentencieusement Kristina.

A peine ces mots prononcés, elle tourna vers Max un regard intrigué.

— Je ne sais pas d'où je sors des maximes pareilles ! J'ai parfois l'impression d'être une marionnette manipulée par un ventriloque invisible. C'est comme si on m'insufflait des paroles qui me tombent des lèvres avant que je les sente arriver !

Le ventriloque en question n'était autre que l'ancienne Kristina qui pointait par moments le bout de son nez, songea Max. De combien de temps bénéficieraient-ils encore avant qu'elle ne recouvre complètement la mémoire ? Un jour ? Deux jours ? Une semaine ?

166

— C'est pour ça que tu m'as embrassé l'autre fois ? demanda-t-il en souriant. C'était une idée du ventriloque ?

Même s'il avait posé la question par jeu, il n'en était pas moins curieux d'entendre sa réponse. Avait-elle obéi à quelque pulsion obscure, ou était-ce la nouvelle Kristina qui avait agi de façon délibérée ?

La jeune femme réfléchit un instant et une légère rougeur lui monta aux joues.

— Non, ce n'était pas le ventriloque. Je t'ai embrassé parce que j'en avais envie. Je ne me connais pas encore très bien mais, apparemment, quand je veux quelque chose, je fais tout pour essayer de l'obtenir.

Max était plus intrigué que jamais.

— Et c'est quoi, que tu veux, en l'occurrence ?

Les yeux de Kristina pétillèrent et elle s'humecta les lèvres. Fasciné, Max avait le plus grand mal à détacher les yeux de sa bouche.

— En l'occurrence ? Non, c'est un bon déjeuner, répondit-elle en riant, son regard moqueur plongé dans le sien.

Elle s'en était sortie par une pirouette. Amusé, il obtempéra et l'entraîna vers un restaurant qui donnait sur le port.

— Comme si tu ne m'avais pas déjà occasionné suffisamment de dépenses pour aujourd'hui, la taquina-t-il en s'installant en face d'elle à une petite table en retrait.

Kristina ne se laissa pas culpabiliser pour autant.

— J'ai bien droit à quelques avantages en nature, non ? rétorqua-t-elle d'un ton léger.

— N'oublie pas que je t'ai déjà fait cadeau des verres cassés et des rideaux pulvérisés.

— Ne m'as-tu pas dit que c'était inclus dans mes frais d'apprentissage ?

Max lui tendit l'un des porte-menus de cuir vert imprimé de lettres dorées.

— Je t'ai peut-être dit cela, mais je ne savais pas encore, à l'époque, que tu comptais tripler à toi seule le chiffre d'affaires de la moitié des commerçants de La Jolla !

Kristina jeta un coup d'œil sur le menu et le compara à celui de Sam. Les entrées proposées au Pélican Bleu avaient des noms plus poétiques que ceux de la Rosée, constata-t-elle. Il faudrait qu'elle pense à le dire à Sam.

Elle releva les yeux, vit que Max l'observait, et s'éclaircit la gorge.

— Nous n'avons pas dépensé tant que ça ce matin, si ?

— Pas tant que ça ? Cent bougies rouges parfumées, des draps neufs pour les seize chambres, des serviettes blanches avec un motif de petits cœurs rouges et assez de fanfreluches pour décorer toute la Maison Blanche : tu trouves que ça ne fait pas beaucoup ?

Kristina reposa son menu.

— L'atmosphère sera romantique à souhait, tu verras. Les gens en redemanderont et tu ne regretteras pas ton investissement.

Max imagina le visage de Kristina éclairé par la douce lueur d'une flamme, et songea qu'elle avait sans doute eu raison pour les bougies. Il réprima un soupir. Vu le cours que prenaient ses pensées, ce déjeuner au restaurant promettait d'être riche en chausse-trappes !

— Je ne voudrais pas te décevoir, Kris, mais la plupart de nos clients à la Rosée sont plus proches de l'âge de la retraite que de celui des premiers émois amoureux.

Elle posa le menton sur ses mains jointes et le regarda dans les yeux.

— L'amour ne connaît pas d'âge, monsieur Cooper.

L'odeur fraîche de sa peau parvint alors aux narines de Max. Il respira une bouffée de son parfum et sentit son pouls s'accélérer.

— Je ne te savais pas si versée dans les choses de l'amour, Kris.

— Pourquoi ? murmura-t-elle. J'ai quand même quelques notions. N'oublie pas que tu m'as embrassée l'autre fois...

168

Elle sourit en le voyant tressaillir.

— Même si, depuis, tu te débrouilles pour m'éviter, compléta-t-elle doucement.

Max ne put s'empêcher de détourner les yeux.

— Pas du tout. La preuve : je rentre à la Rosée tous les soirs.

— Mais tu t'arranges pour ne pas être seul avec moi.

Jamais une femme n'avait employé pour le séduire un mélange aussi explosif d'audace et d'innocence. Elle était totalement redoutable et n'en avait même pas conscience.

— C'est vrai, admit-il. Je suis rarement seul avec toi.

Kristina s'humecta les lèvres.

— A propos, tu n'as toujours pas répondu à ma question de l'autre fois, ajouta-t-elle en dépliant sa serviette sur ses genoux. Il y a quelqu'un d'autre dans ta vie ?

Max hésita. Il lui suffisait d'un tout petit mensonge pour mettre fin définitivement à ce supplice de Tentale. Mais quelque chose en lui résista.

— Non, il n'y a personne.

Kristina porta son verre d'eau à ses lèvres, son regard toujours dardé dans le sien.

— Sam m'a dit qu'en réunissant les femmes qui ont traversé ta vie, on pourrait aisément peupler tout un Etat, observa-t-elle d'une voix légèrement tremblante. Pourtant, en quinze jours, je ne t'ai pas vu une seule fois en galante compagnie.

— Parce que je suis plutôt débordé en ce moment, entre le chantier et l'hôtel. Et puis j'aime bien faire un petit « break » entre deux relations amoureuses, répondit-il d'un ton léger en lui tendant la panière.

Kristina prit un morceau de pain qu'elle se mit à déchiqueter avec un petit sourire qui disait clairement qu'elle ne le croyait pas. Son aplomb impressionna Max. Elle était décidément incroyable !

— Je t'aurais bien demandé, reprit-il, si tu es toujours aussi directe avec les hommes d'habitude. Mais j'imagine que tu ne le sais pas plus que moi ?

— Je n'en ai pas la moindre idée, en effet. Et honnêtement, je m'en fiche.

Très vite, Kristina avait renoncé à vouloir reconstituer coûte que coûte le puzzle de sa vie passée. Son amnésie ne lui conférait-elle pas, au fond, une liberté, une légèreté singulières ? Sans doute parce qu'elle pressentait que, tapies dans l'ombre, des contraintes très lourdes pouvaient tout à coup resurgir et peser de nouveau sur son existence. Des contraintes qu'elle retrouverait nécessairement en même temps que la mémoire. Alors pourquoi forcer la main à ses souvenirs ?

— C'est vrai. Ça ne me dérange plus du tout de ne pas savoir, précisa-t-elle pensivement.

Sa réponse surprit Max.

— Cela ne te dérange pas de ne rien connaître de ton passé ?

— Tu m'as dit qu'il n'y avait personne dans ma vie, hormis un mari dont je suis désormais séparée. Avec un tel passif derrière moi, j'aime autant me concentrer sur le présent.

Elle planta son regard dans le sien en portant un morceau de pain à sa bouche.

— ... ainsi que sur l'avenir, compléta-t-elle doucement.

Au même moment, une serveuse s'approcha pour prendre leur commande. Bénissant l'interruption, Max lui sourit avec gratitude. Il était dans les ennuis jusqu'au cou. Et le pire, c'est qu'il n'aurait sans doute même pas la sagesse de tourner les talons et de partir en courant...

— Sam sera ravi d'apprendre qu'il n'a rien à craindre au niveau de la concurrence, commenta Max lorsqu'ils quittèrent le restaurant une heure plus tard.

Kristina hocha la tête. Sam était aussi fier de sa cuisine que Jimmy l'était de ses massifs. Et ils avaient beau être bougons et compliqués l'un et l'autre, elle les adorait, tous les deux.

Un vent frais se leva sur le port. Frissonnant dans sa robe légère, elle glissa son bras sous celui de Max et se serra contre lui pour profiter un peu de sa chaleur.

— Ce serait dommage si tu vendais l'hôtel, commenta-t-elle.

Max se demanda si elle avait la moindre notion de l'effet qu'elle produisait sur lui. Pouvait-on réellement être innocente à ce point ?

— Qui a dit que je comptais vendre la Rosée ?

— Toi.

— J'ai dit que la Rosée devrait fermer si nous ne parvenions pas à remonter la pente. Mais j'ai la ferme intention de trouver des solutions.

Max s'immobilisa près de la jeep. Il avait sans doute eu tort de rejeter toutes les idées de Kristina Fortune en bloc. Mais c'était seulement parce qu'elle l'avait pris à rebrousse-poil, en affichant une attitude arrogante.

— Tu sais, Kris, j'ai réfléchi à la suggestion que tu as faite tout à l'heure : celle de transformer la Rosée en Relais Lune de Miel.

Kristina fronça les sourcils.

— J'ai dit ça, moi ?

Cette fois, il s'était coupé. Et dangereusement, même...

— Tu n'as pas exprimé l'idée exactement en ces termes. Mais cela résume bien le concept que tu as évoqué.

Kristina sourit. Elle paraissait séduite.

— Relais Lune de Miel, oui. C'est vraiment pas mal du tout comme nom. Et comment penses-tu procéder, Max ?

Il réfléchit un instant, avant de se rendre à l'évidence : tous les projets qui lui venaient à l'esprit, c'était Kristina elle-même qui les lui avait suggérés !

— Eh bien... nous pourrions rénover un peu l'hôtel. Améliorer le confort des chambres, prévoir davantage de salles de bains. Surtout que j'ai la possibilité de faire les travaux moi-même.

Tout en énumérant ces idées qui n'étaient pas les siennes, Max observait les traits de Kristina, convaincu que sa mémoire risquait de se réveiller d'un instant à l'autre. Mais la jeune femme se contenta d'écouter et de hocher la tête.

— Toutes ces idées me paraissent excellentes.

« Normal », pensa-t-il. N'étaient-ce pas les siennes ? Mais à la différence de l'ancienne Kristina, Kris, elle, semblait s'intéresser bien plus à lui qu'au chiffre d'affaires de la Rosée.

Ils demeurèrent quelques instants, face à face, immobiles. Le vent jouait dans les cheveux de Kristina et il songea à leur première promenade sur la plage, à ce désir physique brutal, quasi irrépressible, qui l'avait saisi. La scène semblait remonter à une éternité.

Si seulement elle pouvait ne jamais recouvrer la mémoire ! Un tel souhait avait sans doute quelque chose de monstrueux, mais c'était plus fort que lui. Jamais il n'avait été aussi violemment attiré par une femme.

— Kris ?

Elle leva son visage vers lui.

— Mmm ?

Il faillit l'embrasser mais réussit à se contenir juste à temps.

— Je n'ai pas envie de rentrer tout de suite. Et toi ?

Il avait été à deux doigts de l'embrasser, songea Kristina en lui adressant son plus beau sourire.

— Cela tombe bien. Moi non plus.

— Viens, je t'emmène au cinéma.

Passer deux heures dans le noir à côté de Max ? Que rêver de mieux ? Elle n'avait envie que d'une chose, en effet : être avec lui. Pour le reste, il pouvait bien l'entraîner où il voulait. Elle était ouverte à tout, curieuse de tout ce qu'elle pourrait découvrir avec lui.

Tout en affirmant qu'il n'allait voir que des films d'action d'ordinaire, Max prit deux billets pour une histoire d'amour. Et il ne parut pas regretter son choix : il lui tint la main pendant toute la durée de la projection. Après la séance, il lui offrit un cornet de glace et ils déambulèrent bras dessus bras dessous dans les rues.

Appuyée contre lui, son pas réglé sur le sien, Kristina se demanda si elle avait jamais été aussi heureuse avant — au cours de cette vie inconnue qu'elle regrettait de moins en moins.

— C'est beau ce qu'il a fait pour elle, observa-t-elle rêveusement. Et toi, Max, tu pourrais renoncer à tout ce que tu as construit pour la femme que tu aimes ?

La pensée ne lui avait jamais traversé l'esprit.

— Je ne sais pas. Et toi ?

Kristina sourit gaiement en retournant sa glace pour la lécher sur le côté.

— Pour moi la réponse n'est pas très compliquée. Je n'ai rien à perdre. Donc c'est oui.

— Et si tu possédais au contraire plein de choses ?

Ce serait pareil, faillit-elle répondre. Mais elle en disait trop et lui pas assez.

— Ça dépend de la personne aimée, éluda-t-elle. Et toi ?

Il réfléchit un instant.

— Je n'ai jamais aimé de façon passionnée, donc c'est difficile pour moi de savoir. Mais je n'exclus pas que cela puisse m'arriver.

Kristina hocha la tête.

— De toute façon, cela m'étonnerait qu'une femme te demande de renoncer à ton petit paradis.

— Tu trouves que la Rosée est un petit paradis ?

Comment pouvait-il poser pareille question ? Sa vie avait débuté à l'hôtel, deux semaines plus tôt, et elle était tombée amoureuse des lieux dès l'instant où elle avait ouvert les yeux.

— Cet endroit a quelque chose de magique, Max. Le premier jour, ça a été un peu dur pour moi parce que les autres me considéraient tous comme un désastre ambulant. Mais dès le moment où ça a commencé à aller mieux, je me suis sentie chez moi à la Rosée. Je ne comprends toujours pas, d'ailleurs, comment tu as pu monter ton entreprise dans le bâtiment. A ta place, j'aurais eu un mal fou à aller investir mon énergie ailleurs.

— La Rosée appartenait encore à mes parents adoptifs lorsque je suis entré dans la vie active. Et je ne voulais pas simplement prendre la suite de quelque chose. J'avais envie de monter ma propre affaire. De poser mes propres marques.

« Monter ma propre affaire, poser mes propres marques... » : Kristina sentit comme un frémissement, une turbulence dans ses pensées, puis plus rien — la sensation de déjà-vu s'évanouit.

— Nous ferions mieux de rentrer, dit Max.

Elle acquiesça d'un signe de tête et soupira.

— Tu as raison.

Elle se serra frileusement contre lui et une bouffée de son parfum caressa les narines de Max. La lune brillait dans le ciel constellé d'étoiles, donnant un tour un peu irréel à leur promenade : c'était comme s'ils venaient tous deux de s'échapper du film qu'ils venaient de voir. Mais réelle ou imaginaire, Kris Valentine n'en était pas moins belle, et elle faisait vibrer en lui des émotions si profondes qu'il aurait fallu être un surhomme pour rester de marbre.

Cueillant son visage entre ses paumes, il se pencha sur ses lèvres, et céda à la tentation qui le tenaillait sans répit depuis pas moins de treize jours...

174

10.

Dès l'instant où ses lèvres touchèrent celles de Kristina, Max eut l'impression qu'un mini feu d'artifice se déclenchait dans sa tête. Il la désirait si fort qu'il en avait de la peine à respirer. Si seulement le temps pouvait s'immobiliser, les laisser ainsi abandonnés l'un à l'autre, enlacés pour l'éternité ! Conscient de commettre une erreur qu'il regretterait amèrement par la suite, il serra Kristina plus fort contre lui et laissa leur baiser prendre son essor.

Ce fut un parcours échevelé, vibrant, exquis. Il puisait à ses lèvres des sensations si poignantes qu'il se demandait comment un bonheur aussi accompli pouvait constituer une infraction.

« Attention, mon vieux, continue comme ça et tu vas te laisser déborder par la situation », lui soufflait la voix de la prudence. Comment lui, le metteur en scène censé diriger l'action à distance, se retrouvait-il soudain dans la peau d'un des protagonistes du drame ?

Le sang bouillonnait à ses tempes, faisait battre son cœur comme un tambour. Cette attirance physique pour Kristina, il l'avait ressentie depuis le début — une attraction si vertigineuse qu'elle menaçait de balayer sa raison, d'emporter toutes ses résolutions comme autant de fétus de paille. Et à présent, il se retrouvait beaucoup trop près du seuil critique, comprit Max dans un sursaut de lucidité. Il s'agissait pourtant de se ressaisir, et vite. La faire trimer du matin au soir comme une simple femme de chambre était une chose. Mais si, en plus, il profitait de son égarement momentané pour la mettre dans son lit, Kristina aurait les meilleures raisons du monde de lui arracher les yeux à son réveil...

Non, ce n'était pas simplement une fantaisie, une illusion dont elle se berçait : Max était aussi bouleversé qu'elle. Kristina le sentait au goût du désir sur ses lèvres, à la pression de ses hanches contre les siennes, à la façon dont il la serrait à la broyer entre ses bras.

— Nous pourrions peut-être poursuivre dans un endroit... un peu moins public ? suggéra-t-elle tout doucement.

S'il lui proposait de passer la nuit dans sa chambre, elle le suivrait sans hésiter. Pourquoi lutter contre le courant, se dit-elle, alors qu'ils vibraient tous deux du même désir ? Sa confiance en Max était totale. Et l'élan qui la jetait vers lui était si naturel et si fort qu'elle ne voyait aucune raison valable d'y résister.

Kristina se savait prête. Tout son corps brûlait dans l'attente d'une réponse, d'un signe, d'un geste. Brûlait dans l'attente de lui appartenir.

Max était déchiré. Il détestait sa raison qui lui commandait de reprendre ses distances. Plus encore, il détestait sa propre faiblesse qui les avait placés dans cette situation douloureuse où il était amené à la repousser. S'il prenait ce qu'elle lui offrait sans lui préciser qui elle était réellement, Kristina Fortune ne pourrait, à terme, que le haïr. Mais cet avenir incertain semblait si inconsistant, si irréel par rapport à la réalité du corps de Kris contre le sien ! Ce corps brûlant, offert...

Non ! Il n'avait pas le droit. Pas le droit d'abuser de la

confiance inconditionnelle qu'elle semblait avoir placée en lui...

Ecrasé par son propre sens du devoir, Max se dégagea.

— Une autre fois, peut-être, dit-il d'un ton faussement désinvolte.

Avec des gestes d'automate, Kristina se détourna et se dirigea vers la jeep. Elle se sentait humiliée, stupide, ridicule. Aurait-elle mal interprété les signes ? Se serait-elle méprise sur la réaction de Max ?

Elle lui jeta un regard en coin.

Non. Elle ne s'était pas trompée. Qu'elle soit un peu déphasée sur certains plans, elle voulait bien l'admettre : son amnésie l'avait privée de bon nombre de repères. Mais son intuition fonctionnait toujours à plein : Max la désirait et elle désirait Max. Ils étaient libres et adultes l'un et l'autre. Alors où se situait l'obstacle ? Et pourquoi refusait-il de le nommer ?

Pendant le trajet du retour, un silence lourd de tension s'installa dans la jeep. Kristina soupira, respira profondément pour détendre ses muscles crispés et décida que cette phase de mutisme boudeur avait assez duré. Si problème il y avait, il devait bien exister un moyen de s'expliquer, non ?

— Max ? dit-elle doucement.

— Mmm ?

Sa voix était lointaine et glacée, comme celle d'un étranger. Mais Kristina refusait de le considérer comme tel. Il n'y avait rien eu de froid ni de distant en lui lorsqu'il l'avait embrassée.

— J'ai l'impression que tu ne me dis pas tout, risqua-t-elle prudemment.

Max faillit éclater de rire.

Qu'il ne lui disait pas tout ? C'était assurément là l'euphémisme du siècle ! Il avait en effet « omis » de lui préciser quelques petits détails et notamment que loin d'être employée dans l'hôtel où elle s'acquittait pour l'heure complaisamment des plus basses besognes, elle en était la toute-puissante et richissime propriétaire. Et tout ça pourquoi ?

Les mains de Max se crispèrent sur le volant.

— Qu'est-ce qui te fait penser que je ne te dis pas tout ?

Il vit une légère rougeur monter à ses joues.

— Chaque fois que tu m'embrasses, j'ai l'impression que... que quelque chose t'empêche de continuer. C'est bizarre... Et pourtant, je sais bien que tu en as envie.

Envie ? Là encore le mot était faible. Car s'il n'avait tenu qu'à lui, il...il...

— Oui, bien sûr, dit-il d'une voix détachée, mais ça n'est qu'une pulsion passagère, et je ne veux pas que tu aies des regrets ensuite. Pour le reste, je t'ai dit tout ce que j'étais en mesure de te dire.

« Ou presque », acheva-t-il mentalement en se demandant si elle lui pardonnerait jamais cette longue série d'outrages et de mensonges.

Kristina parut sur le point de protester, mais elle se ravisa.

— O.K, acquiesça-t-elle avec un léger soupir. Je ne peux pas te forcer la main. Alors fais comme tu l'entends.

Pour le moment, oui, il ferait comme il l'entendait. Sa volonté à elle prévaudrait bien assez tôt lorsqu'elle aurait recouvré la mémoire...

Les bras chargés de chérubins en carton, Kristina attrapa Max par la manche au moment où il s'apprêtait à disparaître dans son bureau. Elle venait de passer deux heures à décorer la Rosée et les résultats obtenus l'avaient mise d'excellente humeur. La journée de la veille s'était terminée sur un couac retentissant, mais ce n'était pas une raison pour se décourager. Chaque jour était un nouveau jour. Riche en promesses et en opportunités nouvelles.

— Hé, là ! Ne prends pas la fuite comme ça, Max. Ce n'est pas parce que tu es le patron que tu peux te dispenser de travailler. J'ai besoin de ton aide, moi.

— Du travail, j'en ai à revendre, rétorqua-t-il en désignant la porte de son bureau d'un geste du menton. J'ai une pile de factures à régler qui menace de toucher le plafond.

S'il avait espéré la convaincre, il se trompait. Kristina écouta avec un sourire angélique mais dès qu'il eut terminé, elle lui tendit un paquet de décorations.

Max soupira avec impatience.

— Et qu'est-ce que je suis supposé faire, moi, avec ces machins ?

— Tu me les feras passer un à un pour que je puisse les scotcher aux murs.

Sans attendre sa réponse, elle grimpa au sommet du grand escabeau branlant. Effaré de la revoir perchée sur ces hauteurs précaires, Max lâcha les chérubins et se précipita pour lui tenir les montants à deux mains. Antonio qui passait par là siffla entre ses dents.

— Hé, Max ! Tu n'as pas choisi la corvée la plus pénible, on dirait ?

Ulcéré, il s'abstint de répondre. Avec son entreprise et l'hôtel à gérer, il était débordé, bon sang ! Il n'avait pas le temps de faire le pitre au pied d'un escabeau, le visage presque collé contre une paire de jambes longues, gracieuses, hâlées, galbées juste comme il le fallait — en un mot, irrésistibles. Et pour arranger le tout, elle était en short, l'infâme !

— Pourquoi n'as-tu pas mis un jean, ce matin ? bougonna-t-il.

Kristina tourna la tête vers lui et sourit.

— Libre à toi de regarder ailleurs !

Cela dit, elle était ravie qu'il s'intéresse à ses jambes. Elle avait décidé d'utiliser tous les atouts à sa disposition pour inciter Max à franchir le mystérieux obstacle qui se dressait entre eux telle une muraille de Chine invisible.

— Regarder ailleurs ? marmonna Max. Facile à dire, alors que la vue ici est tout simplement fascinante.

Kristina sourit aux anges en fixant son chérubin au mur.

— Si la vue est fascinante, tu n'as donc aucune raison de te plaindre.

— Ah non ? Ça me rend malade de te voir là-haut, figure-toi. Tu es déjà tombée de ce machin-là une fois, et je n'ai pas envie que ça recommence.

Il se faisait du souci à son sujet ? Excellent. C'était très bon signe.

— On dit bien qu'il faut remonter à cheval tout de suite après une chute, non ? répondit-elle innocemment.

— Un cheval est un cheval et un escabeau, un escabeau. Descends de là, Kris. Immédiatement.

Kristina faillit lui rétorquer qu'elle n'avait pas d'ordres à recevoir de lui. Mais elle contint juste à temps cette repartie agacée qui semblait venir d'une autre qu'elle-même. Encore le « ventriloque » qui faisait des siennes ! C'était à se demander d'où lui venait parfois cette étrange sensation qu'elle avait d'avoir toujours été son propre maître. Comme elle négociait les premiers barreaux, Max la saisit par la taille et la posa sur le sol.

— Voilà. Donne-moi ce ruban adhésif et tiens-moi l'escabeau. Je vais les coller, moi, ces décorations.

Kristina en oublia aussitôt son mouvement d'humeur.

— Oui, monsieur, bien, monsieur, acquiesça-t-elle en souriant.

Elle s'écarta pour laisser grimper Max, et se retrouva au pied de l'escabeau, avec une vue en tout point similaire à celle dont il bénéficiait quelques minutes plus tôt.

Le spectacle valait le détour.

— Joli galbe, commenta-t-elle.

Max tourna la tête.

— Qu'est-ce que tu racontes ?

Il vit la direction de son regard et fit la moue. Kristina éclata de rire.

— Je me contente d'inverser les rôles. C'est de bonne guerre, non ?

Max se demanda si elle aurait la même réaction amusée le jour où elle découvrirait qu'il lui avait joué un petit tour à sa façon...

— Cette fois, ça y est : nous affichons complet, annonça June à Max tandis que Sydney s'éloignait en compagnie des clients de la chambre 16.

Ils avaient même dû refuser une réservation le matin même. June regarda fièrement le registre que les clients continuaient de signer comme avant, même si l'ordinateur était d'ores et déjà entré en fonction.

— Il y a longtemps que je n'avais pas vu une page aussi bien remplie, commenta-t-elle. J'ai l'impression d'être revenue au bon vieux temps.

Mais le bon vieux temps ne reviendrait jamais plus, songea Max. Voilà pourquoi la Rosée devait évoluer, à l'instar du monde alentour.

— C'est décidé, June, annonça-t-il. En mars, je commence les travaux. Cinq salles de bains supplémentaires, ni plus ni moins. Le grand jeu, quoi. A propos, il faudra réfléchir à un moyen de nous faire un peu de publicité. En posant quelques affiches peut-être ?

Kristina qui passait dans le couloir avec des serviettes et des sels de bain parfumés dans les bras s'immobilisa net.

— Quelques affiches ? Cela ne servira à rien. Il nous faudrait plutôt une page de pub dans le journal local. Avec une photo en couleurs de l'hôtel.

L'idée était bonne mais onéreuse. Et — sombre ironie du sort — sans son associée Kristina Fortune pour l'épauler, il ne disposait pas du budget suffisant.

— L'opération risque d'être un peu trop coûteuse pour moi, objecta-t-il.

— Si tu veux mon avis, tu rentrerais largement dans tes fonds.

Kristina posa ses serviettes et salua son propre commentaire d'un joyeux éclat de rire.

— Enfin je ne sais pas trop pourquoi je dis ça. C'est drôle ! Je parle comme si j'étais au courant et que j'avais l'habitude de dépenser, alors que c'est loin d'être le cas !

Oh, oh, songea Max, tous les sens en alerte. L'ancienne Kristina n'était décidément plus très loin...

— Encore faudrait-il que je puisse démarrer les travaux, observa-t-il, pressé de changer de sujet. Toute mon équipe est mobilisée par la phase 2 du lotissement de Woodbridge.

— Pourquoi ne prendrais-tu pas des ouvriers à la journée ?

Kristina pensait souvent à ces journaliers aux regards tristes qui traînaient aux abords de la ville, se rassemblant au matin dans un coin précis, près du parc, dans l'espoir qu'un entrepreneur passerait par là pour leur proposer quelques heures, voire quelques jours de travail.

— Ce serait une possibilité, effectivement, acquiesça Max. Mais au fait... comment as-tu entendu parler du travail à la journée, toi ?

— C'est Sam qui m'en a parlé, un jour où il m'avait emmenée acheter du poisson sur le port. Je me demandais ce que tous ces hommes faisaient là, à attendre. Il m'a expliqué ce qu'il en était, et je pense souvent à la vie de ces hommes, depuis.

Ainsi Kristina Fortune avait bel et bien un cœur. Max la trouva si jolie en cet instant qu'il n'eut plus qu'une envie : l'avoir pour lui seul un moment. De préférence dehors, au clair de lune, à proximité de l'océan.

— Et si tu quittais ton service un peu plus tôt que d'habitude, ce soir ? On pourrait aller faire un tour sur la plage.

Kristina reprit ses serviettes et ses sels de bain.

— Tu veux rire ? C'est impossible. L'hôtel affiche complet !

Décidément, femme de chambre ou cadre sup, Kristina restait une bosseuse acharnée !

— Je connais le patron, ici, dit-il en lui décochant un clin d'œil. J'intercéderai en ta faveur.

— Tu ferais ça pour moi, Max?

Le sourire qui s'épanouit sur les lèvres de Kristina dégageait une chaleur tellement communicative que Max sentit sa température corporelle s'élever de quelques degrés.

— Je ferais ça pour toi. Parole de scout.

Bon sang, comme il la désirait! Il avait intérêt à garder la tête froide, cette fois. Car si la Kris d'aujourd'hui semblait s'être prise d'affection pour lui, ce serait la Kristina de demain qui lui ferait payer la note. Toutes griffes dehors...

— Bon, d'accord, concéda-t-elle. Mais après le dîner, alors. J'ai promis à Sydney que je l'aiderais pour le service en salle.

— Et Antonio? Il ne pourrait pas s'en charger, lui? C'est son travail, après tout.

Une lueur malicieuse dansa dans les yeux clairs de Kristina.

— Antonio? Mais il est parti en ville acheter un bouquet de roses.

Sourcils froncés, Max contempla le vase sur la table basse.

— En ville pour acheter des roses? Mais ce n'est pas ce qui manque ici. Nous en avons plein le jardin!

Kristina secoua la tête.

— Ce n'est pas la même chose. D'ailleurs, Jimmy le tuerait s'il le surprenait à cueillir ses enfants chéris.

Eh bien! Le moins que l'on pût dire, c'est que Kris s'était bien intégrée, à la Rosée. Elle vivait pratiquement en symbiose avec le reste de l'équipe, désormais. Autrement dit, il avait bel et bien atteint son objectif. A une grosse — à une énorme — nuance près : il n'avait pas prévu dans son plan que lui-même s'attacherait à ce point au personnage de Kris Valentine. L'idée d'avoir à la perdre bientôt le terrassait. D'après Daniel, l'amnésie de

Kristina risquait de se prolonger encore quelque temps. Mais il ne pouvait guère espérer la garder auprès de lui indéfiniment. Tôt ou tard, l'un des membres de sa famille finirait par se manifester. Et la vérité éclaterait avec fracas : adieu, Kris, bonjour, Kristina...

Mais Max n'avait pas envie de penser à une séparation prochaine. Comment imaginer un avenir sans elle alors qu'elle était là, fraîche comme une fleur, l'image même de la tentation ?

Radieuse, Kristina serrait les serviettes contre sa poitrine.

— A tout à l'heure, alors, promit-elle dans un souffle en s'élançant vers l'escalier.

Une main ridée chargée de bagues se posa sur celle de Max. Il tressaillit.

— Hé, Pygmalion, pourquoi cet air lugubre ? commenta June affectueusement. Tu as voulu la remodeler entièrement et tu as réussi au-delà de toute espérance. Que te faut-il de plus ?

Max soupira. La situation était sans issue. Il avait voulu amener Kristina à changer d'avis au sujet de la Rosée. Mais au bout du compte, c'était lui qui avait fini par adopter ses idées à elle ! Il l'avait donc trahie doublement. Et compromis, de ce fait, toute chance qu'il aurait pu avoir de vivre quelque chose d'authentique avec elle...

— Ce qu'il me faut de plus ? Oh, rien qu'une machine à remonter le temps pour effacer mon erreur initiale. Comment ai-je pu me fourrer dans un pareil pétrin, June ? C'est insoluble, comme situation.

La réceptionniste ne paraissait pas accablée outre mesure.

— Tu n'as pas remarqué que les problèmes les plus épineux finissent généralement par se résoudre d'eux-mêmes ? Fais donc confiance à la vie et va l'attendre sur la plage. Ça me paraît être de loin la meilleure solution dans l'immédiat.

Max faisait les cent pas derrière l'hôtel, enveloppé par les ombres sensuelles du clair de lune, lorsque Kristina arriva au pied des marches en pierre avec un mug plein dans chaque main.

— Tiens, dit-elle. Du café. Sam pensait que tu aurais besoin de te réchauffer. L'air est un peu frais, ce soir.

Max paraissait distrait, perturbé mais certainement pas glacé, constata-t-elle.

— Merci, murmura-t-il en commençant à marcher dans le sable.

La marée haute avait dévoré une bonne partie de la plage. Malgré le vent frais, Kristina ressentait une envie presque irrépressible d'ôter ses chaussures et de tremper les pieds dans l'eau. Max penserait sans doute qu'elle était folle. Ce en quoi il n'aurait peut-être pas tort. Avait-elle vraiment toute sa raison pour vivre ainsi au jour le jour, au lieu de chercher par tous les moyens à reconstituer son passé ?

Pour l'instant, en tout cas, être là, sur la plage avec Max, suffisait largement à son bonheur.

— C'était un vrai plaisir, ce soir, de voir toutes les tables occupées à l'hôtel, commenta-t-elle gaiement. Sam était aux anges.

Max hocha la tête.

— Apparemment, tu avais misé juste en tablant sur une clientèle d'amoureux en quête de lieux retirés. Le romantisme n'est pas mort, on dirait.

Elle chercha un instant son regard.

— L'amour est ce qui fait tourner le monde, non ?

Max ne répondit pas. Il ne parvenait pas à détacher les yeux de sa chevelure que la lune avait transformée en longs filaments d'argent pur.

— Kris... De quoi te souviens-tu, exactement ?

Elle réfléchit un instant.

— De rien précisément. Des bribes, des fragments ici et là... un drôle de bric-à-brac.

— Quel genre de bric-à-brac ? demanda-t-il en s'efforçant de ne pas laisser transparaître d'inquiétude dans sa voix.

— Si seulement je savais ! C'est comme lorsqu'on fait un puzzle avec des pièces minuscules. Tu trouves parfois des éléments qui te paraissent faire partie d'un nez ou d'un pied ou de quelque chose d'approchant. Mais tu ne peux pas en avoir la certitude. Tant que tu ne disposes pas d'une image d'ensemble, ces fragments restent dépourvus de sens par eux-mêmes.

Bon. Il n'avait pas de soucis à se faire dans l'immédiat, apparemment. Elle resterait la Kris qu'il aimait encore au moins quelques jours.

— Jusqu'à présent, rien de précis, alors ?

Elle finit son café et secoua la tête.

— Non, rien. Je persiste à penser que faire les lits, la plonge et passer l'aspirateur n'a jamais été ma vocation première. Mais je progresse, malgré tout, annonça-t-elle fièrement. Cela fait un moment, même, que je ne casse plus rien.

— Non seulement tu ne casses plus rien, mais ton travail est apprécié de tous.

Chaque soir, en rentrant, Max était sidéré de constater à quel point les autres l'avaient prise sous leur aile. A les voir tous ensemble, on aurait pu croire que Kristina faisait partie de l'équipe depuis le début.

— Sam pense que tu as tout le talent et l'inventivité nécessaires pour devenir un chef de renom. June ne jure que par toi et prétend qu'elle aurait jeté l'ordinateur par la fenêtre depuis longtemps si tu n'avais pas été là pour la guider. Et j'ai même entendu dire que Jimmy t'avait autorisée officiellement à revenir l'aider au jardin.

— Note quand même que mon rôle se borne à lui porter ses sacs de terreau ou de compost, rectifia Kristina en riant. Jimmy est méfiant.

Elle n'avait même pas l'air d'en prendre ombrage, songea Max, admiratif. Kris était vraiment quelqu'un de peu ordinaire...

— C'est déjà un début, observa-t-il.

Elle hocha la tête.

— Tu as retrouvé mon C.V., au fait?

Posée à brûle-pourpoint, la question prit Max au dépourvu.

— J'avoue que je n'ai pas vraiment cherché. Pourquoi?

Kristina haussa les épaules.

— Cela m'aurait intéressée d'y jeter un coup d'œil. On ne sait jamais ce que ça pourrait réveiller en moi. J'aimerais bien retrouver quelques souvenirs vieux de plus de trois semaines.

Max s'immobilisa pour lui prendre les épaules.

— C'est si horrible que ça de n'avoir que quelques semaines d'existence derrière soi?

Le cœur de Kristina se mit à battre plus vite lorsqu'il la prit dans ses bras. Horrible? Bien au contraire. Lorsque Max la regardait avec ces yeux-là, le présent immédiat lui suffisait amplement.

— Attention, murmura-t-elle, tu vas renverser ton café.

— C'est possible. Mais que serait la vie sans le piment du risque?

— La vie sans risque? répondit-elle, les yeux plongés dans les siens. Elle serait, sans doute, très ennuyeuse.

— Et l'ennui n'a jamais été mon truc, déclara Max.

Kristina vit des étoiles danser dans ses yeux bleus.

— C'est bien ce que j'avais cru comprendre... Et avec moi, tu t'ennuies? demanda-t-elle dans un souffle.

— Avec toi? Impossible. Jamais, pas une seconde.

— Tu es sûr? chuchota-t-elle.

— Je n'ai jamais été aussi sûr de ma vie.

Kris Valentine représentait le contraire absolu de l'ennui. Avec elle, le monde brillait d'un éclat plus vif. Elle lui faisait battre le cœur si fort qu'il aurait pu passer une nuit entière rien qu'à la tenir contre lui, à caresser son beau visage des yeux, à se laisser bercer par le doux va-et-vient de son souffle.

Elle lui tendit les lèvres.

— Embrasse-moi, Max, chuchota-t-elle. Ce clair de lune mérite un baiser.

Il était perdu une fois de plus.

— C'est vrai. La même pensée me trottait justement dans la tête.

Il l'embrassa alors, conscient qu'en aucun cas, il ne devrait aller plus loin. Et il mit dans son baiser toute son ardeur, toute son âme, en songeant que ce serait peut-être le dernier...

Sterling Foster considéra d'un air accablé la femme de haute taille qui se tenait dans son salon. Cette femme, il l'avait hébergée, protégée et soutenue pendant des mois, tandis que, morte aux yeux de tous, elle avait dû vivre cachée et dans un complet anonymat. A la fois son employeur et son amie, elle était pour lui un sujet d'exaspération constant en même temps que l'objet d'une admiration inconditionnelle.

— Je n'approuve pas votre décision, Kate. Elle défie toutes les lois de la prudence, une fois de plus.

— Ce n'est pas votre permission que je demande, Sterling. Par politesse, je juge correct de vous faire part de mes intentions. C'est tout.

Sterling ne doutait pas qu'elle n'en ferait une fois de plus qu'à sa tête. Kate était la femme la plus obstinée que cette terre ait jamais portée.

— Nous ne savons toujours pas qui a tenté de mettre fin à vos jours. Rien n'a changé, Kate.

— Tout a changé, au contraire. Mon fils Jake est en prison, accusé de meurtre.

Elle paraissait nerveuse, songea Sterling. C'était sans doute une des premières fois en trente ans qu'il la voyait affectée à ce point.

— Vous ne pouvez pas faire grand-chose pour lui, objecta-t-il, radouci.

188

— Il n'est pas dit que je puisse le tirer de là, non. Mais je sais que ma place est près de lui.

Sterling soupira.

— J'imagine que rien de ce que je pourrais dire, faire ou penser ne serait susceptible de vous faire changer d'avis ?

Le sourire souverain qu'elle lui adressa alors n'était pas entièrement dépourvu de chaleur.

— Cher Sterling. Vous avez mis le temps, c'est vrai, mais vous me connaissez bien. Et je crois que vous et moi allons commencer à vraiment bien nous entendre.

Suivi comme une ombre par un des surveillants de la prison, Jake Fortune pénétra dans le parloir. Debout près de la fenêtre grillagée, Sterling Foster le regarda entrer sans rien dire.

Jake était à cran. Il n'avait pas la moindre idée de ce qui motivait cette nouvelle visite de son avocat. L'histoire de son ultime entrevue avec Monica Malone, il l'avait déjà racontée, ressassée, considérée sous tous les angles, en revenant inlassablement sur chaque détail, même les plus insignifiants. Si Sterling attendait de lui qu'il lui réserve encore une fois ce même récit éculé, il se sentait capable de hurler. De hurler comme une bête, oui, lui Jake Fortune, P.-D.G. d'un des plus gros groupes industriels américains, considéré comme un monument de calme et de maîtrise de soi. Mais depuis qu'on l'avait enfermé comme un criminel, il avait cessé d'être lui-même.

La porte se referma derrière lui avec un bruit sec et définitif comme une sentence de mort. Un frisson involontaire parcourut Jake. Déjà peu optimiste de nature, il avait rapidement perdu tout espoir depuis qu'il tournait en rond dans sa cellule en attendant le procès qui scellerait son sort.

— Vous avez du nouveau ? demanda-t-il sèchement à Sterling.

L'avocat ne répondit pas. Il tourna simplement les yeux vers le mur juste derrière lui. Jake se retourna en sursaut au son de la voix rauque et douce.

— Jake...

Il crut tout d'abord à une hallucination. Un mirage baroque né de l'enfermement et du désespoir de ces derniers mois.

— Mère ?

Le cœur serré, Kate s'avança pour prendre son fils aîné dans ses bras. Il était maigre, presque décharné. Que lui avait-on fait ?

— Tu as perdu beaucoup de poids, Jake, chuchota-t-elle, les larmes aux yeux.

C'était pis encore que tout ce qu'elle avait imaginé. Elle pouvait tout supporter pour elle-même. Mais pas qu'on touche à ses enfants.

Sourcils froncés, Jake secoua la tête.

— Je suis en train de devenir fou pour de bon. Ce n'est pas toi. Ça ne peut pas être toi !

Un sourire empreint de tristesse joua sur les traits aristocratiques de sa mère.

— Mais si ! Pour reprendre le mot de Mark Twain, je dirai que « les nouvelles au sujet de ma mort ont été hautement exagérées ».

La stupéfaction de Jake se mua alors en colère. Elle était donc vivante alors qu'ils la pleuraient tous depuis deux ans ! A quel jeu jouait-elle donc ? Et de qui se moquait-on ?

— Laisse Twain où il est ! Il est mort et bien mort, lui. Comment as-tu pu nous faire un coup pareil ? C'est monstrueux ! Tu es devenue folle ou quoi ?

— Jake ! intervint Sterling sèchement. Ne parlez pas à votre mère sur ce ton.

Kate lui fit signe de se taire.

— Il a le droit d'être en colère, Sterling. C'est un choc pour lui.

— Un choc ? vociféra Jake. C'est bien pire qu'un

choc ! Que signifie cette joyeuse parade des revenants ? Et qui comptez-vous ressusciter ainsi la prochaine fois, Foster ? Monica, peut-être ?

L'avoué secoua la tête.

— Le décès de Mme Malone n'a rien d'imaginaire.

— Et toi ? demanda Jake à sa mère. Peux-tu expliquer pourquoi tu nous as laissé croire pendant deux ans à ta mort ? Et notre chagrin, tu t'en fiches ?

Kate ferma un instant les yeux. C'était la première fois que Jake s'adressait à elle avec tant d'émotion et de hargne. Son fils aîné avait toujours été si distant, si froid, si mesuré...

— J'ai été victime d'une tentative d'assassinat, Jake, expliqua-t-elle en relevant le menton. Et je voulais savoir qui en était l'instigateur.

Jake soutint son regard.

— Tu as cru que c'était l'un de nous ?

Kate haussa les épaules en signe d'impuissance.

— Honnêtement, je ne savais plus quoi penser.

Le visage enfoui dans ses mains, Jake se laissa tomber sur un banc.

— Ta confiance me touche.

Relevant la tête, il plongea de nouveau les yeux dans les siens.

— Il est vrai que nous n'avons jamais été proches, toi et moi, mère. Tu ne sais même pas qui je suis vraiment.

Le cœur de Kate se serra douloureusement. La communication n'avait jamais été facile avec Jake. Il y avait toujours eu entre eux comme un champ magnétique négatif à travers lequel ils pouvaient se voir, mais ni s'entendre ni se toucher. La colère, la honte, et sa culpabilité à elle avaient sans doute empoisonné leurs relations du départ. Déchirée par le remords, Kate effleura le bras de son fils.

— Si j'ai été un peu plus dure avec toi...

— Il n'y a pas de si. Tu as été plus dure avec moi.

Kate se mordit la lèvre. Malgré ses soixante-dix années

d'existence, elle avait toujours le plus grand mal à admettre ses erreurs.

— C'est parce que tu étais mon aîné et que j'attendais beaucoup de toi. Et peut-être aussi parce que j'étais trop jeune pour être une bonne mère, à l'époque.

— Et, du coup, tu as décidé de te rattraper sur le tard. Ce qui me vaut le plaisir de ta visite ! observa Jake d'un ton cynique.

— Oui, j'ai effectivement l'intention de t'apporter le soutien d'une mère. Voilà pourquoi je suis venue, conclut Kate en échangeant un regard avec Sterling.

— Et qu'espères-tu obtenir ainsi ? se récria Jake. Mon infinie gratitude ?

— Non, Jake. Ta libération.

11.

Paul s'essuya le front, sortit deux cannettes de coca du réfrigérateur et en tendit une à Max. Il était presque midi et ils avaient déjà une matinée de travail chargée derrière eux. L'un des couvreurs leur avait fait faux bond, mais cette défection tombait à point nommé : les tuiles qu'ils attendaient ne seraient livrées que le lendemain et il n'y aurait pas eu assez de travail pour occuper tout le monde, de toute façon. Les choses, pour une fois, s'arrangeaient au mieux.

— Tu crois qu'ils vont réussir à finir de niveler la dernière parcelle ? demanda Paul, sourcils froncés.

Max ouvrit sa cannette et désigna le terrain concerné d'un signe du menton.

— Avec de l'avance, même. Les gars ont la pêche aujourd'hui. Regarde comme ils mènent leurs engins. Je me demande même s'ils ne font pas la course entre eux, ces gros malins !

Paul secoua la tête en riant.

— Du moment que le boulot avance, ils peuvent bien procéder comme ils veulent ! Mais à propos de travail, que devient ta Lady Fortune ?

Lady Fortune ! S'il y avait une étiquette qui ne s'appliquait plus à Kris, c'était bien celle-là.

— Kris ? Elle se débrouille comme un as. C'est étonnant comme elle a réussi à s'adapter, d'ailleurs.

Paul décapsula sa boisson et s'assit sur le marchepied devant la cabane de chantier.

— Parce qu'elle est toujours amnésique?

Max vida sa cannette en trois longues gorgées.

— Toujours, oui.

Paul haussa les sourcils d'un air étonné.

— Ça va faire un mois que ça dure, non? Elle ne se souvient vraiment de rien?

Max fourra les mains dans ses poches.

— Quelques impressions vagues; des expressions d'avant qui lui tombent soudain des lèvres. Mais pas de noms, pas de visages familiers. Rien qui puisse l'aider à se resituer.

Paul exprima à voix haute la question qu'il se posait tout bas depuis un mois.

— Et tu crois qu'elle va rester comme ça encore long-temps?

— Ça, mon vieux, mystère. Personne n'en sait rien. Tout ce que je peux dire, c'est que ça va faire du grabuge lorsqu'elle apprendra qui elle est réellement.

Pensif, Paul se gratta le crâne.

— Ecoute, Max, si j'étais toi, j'essayerais de trouver un moyen de lui dire la vérité avant que la mémoire lui revienne. Je suis sûr qu'elle réagirait moins violemment.

Les nerfs à vif, Max se leva pour jeter sa cannette dans la poubelle spéciale prévue à cet usage.

— En théorie, elle est très bonne, ton idée. Mais, en pratique, elle est assez difficile à exécuter.

Paul se mit à rire.

— Exécuter est bien le mot. A mon avis ce serait la seule solution. Sinon c'est elle qui va te faire la peau!

— Oh, ça va, Paul. Laisse tomber l'humour macabre, d'accord? Je n'ai pas besoin de ça en ce moment.

Max sourit mais, au fond de lui-même, il ne brillait pas. La situation était inextricable, sans issue. Et il ne pouvait s'en prendre à personne d'autre qu'à lui-même.

— En tout cas, cette histoire a l'air de te travailler

sérieusement, mon vieux, commenta Paul en le gratifiant d'une tape sur l'épaule. Mais puisqu'au bout du compte tu as fini par adopter pratiquement toutes ses idées, il n'y a plus grand danger à lui révéler sa véritable identité, si ? Cela m'étonnerait qu'à ce stade, ta Kristina Fortune décide de mettre l'ensemble du personnel à la porte. Tu m'as bien dit qu'elle avait de bons rapports avec eux ?

Max songea à l'ambiance détendue qui régnait à la Rosée, et retrouva temporairement le sourire.

— Plus que ça même : ils s'adorent. Les autres ont pris son parti à l'unanimité contre moi. June et Sydney n'arrêtent pas de me cuisiner pour que je lui dise qui elle est vraiment.

Paul hocha la tête.

— Elles ont raison. Qu'est-ce que tu risques, après tout ?

Max s'interrompit un instant pour signer un bon de commande que lui apportait le chef de chantier, puis il regarda Paul dans les yeux.

— Ce que je risque ? Bonne question ! Mets-toi à ma place, mon vieux. Tu vois un moyen d'avouer à quelqu'un qu'on a abusé de sa confiance, qu'on l'a trahi et utilisé de façon éhontée sans que ce quelqu'un ne vous prenne en horreur aussitôt ?

Paul recommença à se frotter le crâne de plus belle.

— Je reconnais que c'est délicat.

Retirant son casque, Max se passa la main dans les cheveux.

— Je ne te le fais pas dire.

Son associé le considéra soudain avec une attention plus soutenue.

— Ce n'est pas seulement que tu es ennuyé de lui avoir menti, n'est-ce pas ? Il y a autre chose ?

Max soupira. Ce n'était même pas la peine d'essayer de biaiser avec Paul. Son associé ne le lâcherait pas avant d'avoir obtenu une confession complète.

— Si tu veux tout savoir, oui, il y a autre chose.

— Hou là! murmura Paul, l'air impressionné.

Max lui jeta un regard incisif.

— Comment ça, « hou là »? Je n'ai encore rien dit.

— Inutile d'entrer dans les détails, je le vois à ta tête. Tu es mordu, c'est ça?

Enfonçant de nouveau son casque sur son crâne, Max admit d'un air lugubre:

— Oui.

— Un peu? Beaucoup? Passionnément? A la folie?

— Trop, de toute façon. Comme en ce moment elle n'est pas elle-même, je peux difficilement abuser de la situation. Et une fois qu'elle aura repris sa véritable identité, elle m'enverra au diable et repartira sur son balai de sorcière en hurlant des imprécations.

— Et si elle restait amnésique toute sa vie?

Max haussa les épaules. Ce ne serait pas vraiment une solution et ils le savaient l'un et l'autre.

— Tu me vois lui cacher la vérité jusqu'à la fin de ses jours? Ce ne serait pas tenable. Même si elle n'était pas une Fortune, avec une famille suffisamment nombreuse pour remplir la moitié d'un stade de football, je n'aurais pas le cœur de continuer à lui mentir indéfiniment.

— Tu lui mens bien, maintenant.

Max eut un geste impatient de la main.

— C'est différent. Je lui mens aujourd'hui parce que je me suis enferré dans cette histoire et que je ne sais plus comment m'en sortir. Mais je ne pourrais pas vivre quelque chose avec Kris si ce mensonge subsistait entre nous. En fait, j'ai eu des remords presque d'entrée de jeu, lorsque j'ai vu qu'elle me faisait aveuglément confiance. Dès l'instant où elle a dardé sur moi ses grands yeux bleus vulnérables, après l'accident, j'ai été sous le charme. Jamais je ne lui aurais monté ce bateau si je ne l'avais pas vue fermement décidée à mettre toute l'équipe à la porte. Normalement, rien ne l'autorise à prendre de telles mesures sans mon accord, c'est vrai. Mais les Fortune ont le bras long. Et je pense qu'elle n'aurait pas hésité à user de tous les moyens à sa portée pour parvenir à ses fins.

— C'était peut-être son intention au départ. Mais vous n'en êtes plus là, Max. Ses dispositions envers le personnel ne sont plus les mêmes qu'il y a un mois. Alors pourquoi ne pas prendre ton courage à deux mains, admettre que tu lui as joué un tour pendable et t'arranger pour te faire pardonner ensuite ?

Exaspéré, Max soupira avec impatience. Ce problème avec Kristina tournait à la torture mentale. Il en avait plus qu'assez de toutes ces complications.

— Et merde, Paul ! Puisque je viens de te l'expliquer ! Je ne peux pas lui dire la vérité pour la bonne raison qu'elle fera l'effet d'une bombe ! Figure-toi que la paix règne en ce moment et que je vais déclencher une tempête, une tornade, un ouragan ! Tu crois que ça m'amuse de me retrouver au milieu d'un champ de bataille ?

Son coup de colère laissa son associé tellement abasourdi que Max regretta aussitôt d'avoir haussé le ton.

— Désolé, Paul. Je n'aurais pas dû passer mes nerfs sur toi. Si je me tais, c'est pour une raison très simple : tant qu'elle ne sait rien, elle reste Kris Valentine, une fille simple, amoureuse et belle qui sent bon les fleurs des champs et le...

Génial. Voilà qu'il devenait lyrique, maintenant ! De mieux en mieux...

Paul le contempla gravement.

— Tu es encore plus atteint que je ne le craignais. Inutile de te voiler la face, mon vieux : tu l'aimes.

— Arrête tes idioties. Je suis attiré, je t'ai dit. Rien de plus.

Son ami secoua la tête.

— Non, tu es amoureux. Et pas qu'à moitié. Je te connais, quand tu es simplement « attiré ». On peut dire que ça t'arrive assez souvent. Avec toutes les femmes que j'ai vues défiler dans ta vie, je suis capable de faire le distinguo. Non, cette fois, je te retrouve exactement comme tu étais avec Alexia.

Paul ne faisait qu'exprimer à voix haute ce que Max redoutait sans avoir voulu se l'avouer expressément.

— Exact. C'est l'histoire avec Alexia qui se répète, en effet, acquiesça-t-il amèrement. Avec le même « happy end » qui m'attend à la fin. Je sais pertinemment ce qui va se passer lorsque Kris aura recouvré la mémoire. Au pire, elle m'assassine, au mieux, elle me claque la porte au nez et s'en va en me traitant de tous les noms. De toute façon, elle appartient à un milieu que je déteste.

Sourcils froncés, Max se remémora son ultime conversation avec Alexia, lorsqu'elle lui avait décrit avec feu le milieu en question. Elle l'avait quitté sans remords ni regrets, pour un homme assoiffé d'argent et de réussite, comme elle, et n'avait pas proposé pour autant de lui rendre la bague de fiançailles qu'il lui avait offerte...

— L'univers des Fortune, je n'en voudrais pas, même si on me payait pour entrer dans cette famille, précisa-t-il fermement. L'arrogance, le luxe, les apparences comme seules valeurs. Non merci. Très peu pour moi.

Paul parut surpris par cette explosion.

— Ne me dis pas que Kris est comme ça !

— Kris, non. Mais Kristina Fortune, oui. Si je pouvais la garder éternellement telle qu'elle est maintenant, je le ferais sans une hésitation. Mais il ne faut pas rêver. Les gens de sa famille ne se sont pas manifestés jusqu'ici parce qu'ils ont d'autres soucis en tête, avec le procès de Jake Fortune. Mais ils vont finir par s'apercevoir qu'elle n'a pas donné signe de vie depuis un mois. Et lorsqu'ils appelleront pour réclamer leur fille, je ne m'amuserai pas à leur raconter des histoires. Je pourrai déjà m'estimer heureux si je ne me retrouve pas avec un procès sur les bras pour manipulation psychologique ou je ne sais quoi.

Un sourire amusé joua sur les traits de Paul.

— Là, tu dramatises peut-être un peu, non ?

Peut-être. Mais ce n'était rien à côté du « drame » que lui jouerait Kristina lorsqu'elle apprendrait qu'il lui avait menti comme un arracheur de dents...

— Je retourne travailler, maugréa-t-il en se dirigeant à grands pas vers les maçons qui s'activaient tout près de là. Au moins, avec les bulldozers, les choses sont simples.

Paul dut hâter le pas pour le suivre.

— Les bulldozers ? Qu'est-ce que tu racontes ?

— J'aurais mieux fait de rester ici à manœuvrer ces engins, au lieu de chercher à finasser avec une... une...

Paul songea à ce que Max lui avait décrit du comportement de Kristina lors de son arrivée à la Rosée.

— Avec un bulldozer en jupons ? suggéra-t-il.

Paul secoua la tête.

— L'ennui, c'est qu'elle n'est plus du tout comme ça. Ce qui est peut-être pire, finalement. Car avec eux, au moins, on sait à quoi s'en tenir. Et on les voit arriver de suffisamment loin pour avoir le temps de faire un bond sur le côté avant qu'ils ne vous aplatissent comme une crêpe.

La séance d'informatique terminée, Kristina arrêta l'ordinateur et posa la main sur le bras de la réceptionniste.

— Dis-moi, June...

— Mmm ?

— Est-ce que je m'entendais bien avec Max avant mon accident ?

Apparemment décontenancée par sa question, June hésita.

— Vous avez eu quelques prises de bec, lui et toi, déclara-t-elle lentement, les yeux rivés sur son visage, comme si elle s'attendait à Dieu sait quelle réaction de sa part. Si tu avais de l'affection pour lui, tu le cachais bien.

Kristina essaya de s'imaginer à couteaux tirés avec Max. Impossible. Les soirées qu'elle passait en sa compagnie constituaient le point lumineux de son existence.

— Dans ce cas, j'imagine que j'ai eu de la chance.

— De la chance? répéta June, sourcils froncés. Comment cela?

Se dirigeant à pas lents vers le canapé, Kristina remit machinalement de l'ordre dans les coussins.

— De ne plus me souvenir de rien. De voir les êtres et les choses d'un œil neuf, d'être délivrée des préjugés et des idées toutes faites qui empêchent parfois d'être soi-même.

Elle se retourna pour regarder June.

— J'ai de la peine à concevoir que j'aie pu être en mauvais termes avec Max. Il y a quelque chose en lui qui m'enchante, admit-elle, consciente que le sang lui montait aux joues.

Mais tel était pourtant bien l'effet que Max exerçait sur elle. Il l'emplissait d'une sensation de chaleur, déclenchait des émotions en cascade, comme si une source brûlante sourdait à l'intérieur.

— Lorsqu'il me regarde, je me sens devenir différente, murmura-t-elle rêveusement. J'en ai le tournis, par moments...

Le visage de la réceptionniste s'adoucit. Rien n'émouvait tant June que les premiers frissons d'une histoire d'amour commençante.

— Je ne peux que te féliciter sur ton choix. Max est un homme peu ordinaire. Si j'avais eu quelques années de moins, j'aurais moi-même été sur les rangs, crois-moi. Nous nous le serions disputé âprement, ce garçon.

Dans sa jeunesse, June avait dû être une splendeur, songea Kristina. Et une personnalité avec ça!

Elle jeta un coup d'œil en direction de la porte : le temps avait tourné de nouveau à la pluie. Pourvu que Max ne renonce pas à rentrer à la Rosée ce soir, comme cela lui arrivait parfois!

Kristina soupira.

— Il y a des moments où j'ai l'impression que Max s'intéresse à moi, et d'autres où je me dis que je me berce d'illusions. Je ne sais jamais très bien où j'en suis avec lui.

De son côté, elle n'avait pas fait mystère de ses sentiments. Mais hormis quelques baisers échangés ici et là, Max se gardait bien de lui faire la moindre avance.

— Les voies de l'amour sont compliquées, énonça June qui savait de quoi elle parlait.

Kristina se percha sur un accoudoir du canapé en serrant un coussin contre elle, et darda sur la réceptionniste un regard interrogateur.

— Je ne te le fais pas dire. Chaque fois que j'ai l'impression que les choses commencent à bouger, il se ferme et reprend ses distances. Oh, June ! Toi qui le connais bien, dis-moi ce que je fais de travers.

Emue, June s'approcha pour placer une main apaisante sur son épaule.

— Rien. Tu ne fais rien de travers. Laisse-lui simplement un peu de temps. Max a connu une grosse, grosse désillusion dans le temps. Ça le rend peut-être un peu sauvage...

Kristina ouvrit de grands yeux. L'idée que le problème puisse ne pas venir d'elle ne lui avait même pas traversé l'esprit.

— Il est divorcé ?

June secoua la tête.

— Pas divorcé, non. Ils ne sont même pas arrivés jusque-là. Alexia a rompu avec lui juste avant la date prévue pour leur mariage.

— Alexia..., murmura Kristina,

— Alexia, oui. Un bien joli prénom et une très jolie fille, déclara June avec colère. Mais quand sa mère l'a fabriquée, celle-là, elle a oublié de lui faire un cœur. Tout ce qui intéressait cette fille, c'était de se faire nourrir et de dépenser sans compter. Lorsqu'elle a trouvé un homme avec un avenir plus prometteur que celui de Max, ça n'a fait ni une ni deux : elle a troqué un sponsor contre l'autre. A peu près comme on change de paire de chaussures. Max a mis du temps à s'en remettre. Et on comprend qu'il se montre un peu hésitant, aujourd'hui. Il n'a pas envie de commettre une seconde erreur.

Kristina hocha la tête. Naturellement, elle en voulait à cette Alexia d'avoir fait souffrir Max. Mais, en même temps, elle lui était presque reconnaissante d'avoir joué les filles de l'air. C'était grâce à elle, après tout, qu'il était encore célibataire aujourd'hui.

Et elle était heureuse, si heureuse, que Max soit resté un homme libre !

Kristina serra le coussin plus étroitement dans ses bras.

— Donc toi, tu penses que je ne devrais pas renoncer ?

June formula sa réponse avec précaution.

— Je pense que ce serait bien, le moment venu, que tu suives ton cœur — et que tu lui pardonnes, surtout.

Ces paroles sibyllines laissèrent Kristina songeuse.

— Lui pardonner quoi, June ? Il ne m'a jamais rien fait de mal. Au contraire.

Prise entre le marteau et l'enclume, June hésita sur la conduite à suivre. D'un côté, elle avait peur de vendre la mèche et d'attirer des ennuis à Max. Mais de l'autre, c'était un véritable crève-cœur de les voir tous deux si hésitants alors qu'ils étaient manifestement faits l'un pour l'autre !

— Tu tiens à lui, Kris ?

Kristina hocha la tête.

— Je suis amoureuse, June. Je ne peux pas me souvenir de ce qu'a été ma vie affective avant, bien sûr. Mais j'ai l'impression que c'est la première fois que je rencontre un homme tel que Max.

June ne pouvait qu'abonder dans ce sens...

— Les autres ne lui arrivent pas à la cheville, renchérit-elle vigoureusement. Pense à te souvenir de cela lorsque la mémoire te reviendra.

Un soupir glissa sur les lèvres de Kristina.

— Tu crois que ma mémoire reviendra un jour ?

June eut une pensée pour le journal qu'elle avait réussi à cacher in extremis au moment où la jeune femme était venue la rejoindre après son service. Une photo de Jake Fortune ainsi qu'un article concernant son procès figuraient en première page du quotidien. June soupira. La situation devenait trop compliquée, trop explosive. Il était temps que la comédie cesse avant que cette histoire ne se termine par un drame...

— Oui, Kris, je pense que ta mémoire va revenir d'un jour à l'autre.

Kristina tressaillit.

— Tu crois, vraiment ? Tu sais que ça me fait presque peur de redevenir une personne « normale » ? Mais je ne peux pas continuer à vivre dans ma petite bulle indéfiniment, je suppose...

Tournant un regard résigné vers le ciel chargé de pluie, la jeune femme se leva.

— Dis-moi, tu n'aurais pas vu le journal, par hasard ? Je monterais bien le lire dans ma chambre. Apparemment, Max nous fait faux bond ce soir.

Au même instant la porte d'entrée s'ouvrit et Max entra en même temps qu'une grande bouffée d'air humide.

— Et voilà ! s'exclama June avec soulagement. Quand on parle du loup...

Kristina sentit aussitôt son pouls s'accélérer. C'était l'effet-Max garanti. En sa présence, elle se mettait à exister à la puissance dix — comme si le souffle même de la vie en elle gagnait en intensité et en puissance. Qui sait si son amour pour Max ne l'avait pas tirée d'une longue somnolence ? Peut-être y avait-il eu une femme morte en elle à qui il avait redonné la vie ?

— Bonsoir, Max !

Sans attendre, elle se leva pour l'accueillir et l'aida à se débarrasser de son blouson dégoulinant de pluie.

— Tiens, donne-moi ça, je vais le mettre au portemanteau. Je pensais que tu resterais à Newport à cause du mauvais temps.

Les yeux de Max pétillèrent.

— C'est ce que j'avais l'intention de faire, figure-toi. Mais j'ai changé d'avis à la dernière minute.

Le cœur de Kristina bondit de joie dans sa poitrine.

— Pourquoi ? demanda-t-elle ingénument.

— J'ai oublié les plans des salles de bains sur mon bureau. Ceux dont j'avais besoin pour passer commande des matériaux.

Elle lui adressa un sourire angélique.

— C'est la seule raison ?

Avec un léger soupir, Max l'attira dans ses bras.

— Tu penses qu'il pourrait y en avoir d'autres ?

Les yeux plongés dans les siens, elle secoua la tête en riant.

— Mmm... peut-être. Mais lesquelles ?

Le visage de Max était si proche du sien que leurs fronts se touchaient presque.

— Essaye de deviner ce qui a pu me pousser à rouler une heure dans les embouteillages et sous la pluie pour revenir dans cet hôtel.

— Je ne vois pas du tout, chuchota-t-elle en basculant légèrement la tête en arrière pour approcher ses lèvres des siennes. Donne-moi un indice.

Max tourna la tête vers June qui les couvait des yeux avec une attention émue, comme si elle assistait en avant-première au film sentimental du siècle. Voyant son regard, la réceptionniste sourit et se leva.

— Désolée d'avoir à vous abandonner tous les deux, mais j'ai promis de passer boire une tisane avec Sam dans la cuisine.

June disparut promptement, les laissant en tête à tête. Kristina captura le visage de Max entre ses paumes.

— Et mon indice, alors ?

Il aurait voulu la dévorer toute crue.

— Patience... Il arrive.

Dès l'instant où il sentit la bouche de Kristina s'entrouvrir sous la sienne, Max oublia les fatigues de la journée. Le sang se mit à bouillonner dans ses veines. Quel plus bel élixir d'oubli que les baisers de Kristina ? Et comme ils lui manqueraient à l'avenir, une fois qu'elle serait partie avec des paroles d'insulte aux lèvres !

Mais demain était un autre jour. Et l'instant présent lui appartenait, ainsi que Kristina. Kristina, la source vive où il pouvait étancher sa soif.

Du moins partiellement, se reprit-il, conscient qu'il était en danger d'aller trop loin une fois de plus.

Lorsqu'il voulut se dégager, Kristina noua les bras plus étroitement autour de son cou. Se dressant sur la pointe des pieds, elle l'embrassa à son tour avec une passion désespérée, puis mit fin d'elle-même à leur baiser.

— Mmm..., murmura-t-elle avec un soupir de pur délice. Tu devrais me donner des indices plus souvent. Tu as faim ?

Il plongea dans les siens un regard proprement dévorant. Kristina éclata de rire.

— Faim de nourriture, je veux dire ?

Il aimait son humour, son rire, sa gaieté. Il était fou de ses baisers, ne se lassait pas d'entendre sa voix, de se réchauffer à son sourire. Paul avait raison, songea Max, consterné. Il aimait Kris Valentine. Et qui sait, peut-être même aussi Kristina Fortune, tout compte fait...

Kristina lui prit la main et l'entraîna dans la salle de restaurant, comme si elle était la maîtresse de maison et lui son invité.

— Sam ! appela-t-elle. Voilà le seigneur des lieux !

Sourcils froncés, elle s'immobilisa net.

— « Le seigneur des lieux » ! C'est bizarre, ça me dit vaguement quelque chose — mais je ne sais pas quoi.

Max avait, quant à lui, reconnu l'expression. C'était ainsi que Kristina Fortune l'avait salué de son air hautain la première fois qu'ils s'étaient rencontrés.

— C'est ta mémoire perdue qui commence à se frayer un chemin jusqu'à ta conscience, on dirait ? répondit-il en examinant attentivement son visage.

Kristina haussa les épaules avec indifférence.

— C'est possible. Mais qu'elle reste donc où elle est encore quelque temps. J'ai mieux à faire pour le moment que de m'occuper de mon passé.

Le cœur lourd, Max s'assit en face d'elle.

— Tu ne pourras pourtant pas lui échapper indéfiniment.

— Je sais bien, Max. Mais j'ai le pressentiment qu'il y aura un prix à payer. Je ne sais pas lequel, exactement, mais je sens que rien ne sera plus comme avant. Je tremble de peur, en fait.

Instinctivement, elle sentait que son insouciance, sa joie de vivre actuelles pourraient se trouver menacées. Elle scruta le visage de Max pour voir s'il partageait son appréhension. Mais son regard demeura indéchiffrable.

— En bref, je n'ai pas envie de m'encombrer l'esprit, conclut-elle d'un ton plus léger. Pour l'instant, je sais déjà tout ce qu'il m'importe de savoir. Y compris à ton sujet, d'ailleurs.

Max parut surpris.

— A mon sujet ?

Kristina hésita. Elle était peut-être censée garder les confidences de June pour elle ? Mais puisqu'ils étaient au courant l'un et l'autre, pourquoi garder un silence pudique sur un sujet aussi crucial ?

— June m'a expliqué pourquoi tu me maintenais à distance.

Max frémit.

— Ah oui ?

— Je comprends mieux, à présent, tu sais...

Et lui ne comprenait plus rien du tout ! Que savait-elle, au juste ? Qu'elle était Kristina Fortune ? Mais pourquoi, si c'était le cas, le regardait-elle aussi amoureusement ?

— Qu'est-ce que June t'a raconté, exactement ? demanda-t-il d'une voix mal assurée.

Elle planta son regard dans le sien.

— Elle m'a parlé d'Alexia et du mal qu'elle t'avait fait. Je ne mets pas ce sujet sur le tapis pour remuer de mauvais souvenirs, mais je voulais que tu saches que tu n'avais pas à t'inquiéter avec moi.

— Pas à m'inquiéter avec toi ?

Max avait de plus en plus de mal à la suivre.

— Je veux dire que je ne m'intéresse pas à toi pour ton argent, Max. Et je ne partirai pas à la première occasion sous prétexte que j'ai trouvé mieux ailleurs. Je suis heureuse ici avec toi.

Au moment même où elle exprimait ses mots, Kristina comprit à quel point ils étaient vrais. Et rien de ce que son passé retrouvé pourrait éventuellement lui révéler ne serait susceptible de la faire changer d'avis à ce sujet.

— J'aime la Rosée et j'aime ses occupants. Quant à tes projets de transformation, je les adore. Ils me sont devenus tellement familiers que j'ai parfois l'impression que je les ai conçus moi-même ! Je dois être un peu folle, n'est-ce pas ?

Max prit une profonde inspiration. Paul avait entièrement raison : il devait rétablir la vérité. Ici et maintenant. Il était déjà allé beaucoup trop loin dans le mensonge puisque Kristina en arrivait à douter de ses propres facultés mentales.

— Non, tu n'es pas folle, Kris. C'est tout à fait normal que tu ressentes cela. Parce que tu vois...

— Oui ?

Il s'éclaircit la voix.

— Au sujet de ton passé, il faut que je te dise...

Elle posa la main sur la sienne.

— Ne t'inquiète pas pour ça, Max. C'est sans importance. June m'en a déjà parlé.

Max tressaillit.

— Parlé de quoi ?

— En fait, c'est moi qui lui ai posé la question, reconnut-elle en se mordillant la lèvre. A propos de toi et de moi. Du fait que nous étions comme chien et chat, avant mon accident. Voilà pourquoi je suis presque heureuse d'être tombée de cet escabeau et d'avoir perdu la mémoire. Il m'a fallu un choc sur la tête pour me rendre compte que tu étais quelqu'un de formidable.

« Un type formidable, oui », pensa-t-il avec ironie. Il

ne manquerait pas de le lui rappeler le moment venu, lorsqu'elle l'agonirait d'injures !

C'était comme si un étau compressait la poitrine de Max.

— Il est vrai qu'avant ce choc sur la tête, tu n'avais pas l'air de me trouver formidable du tout, admit-il.

— J'ai été si odieuse que ça ? se récria-t-elle. Je suis désolée, Max. Vraiment désolée.

Il posa la main sur la sienne.

— Avant que tu continues à t'excuser, je voudrais que tu saches ce qu'il en est. Avant ton accident, tu...

— Excusez-moi ! Max ?

Debout sur le pas de la porte, June observait leurs mains jointes d'un regard ému.

— Désolée de vous interrompre, mais Paul est au téléphone. Une urgence, semble-t-il.

Comme s'il n'était pas déjà en pleine situation de crise ! songea Max avec un mélange de contrariété et de soulagement. Mais une urgence était une urgence. Et pour ses aveux à Kristina, il n'en était plus à un jour près. Autrement dit, il venait de gagner un répit : il resterait « quelqu'un de formidable » quelques heures de plus...

12.

Minuit. Planté devant la porte de Kristina dans le couloir faiblement éclairé, Max hésitait à frapper. Trois heures s'étaient écoulées depuis que le coup de fil de Paul l'avait détourné in extremis d'une confession difficile. Suite à cette diversion, il était resté pendu au téléphone un bon moment afin de recruter deux équipes supplémentaires, prêtes à mettre les bouchées doubles pour rattraper le temps perdu dès que cette pluie diluvienne aurait cessé de tomber. Ensuite... ensuite, il avait traîné, différé, ouvert quelques dossiers — par pure lâcheté, autant le reconnaître. Pour gagner du temps, ne pas regarder ses sentiments en face. Pour repousser encore un peu l'épreuve de la vérité.

A présent, un profond silence était tombé sur l'hôtel et les clients comme le personnel dormaient à poings fermés. Sauf Kristina peut-être. L'attendait-elle, les yeux grands ouverts dans le noir, trop agitée pour trouver le sommeil ? Un frisson traversa les reins de Max, le confortant dans la conviction que ce n'était peut-être pas une si bonne idée de se présenter à cette heure...

Oui. Ce serait de la folie d'entrer dans sa chambre maintenant. Même si son intention avouée était de lui dire la vérité, toute la vérité et rien que la vérité, la présence physique de Kristina le distrairait de ses desseins. Il devait lui parler en terrain neutre. Dehors, en plein jour, dans le jardin. Ou face à face, dans son bureau.

Fermant les yeux, il imagina Kristina venant lui ouvrir, vêtue d'une de ses chemises de nuit de soie fine — Kristina et son sourire d'innocente invite, cette promesse de bonheur simple qui flottait autour d'elle — et cette sensualité — cette incroyable sensualité dans le regard...

Le bras de Max retomba le long de son flanc.

« Assez joué avec le feu, s'intima-t-il. Bouge-toi de là, va te coucher. » La situation était déjà suffisamment épineuse comme cela.. Si Kristina et lui faisaient l'amour cette nuit, il passerait du stade du délit banal à celui de la manipulation aggravée.

« Mais puisqu'elle le désire, elle aussi », protesta en lui la voix suave de la tentation.

Max se prit la tête entre les mains. Il était en train de se rendre fou. De se torturer par pur masochisme. Pourquoi ne l'avait-il pas renvoyée illico dans sa famille avec un petit mot explicatif épinglé au revers de sa veste ? Il s'était cru malin en inventant le personnage de Kris Valentine, mais sa propre créature l'avait ensorcelé et métamorphosé à son tour. Et il se retrouvait fou d'amour, envoûté, avec de la mayonnaise à la place du cerveau.

L'épisode avec Alexia aurait pourtant dû lui suffire, non ? Pourquoi s'infliger une seconde fois les mêmes souffrances ? Les nerfs tendus à se rompre, Max se détourna pour regagner sa chambre.

Mûr pour une nuit d'insomnie de plus...

Les yeux grands ouverts dans le noir, Kristina attendait, le cœur battant. Un bruit léger dans le couloir l'avait tirée de sa somnolence et elle avait senti aussitôt sa présence. Tous les sens aux aguets, elle retint son souffle. Mais elle eut beau tendre l'oreille, elle ne perçut d'autre son que le gémissement du vent et le fracas de la pluie contre la vitre.

Comprenant qu'elle avait rêvé, Kristina roula sur le ventre et se fourra la tête sous l'oreiller. Depuis deux heures qu'elle s'était retirée dans sa chambre, elle croyait « entendre » Max toutes les cinq minutes. Mais, apparemment, il était monté se coucher sans juger utile de passer lui dire bonsoir.

Le ventre noué et les nerfs à vif, elle finit par se lever et déambula jusqu'à la fenêtre. La pluie tombait si dru qu'on ne voyait rien au-delà du rectangle obscur de la vitre. Cette absence totale de vue lui procura la même sensation de solitude que son amnésie, au début, avant qu'elle ne prenne conscience de son attirance pour Max.

Attirance...

Ce mot semblait dérisoire par rapport à ce qu'elle éprouvait. Lorsqu'elle était près de lui, tout son corps vibrait, dans l'attente. Dans l'attente éperdue que leurs baisers passionnés s'enchaînent, s'emballent pour les mener, fiévreux et enlacés, jusqu'au dénouement inéluctable...

Par chance, il comptait s'atteler bientôt aux travaux de rénovation de l'hôtel. Peut-être le verrait-elle alors plus souvent ? Cette pensée fit sourire Kristina. « Où te caches-tu, Max ? Pourquoi ne viens-tu pas me rejoindre ? Combien de fois devrai-je te lancer la balle avant que tu acceptes de l'attraper enfin ? »

Trop agitée pour se recoucher, Kristina arpenta la chambre en examinant les lieux d'un œil critique. Elle avait suggéré à Max de remplacer les lits doubles par de grandes structures en fer forgé, de type baldaquin, fermées par des rideaux légers en gaze blanche. Transparents pour laisser passer la lumière, mais offrant suffisamment d'intimité pour que les couples se sentent entourés d'un cocon propice à l'épanouissement de leur fantaisie amoureuse.

Max avait aimé son idée et l'avait notée sur un carnet. Surtout qu'elle n'hésite pas à lui faire part de ses suggestions, avait-il recommandé. Et elle avait été si heureuse qu'il l'inclue ainsi dans son projet ! Aider Max à restaurer la Rosée : tel était son rêve secret. Ou du moins l'un de ses rêves secrets. L'autre, était de faire l'amour avec lui derrière les rideaux tirés d'un grand lit blanc comme un navire...

Ou ailleurs, s'il le désirait. Sur un canapé. Un bureau. Une table. A même le sol ou sur le sable. N'importe où et en n'importe quelles circonstances.

Mais, apparemment, Max avait des scrupules du fait de son amnésie. Il était plus prudent, plus patient qu'elle. Un peu trop patient, même, songea-t-elle en fixant la porte. Si seulement il pouvait venir maintenant, se glisser à l'intérieur, la prendre dans ses bras sans un mot, faire glisser lentement sa chemise de nuit à ses pieds et...

Kristina se mordilla la lèvre. Si elle continuait à penser à Max dans cet état de fièvre, elle passerait la nuit entière à se retourner dans son lit. Mais comment se changer les idées ? Eurêka ! Un roman ! Voilà ce qu'il lui fallait. Elle s'était bornée à lire des journaux et des revues depuis son accident, mais elle avait comme le sentiment vague qu'un livre déjà entamé l'attendait quelque part...

Ouvrant sa porte de placard, Kristina contempla ses maigres piles de vêtements d'un œil dubitatif. Etait-ce là tout ce qu'elle possédait au monde ? Au cours du mois écoulé, elle avait recherché la compagnie plus que la solitude. Si bien qu'elle passait rarement du temps dans sa chambre autrement que pour y dormir. Après avoir fait un rapide inventaire de ses affaires le premier jour, elle n'avait plus cherché à interroger ces quelques témoins muets de son passé inconnu. Peut-être était-ce l'occasion de les examiner d'un peu plus près maintenant ? Kristina fronça les sourcils en inspectant ses tiroirs. Manifestement, elle avait décidé de faire table rase du passé en prenant cette place de femme de chambre à la Rosée. Sans doute avait-elle souhaité couper les ponts radicalement pour être partie ainsi sans album de photos, sans lettres, sans animal familier, sans le moindre objet auquel elle avait pu être attachée.

Malgré ses goûts apparemment spartiates, elle ne possédait que des vêtements de marque, constata-t-elle. Peut-être qu'avec des moyens limités, elle avait réussi malgré tout à se constituer une petite garde-robe, en privilégiant la qualité sur la quantité ?

Dans le tiroir de sa table de chevet : rien. Du vide, encore du vide, toujours du vide. Déçue, Kristina fit la moue. Mais à quoi ressemblait-elle donc avant de perdre la mémoire ? N'avait-elle eu ni activité, ni passion, ni aucun goût pour quoi que ce soit ? Qui sait ? Peut-être avait-elle été une personne affreusement terne et ennuyeuse avant son accident ! Aujourd'hui, pourtant, elle se sentait légère, enjouée, débordante de vie et d'envies, de projets et d'idées. Se pouvait-il que ce choc sur la tête l'ait transformée du tout au tout ? Et si c'était la véritable raison pour laquelle Max la tenait à distance ? Pensait-il qu'une fois sa mémoire revenue, elle redeviendrait aussi morne, grise et soporifique qu'avant ? « Jamais, Max, crois-moi ! Je n'ai pas l'intention de me muer en éteignoir. Tu verras. »

De guerre lasse, Kristina allait renoncer lorsqu'elle avisa la jolie valise de cuir fauve qui occupait le fond de la penderie. Alors qu'elle la soulevait machinalement pour l'admirer, étonnée d'avoir pu s'offrir un bagage de cette qualité, elle entendit quelque chose glisser à l'intérieur. Sa curiosité éveillée, elle posa la valise sur le lit et l'ouvrit. Tiens... un livre. Sans doute l'avait-elle lu et laissé délibérément dans sa valise. Armée de sa trouvaille, Kristina s'installa confortablement, un oreiller calé dans le dos, et ouvrit le roman, curieuse de découvrir quel genre de lecture son ancien moi avait pratiquée. En le feuilletant rapidement pour avoir un premier aperçu, elle tomba par hasard sur une photo qu'elle avait dû utiliser en guise de signet.

Le cœur battant, elle examina le cliché. Il s'agissait d'une photo de groupe, mais aucune personne de l'hôtel n'y figurait. Elle-même y apparaissait, en revanche. Elle se tenait à côté d'une jolie jeune femme rousse qui lui avait posé la main sur l'épaule dans un geste qui paraissait empreint d'affection.

Fascinée, Kristina examina les visages un à un. *A priori*, il s'agissait d'inconnus. Mais des inconnus à l'aspect familier, cependant. Cette belle femme rousse, là, avec ce regard pétillant d'intelligence... c'était... c'était...

— Rebecca, chuchota-t-elle, les larmes aux yeux.

Elle se souvenait ! Surexcitée, elle se redressa et poursuivit son inventaire. Là, c'était Kate, sa grand-mère décédée dans un accident d'avion. Et son père, Nate, qui tenait sa mère par le bras ! Et juste derrière, son oncle Jake, accusé d'avoir assassiné une vieille actrice !

Rebecca ! Elle avait téléphoné à Rebecca de la Rosée, se remémora-t-elle fébrilement. Mais quand ? Depuis combien de temps vivait-elle coupée de sa famille ? D'un pas tremblant, elle se dirigea vers la coiffeuse, s'assit, contempla son reflet dans le miroir. Le visage qu'elle avait sous les yeux n'était pas celui de la femme de chambre.

— Moi... je suis moi, chuchota-t-elle. Kristina Fortune.

Avec le retour de son prénom, les vannes de sa mémoire s'ouvrirent en grand. Tout le passé revint d'un coup, se bousculant dans sa tête, envahissant tous les espaces demeurés vides. Comme étourdie, elle se laissa tomber de nouveau sur le lit. Kris Valentine — femme de peine et seule au monde — n'avait jamais existé.

Elle avait une grande famille ; un job important. Et le plus incroyable, c'est qu'elle était même propriétaire de la moitié de cet hôtel ! Comme ivre, Kristina se releva et esquissa un pas de danse, la photo toujours serrée contre son cœur. Elle avait un passé, une histoire, une famille ! Elle n'était plus seule au monde !

Elle savait qui elle était, ce qu'elle faisait ici, à la Rosée. Elle savait... elle savait...

Qu'elle avait été dupée, manipulée, trahie. Que Max s'était moqué d'elle !

Les jambes coupées, Kristina retomba sur le lit. La tête lui tournait. De sa vie, elle n'avait reçu une claque aussi retentissante.

« Non, ce n'est pas possible ! Le sale type ! L'ordure ! » Comment avait-il osé la traiter de cette façon ?

Et elle qui avait cru tout ce temps qu'il la ménageait par tendresse, par respect pour elle ! Elle lui avait attribué les intentions les plus nobles, convaincue qu'il luttait contre son propre désir pour ne pas « profiter » de sa fragilité momentanée. Alors que Max n'avait cessé de jouer avec elle depuis le début, tel un marionnettiste faisant danser ses poupées de bois à sa guise !

Comme il avait dû se rire d'elle ! Et jubiler, soir après soir, de la voir si naïve, si crédule, toujours à se mettre en quatre pour lui plaire, à lui témoigner son adoration inconditionnelle !

Se levant d'un bond, Kristina se précipita vers la porte. Mais au moment de tourner la poignée, elle s'arrêta net. Stop. Pas de gestes précipités, décida-t-elle. Il ne s'agissait pas de foncer tête baissée, mais de réfléchir posément à la situation. Cet infâme manipulateur s'en tirerait beaucoup trop bien si elle se contentait de le couvrir d'insultes. Il devait exister une façon beaucoup plus cuisante de lui rendre la monnaie de sa pièce.

Les poings serrés, Kristina regagna son lit et se mordit la lèvre jusqu'au sang pour réprimer la crise de larmes qui menaçait. Il s'était moqué d'elle, profitant de ce qu'elle était sans défense. Comment avait-il pu être aussi cruel, aussi pervers, aussi monstrueusement hypocrite ? Mais Max Cooper ne perdait rien pour attendre. La note à payer serait salée pour lui. D'une manière ou d'une autre, elle lui ferait regretter amèrement sa sinistre petite plaisanterie...

Anéantie, meurtrie, humiliée, Kristina passa la nuit à élaborer toutes sortes de stratégies de vengeance. Le jour se leva, enfin, sans apporter sur le comportement de Max un éclairage plus clément. Elle avait beau se creuser la tête, impossible de lui trouver la moindre excuse, ou l'ombre d'un semblant de raison valable pour justifier cette odieuse comédie.

Pendant ces longues heures d'insomnie passées dans le noir à fixer le plafond, elle avait pourtant examiné la question sous tous ses aspects, s'efforçant même de prendre du recul pour tenter de trouver des raisons acceptables. Stupide et faible comme elle l'était, elle souhaitait encore l'absoudre, justifier son comportement.

Mais il n'y avait ni excuse ni absolution possibles. Max lui avait fait endosser ce personnage de femme de chambre dans le seul but de la rabaisser et de l'humilier. Elle ne voyait aucune autre explication.

Ce qu'elle n'arrivait toujours pas à comprendre, cependant, c'était la raison d'une telle cruauté. Malgré leur dispute sur la plage, il n'avait pas trouvé ses projets si détestables puisqu'il les avait lui-même adoptés en s'en attribuant la paternité au passage ! Il ne subsistait donc plus le moindre désaccord entre eux sur ce point. Le seul sujet de discorde qui aurait pu les séparer concernait le personnel. Mais Max savait pertinemment qu'elle n'avait plus le moindre désir de mettre qui que ce soit à la porte.

De nouveau, des larmes lui montèrent aux yeux. Car Max n'était pas le seul à lui avoir menti, réalisa-t-elle. Les autres faisaient nécessairement partie du complot. June, Sam et Sydney qu'elle considérait comme ses amis avaient donc manigancé dans son dos. Elle qui les croyait si sincères, si complices !

Kristina essuya rageusement ses joues inondées de larmes. Leur trahison la touchait presque autant que celle de Max. Car elle en était venue à leur porter une affection sincère, à les considérer comme sa famille d'adoption. Découvrir que l'amitié dont elle s'était crue entourée n'avait été qu'une habile mise en scène la rendait à moitié folle de chagrin et de colère.

Mais l'heure était venue de régler les comptes. Et ce serait à M. Max Cooper qu'elle présenterait la facture.

Son plan était déjà formé ; sa stratégie élaborée jusque dans les moindres détails.

Dès l'instant où il poussa la porte d'entrée de l'hôtel, Max comprit qu'il était en train de tomber dans une embuscade. June l'accueillit avec un sourire jusqu'aux oreilles et clama haut et fort que Kristina « n'attendait que lui » dans la salle de restaurant.

Pour l'attendre, elle l'attendait, en effet...

Assise à une table pour deux devant la baie vitrée, elle se profilait sur fond d'océan dans une petite robe couleur pêche qui jouait les secondes peaux avec un talent infini. Ses cheveux blonds défaits cascadaient sur ses épaules en vagues tumultueuses. Elle était sensuelle et sauvage — femme-liane, femme-fleur, femme-femme — la tentation incarnée.

Désertée par les clients à cette heure, la salle à manger était plongée dans la pénombre. Le reflet dansant des bougies jouait sur la peau soyeuse de la jeune femme, l'habillant de chaude lumière.

Fasciné, Max ne parvenait pas à détacher les yeux de la perfection de ses épaules nues. Elle était tout simplement... sublime.

Il se souvint avec effarement qu'il avait pris la ferme résolution de lui révéler son identité ce soir, quoi qu'il arrive. Vu l'effet qu'elle exerçait sur lui dans cette tenue, il pourrait s'estimer heureux s'il parvenait à prononcer deux mots cohérents de suite sans balbutier des onomatopées, tel le premier homme de Cro-Magnon venu...

— Tu n'as pas froid, comme ça ? demanda-t-il d'une voix altérée par des émotions qui n'avaient rien de platoniques.

Kristina secoua la tête. La soirée de mars était encore assez fraîche, mais sa juste colère lui réchauffait le sang.

Elle aurait pu supporter des températures polaires sans broncher.

— Pas du tout, répondit-elle avec un sourire suave. Je bous, au contraire.

Il lui en avait coûté de passer la journée entière à agir comme si de rien n'était. Depuis le matin, elle n'avait qu'une envie : les prendre à part, un par un, et les secouer par les épaules en exigeant des explications immédiates. Leur amitié, leur complicité, elle y avait cru dur comme fer. Pendant un mois entier, elle les avait aimés en confiance.

Mais il n'y avait eu, autour d'elle, qu'un tissu étouffant de mensonges et de tromperies.

Aujourd'hui, son tour était venu de comploter et de biaiser. Et elle n'était pas mécontente de la façon dont elle s'était acquittée de son rôle. Sydney lui avait prêté sa robe pêche sans se faire prier ; June avait procuré les bougies et Sam s'était porté volontaire pour leur préparer un dîner fin en tête à tête. Ils s'étaient mis en quatre pour favoriser ses amours avec Max. Tout ça pour, qu'aveuglée par la passion, elle lui cède sa part de la Rosée.

« Mais, ô surprise, les gars ! Kristina Fortune est de retour. Et elle ne se laissera pas marcher sur les pieds, elle ! »

Levant les yeux vers Max, elle lutta contre la tentation de lui jeter la vérité en pleine figure, de déverser sur lui toute cette rage qui lui empoisonnait le cœur. Quel soulagement si elle avait pu crier, gifler, sangloter, marteler son torse de ses poings ! Mais patience ! L'heure des règlements de comptes viendrait plus tard.

— Tu n'as pas l'air d'avoir froid, toi non plus, commenta-t-elle d'une voix douce comme du velours.

Elle vit les mains de Max se crisper sur le dossier de la chaise.

— C'est le moins que l'on puisse dire, en effet. Je crois que ma pression artérielle s'est élevée de façon critique au moment où je suis entré dans cette salle.

Les doigts de Kristina s'arrondirent sensuellement autour du goulot de la bouteille de vin blanc que Sam avait mise à rafraîchir.

— Assieds-toi, Max. Je te sers une goutte de chablis ?

Max songea à Eve tendant la pomme à Adam. Il ne se sentait pas mieux armé que son lointain prédécesseur pour résister à la tentation.

— Ecoute, Kris, je ne pense pas que ce soit très malin de démarrer la soirée de cette façon. Il faut que je...

Elle se leva avec une grâce d'ondine pour se placer à côté de lui.

— Tu travailles trop, chuchota-t-elle. Reste ! Sam nous a gâtés ce soir. Ne le déçois pas.

Trop étourdi pour lutter, Max se retrouva assis en face d'elle. Kristina plaça quelque chose sur son assiette. Une des spécialités hautement gastronomiques de Sam, sans le moindre doute. Mais il aurait été incapable de décrire ce qu'il avalait. Il ne voyait qu'une chose, en vérité : le léger mouvement de va-et-vient des flammes, léchant amoureusement la peau de Kristina. Aussi amoureusement qu'il rêvait de le faire depuis un mois...

Des renforts, songea-t-il désespérément. Il lui fallait des renforts. June ? Sam ? Sydney ? Où diable étaient-ils tous passés ? Il s'éclaircit la voix.

— Nous dînons seuls, ce soir ?

Kristina dut faire un effort sur elle-même pour lui sourire.

« Pourquoi m'as-tu fait cela, Max ? Pourquoi ? Nous aurions pu régler nos différends, toi et moi. Trouver un terrain d'entente. »

— Les autres sont de sortie, susurra-t-elle. Il ne reste plus que toi et moi.

« Autrement dit, je dois me retenir de t'assassiner car ils sauront tout de suite qui est la coupable. Dommage ! »

Le regard plongé dans le sien, elle s'humecta les lèvres avant d'y porter son verre de vin.

— Kristina ? demanda-t-il d'une voix rauque. Tu essayes de me séduire ou quoi ?

Elle sourit.

— Moi ? C'est possible... Comment me trouves-tu en séductrice ?

Vidant son verre de vin d'un trait, Max sentit sa bouche toujours aussi désespérément sèche.

— Divine, murmura-t-il. Royale et irrésistible. Mais sérieusement, Kris ! Je ne pense pas que ce soit une très bonne idée. Je...

Sans cesser de sourire, elle se leva, entrelaça ses doigts aux siens et l'attira vers elle.

— Ce n'est plus le moment de penser, Max, mais de sentir.

Il avait l'air sincèrement bouleversé, songea-t-elle en collant lascivement son corps contre le sien. Mais tant pis pour lui si ses émois, pour une fois, n'étaient pas entièrement simulés. L'heure avait maintenant sonné de la vengeance. Elle allait jouer le jeu à fond, lui faire tourner la tête jusqu'à ce qu'il crie grâce. Et, lorsqu'il serait pieds et poings liés, fou de désir, elle lui rirait au nez en lui annonçant qu'elle avait recouvré la mémoire. Puis, après lui avoir dit comme il convenait sa façon de penser, elle le planterait là, pantelant, suppliant, mortellement humilié à son tour.

« Echec et mat, monsieur Cooper ! »

13.

Envoûté, Max se laissa entraîner dans l'escalier, le regard fixé sur leurs deux ombres qui se confondaient peu à peu, comme si leurs corps, déjà, se mouvaient en symbiose. Il la suivait sans une parole, incapable de formuler une protestation, d'esquisser un geste pour se dégager. Et pourtant, il ne voulait pas partager le lit de Kristina. Ou du moins, pas dans ces conditions. Car ce serait de l'usurpation — une tricherie. Comment un amour enraciné dans le mensonge pourrait-il donner des fleurs et des fruits ? Une telle rencontre resterait souterraine, enfouie dans le terreau obscur de la nuit. Or rien ne poussait au sein des ténèbres.

Rien, non... hormis le désir charnel. Et le sien l'entraînait trop loin.

Au prix d'un effort surhumain, il décida de revenir à la lumière. De tout lui dire. Sans attendre une seconde de plus.

Car ce n'était pas la haine de Kristina qu'il voulait moissonner à vie, mais son amour. Un amour libre de croître et de se développer au grand soleil.

— Kris ? Enfin, je veux dire, Kristina ?

Les doigts entrelacés aux siens, le cœur battant un peu trop vite pour une femme exécutant froidement son projet de vengeance, Kristina leva les yeux vers Max. Sous le feu de son regard, elle sentit ses genoux se dérober sous elle, sa résolution faiblir.

— Oui ? demanda-t-elle dans un souffle en s'abandonnant contre lui.

Max la saisit par les épaules avec la louable intention de mettre de la distance entre eux afin de lui parler en face. Mais le contact de sa chair nue sous ses doigts lui fit l'effet d'un triple électrochoc. Une nouvelle vague de désir l'envahit, plus tumultueuse encore que les précédentes. Il n'avait plus qu'une obsession : souder sa bouche à la sienne, l'embrasser à perdre haleine, se fondre en elle corps et âme et laisser toutes ces complications se résoudre d'elles-mêmes.

— Kristina, répéta-t-il, luttant contre la tentation, alors qu'elle était là, sous ses yeux, comme une source d'eau pure offerte à un homme assoiffé en pleine traversée du désert.

Le visage levé, elle rapprocha ses lèvres des siennes et lui adressa un sourire irrésistible.

— Oui ?

Tout doucement, le touchant à peine, elle explora sa bouche en un lent et sensuel va-et-vient.

— Je t'écoute, chuchota-t-elle.

Le regard de Max se fit incandescent. L'effet qu'elle exerçait sur lui était spectaculaire, songea Kristina. Son plan fonctionnait comme sur des roulettes. Et tant pis si sa participation personnelle était largement plus active que prévu. Le frisson faisait partie du jeu, après tout.

L'essentiel, c'était de garder la tête claire, même si son corps avait tendance à s'emballer quelque peu. Des deux mains, elle prit appui contre le torse de Max afin de pallier un léger vertige. Dans quelques minutes, elle lui rirait au nez en lui « révélant » qu'elle savait tout depuis le début. Elle lui dirait qu'à aucun instant elle n'avait été dupe, mais qu'elle avait joué la comédie pendant un mois, juste pour voir jusqu'où il pousserait la traîtrise et le mensonge. Puis elle prétendrait s'être follement amusée à ses dépens, et lui expliquerait comment elle s'était jouée de lui en l'amenant à réaliser les travaux qu'il refusait de faire un mois plus tôt.

Avec une moue mutine, Kristina noua les bras autour du cou de Max. Son corps se mit à vibrer doucement; son sang se précipitait dans ses veines tel du mercure en fusion.

Mais où était le mal, après tout? Si elle grappillait quelques instants de plaisir tout en mettant Max à genoux, tant mieux pour elle. Rien de ce qui se passait en ce moment entre eux n'était irréversible. De toute façon, elle avait toujours eu un contrôle d'acier sur ses réactions. Car Kristina Fortune n'avait rien à voir avec Kris Valentine. Elle n'était pas le genre de filles à se laisser déborder par la sensualité, elle!

Alors, en attendant d'assener le coup final, pourquoi ne pas prolonger un peu la scène de séduction en portant le désir de Max à son comble? Il lui restait encore une certaine marge de manœuvre, après tout. De la marge pour jouer de son pouvoir, lutiner, et le mettre totalement à sa merci. Il fallait reconnaître, entre parenthèses, qu'il avait un corps extraordinaire. Rien ne lui interdisait d'en profiter un peu, tout en continuant à le haïr fermement.

— Kristina... Il faut que je te dise quelque chose...

Elle avait la tête légère, si légère! Comme si la part consciente de sa personne glissait tout doucement à l'arrière-plan. D'une main, elle tâtonna derrière elle, trouva la poignée de la porte de sa chambre et réussit non sans mal à l'entrouvrir. Au moment précis où le mur de haine et de colère qu'elle avait érigé entre eux commençait à céder lui aussi...

— Oui?

Etait-ce de sa propre gorge que montait ce son rauque? On aurait dit la voix d'une femme ivre. Ivre morte de désir. Mais c'était impossible. Sa lucidité, bien sûr, restait totale. Penser qu'elle était sur le point de se laisser prendre à son propre piège relevait de la plus haute fantaisie...

L'appel dans la voix de Kristina troubla Max si intensément que sa détermination vacilla. L'embrasser, la serrer contre lui, sentir ce corps tiède et ployant vibrer contre lui. Une minute encore... Rien qu'une petite minute. Puis il libérerait sa conscience.

Mais en s'abreuvant à la bouche offerte, il but un élixir d'oubli si puissant que ses résolutions se dissipèrent, emportées, balayées par un torrent de feu. Un éclair blanc lui passa devant les yeux ; ses pensées s'égaillèrent. Les lèvres toujours soudées aux siennes, il la souleva dans ses bras et cessa de réfléchir au bien et au mal, aux actes et à leurs conséquences.

L'heure n'était plus à la réflexion, mais à l'amour !

Poussant la porte du coude, il franchit le seuil, conscient qu'il n'y aurait plus de retour possible. Le battant se referma derrière lui avec un claquement sec. Son sort, comprit Max, était scellé. Et tant pis si la voix étouffée de sa conscience lui soufflait qu'il allait droit à sa perte.

Il était condamné, mais ravi.

Avec une lenteur qui le surprit lui-même, compte tenu de son degré d'excitation, il laissa glisser ses lèvres sur celles de Kristina, réactivant le feu que son premier baiser lui avait insufflé.

Parfait, songea vaguement Kristina. Max la désirait... la désirait follement même ! Son plan fonctionnait.

Son plan ?

« Ton plan, oui ! Réveille-toi ! » C'était le moment ou jamais de se rappeler l'objectif visé. Si elle perdait cela de vue, la situation risquait de dégénérer rapidement... Kristina fit un geste vague pour se dégager. Mais loin de la libérer tout de suite, Max la laissa glisser le long de son corps, millimètre par millimètre, avant de la reposer sur le sol. Mille petits frissons la parcoururent, nés de ce contact extraordinairement intime. Sa peau n'était plus que surface frémissante ; le désir éveillait chaque cellule de son être.

— Tu trembles, murmura Max en l'enveloppant plus étroitement dans ses bras. Tu as froid ?

— Froid, non. Mais réchauffe-moi quand même, murmura une voix venue du fond d'elle-même, que Kristina ne reconnut pas.

« Tu fais semblant, ne l'oublie pas. C'est juste une vengeance que tu poursuis. » Bon, d'accord, elle s'identifiait un peu trop au personnage, mais la froide raison reprendrait le dessus en temps voulu, se raisonna-t-elle. Et plus elle prolongerait la comédie, plus Max serait humilié et frustré lorsqu'elle se soustrairait à son étreinte. En attendant, elle n'avait rien à perdre à s'amuser un peu, le temps de quelques baisers...

— Réchauffe-moi, répéta-t-elle d'une voix plus âpre et plus brûlante.

— On ne peut pas dire que tu m'aides à garder la tête claire, protesta-t-il.

— C'est le but recherché, figure-toi.

Encore quelques minutes, décida Kristina. Cinq au grand maximum. Et si ses mains prenaient d'elles-mêmes des initiatives un peu audacieuses, c'était juste une façon de remplir les blancs du scénario. Aucune inquiétude à avoir. Elle ne débordait pas du cadre qu'elle s'était fixé, conclut-elle joyeusement en jetant la chemise de Max sur le lit.

De son côté, il tâtonnait fébrilement dans son dos.

— Il n'y a pas de fermeture Eclair à cette robe ? Comment fait-on pour te sortir de ce truc-là ?

— Ce n'est pas compliqué. Je vais t'expliquer, chuchota-t-elle.

En guise de démonstration, elle saisit délicatement sa lèvre inférieure entre ses dents et se mit à la mordiller doucement.

— Mmm... Je vois.

Avec des gestes fiévreux, précipités, presque maladroits pour un homme aussi habile de ses mains, Max fit glisser les bretelles et réussit à dégager sa poitrine. Puis ses doigts s'immobilisèrent sur la peau nue. Son regard était intense, brûlant, émerveillé. Kristina poussa un léger cri lorsqu'il prit ses seins au creux de ses paumes calleuses — non pas un cri de protestation, bien que le jeu l'ait menée plus loin qu'elle ne l'avait escompté, mais un cri de surprise et de plaisir. Un plaisir tel qu'elle se cambra d'instinct, la tête renversée dans la nuque. Chancelante, elle enfouit les mains dans les cheveux de Max lorsqu'elle sentit ses lèvres entrer en jeu à leur tour ; puis vint la chaleur de sa bouche se refermant sur sa chair, le jeu habile, généreux de sa langue. Elle gémit, comme foudroyée, tandis qu'il accélérait le mouvement de succion.

Trop loin. Elle allait beaucoup trop loin, songea-t-elle, effarée, tout en pressant la tête de Max contre sa poitrine et en l'encourageant de la voix, murmurant des syllabes sans suite. Des arcs électriques la traversaient, irradiaient sur sa chair, se propageaient jusque dans ses cuisses et dans ses reins.

Lorsqu'il tira de nouveau avec impatience sur sa robe, le vêtement céda et s'effondra à ses pieds comme un nuage de soie fluide. D'emblée, elle se retrouva entièrement nue devant lui. Déterminée à rendre Max fou de désir, elle avait délibérément laissé ses sous-vêtements au placard afin de tirer le meilleur parti de la façon dont le tissu dessinait sa poitrine, épousait la courbe de ses hanches.

Mais cet aspect de son plan venait de se retourner contre elle. Sa propre nudité la troublait autant qu'elle paraissait troubler Max. Elle se sentait sensuelle, désirable. Et pleine de désirs, surtout ! Garder le contrôle de la situation avait cessé d'être un objectif. L'essentiel, désormais, était de trouver un remède à la tension qui montait en elle. Un remède dont Max seul détenait la formule.

Si seulement les yeux dont il la couvait ne brillaient pas d'un éclat aussi sincère ! Kristina lisait dans ce regard des sentiments qui n'avaient rien à voir avec le mensonge. Max paraissait à la fois ébloui, émerveillé et... reconnaissant. Son expression était si poignante qu'elle se sentit en cet instant infiniment précieuse. Le désir que Max lui exprimait était comme un alcool fort dont elle goûtait l'ivresse. Et elle voulait connaître chaque étape de cette ébriété délicieuse.

— Pourquoi me regardes-tu comme ça, Max ? demanda-t-elle dans un souffle.

Il eut un sourire si désarmant — et si sensuel — qu'elle fut à deux doigts de le supplier de la prendre à l'instant.

— Lorsque j'étais enfant, je ne recevais jamais le moindre cadeau, Kris. Et celui que tu me fais aujourd'hui est si beau que j'ai envie de prendre mon temps, de l'admirer tout mon soûl.

Ce n'était rien qu'une réplique toute faite. Un mensonge parmi tant d'autres. Alors pourquoi sa réponse la touchait-elle ainsi ? C'était comme si le petit garçon privé d'amour était encore présent, visible en filigrane sous les traits de l'homme adulte. Ce petit garçon-là, elle aurait voulu le prendre dans ses bras, l'enserrer à jamais dans son cœur pour lui rendre tout ce que la vie lui avait volé.

Kristina se traita mentalement d'idiote et de sous-développée mentale. Comment pouvait-elle céder à un tel sentimentalisme avec ce qu'elle savait désormais de Max ? Pourtant, elle resta clouée sur place, incapable de faire un geste pour mettre un terme à leurs étreintes.

— Tu ne te sens pas un peu habillé par rapport à moi ? demanda-t-elle en dessinant la lèvre inférieure de Max du bout de la langue. Voyons si nous ne pouvons pas rétablir l'équilibre.

D'une longue caresse audacieuse, elle laissa ses doigts

glisser de son torse à son ventre, puis s'aventurer plus loin encore jusqu'à la fermeture de son jean qu'elle fit descendre très lentement, s'enivrant de la pression croissante qui s'exerçait contre sa paume.

— Tu vas me faire craquer, protesta Max d'une voix rauque.

— Tel est le but de la manœuvre, Cooper.

En vérité, le véritable « but de la manœuvre » aurait été de le planter là après l'avoir traité de menteur et de sale type, songea-t-elle vaguement en faisant glisser le jean de Max jusqu'à ses pieds. Mais comment se détacher de lui maintenant, se soustraire à ses caresses, arracher son corps affamé du sien ? Ce qui se passait entre eux était aussi inéluctable que le parcours majestueux des étoiles dans le ciel.

A la seconde même où Max fut dévêtu à son tour, ils s'enlacèrent, leurs corps pressés l'un contre l'autre, si étroitement qu'ils s'effondrèrent sur le lit. Ce fut le point de départ d'un incroyable parcours de découverte, la visite sans guide et sans repère d'un continent aussi neuf pour lui que pour elle.

Prendre son temps, songea Max fiévreusement. Etirer ces instants à l'infini, prolonger le plaisir avant que...

Le rappel à la réalité lui fit l'effet d'un coup de poignard en pleine poitrine. Il devait lui parler ! se remémora-t-il soudain. Lui dire la vérité avant qu'il ne soit trop tard — même si déjà, en un sens, il était déjà trop tard...

Lorsque Max l'entoura de ses bras en plongeant son regard bouleversé dans le sien, Kristina se raidit. Elle redoutait les mots qu'il semblait résolu à prononcer, redoutait plus que tout sa propre vulnérabilité.

— Ce que je ressens pour toi, je ne l'ai jamais éprouvé pour aucune autre femme, Kris. Je voulais que tu le saches.

Mais elle ne voulait pas savoir. Pas entendre. Pas sombrer encore un peu plus loin dans la confusion. Si elle acceptait d'écouter Max, elle serait sans doute assez folle pour le croire. Et quelle femme normalement douée de raison se fierait à un homme qui l'avait manipulée, bafouée, trahie?

Saisissant le visage de Max entre ses paumes, elle souleva la tête pour l'embrasser éperdument. Elle préférait le silence des gestes à de trompeuses paroles. Et les caresses de Max, elles, ne mentaient pas. Très vite, le vent du désir entre eux se remit à souffler en tempête. Kristina s'arquait, ondulait, se cabrait. Une première onde la souleva lorsque les doigts virils s'insinuèrent au plus intime de sa chair. Se raccrochant à ses épaules, elle se sentit basculer, partir, s'en aller loin... trop loin de lui...

— Max! Viens...

Les mains tendues vers lui, elle le supplia du regard. Entrelaçant alors ses doigts aux siens, il vint en elle sans cesser de la regarder. Et tandis que le plaisir de nouveau l'emportait, elle se noya dans ses yeux. Ses yeux qui lui parlaient un langage si clair, ses yeux qui lui disaient qu'il la prenait totalement et pour toujours. Ses yeux qui lui parlaient d'amour...

14.

Max flottait dans un bonheur extatique. Repu, comblé, il reposait de tout son poids sur Kristina, savourant l'intimité de ce repos partagé, dans l'abandon total d'après l'amour. Au premier mouvement de Kristina sous lui, cependant, la sensation de léthargie disparut pour céder la place à une nouvelle flambée de désir, si lancinante qu'il en fut lui-même abasourdi. Il avait toujours aimé les femmes mais ne se considérait pas pour autant comme un amant insatiable.

Et voilà qu'il découvrait aujourd'hui sa véritable nature : insatiable, il l'était. Plus qu'insatiable, même : avide, vorace, possédé. Rien ne pouvait apaiser sa faim boulimique de Kristina. A peine avait-il obtenu ce dont il rêvait depuis un mois que, déjà, il ne songeait plus qu'à recommencer, à tenter d'autres voies d'approche, à s'envoler de nouveau avec elle vers les mêmes sommets glorieux.

Se soulevant sur ses coudes, il lui sourit, son visage tout près du sien.

— Kris ? Tu sais que tu as fait de moi un homme heureux ?

Kristina flottait dans une douce torpeur — si douce, si enveloppante, qu'elle se sentait comme anesthésiée. Un dérapage fatal avait perturbé gravement le déroulement de sa vengeance, se remémora-t-elle. Mais pourquoi Max-le-Menteur la contemplait-il de cet air amoureux ? Il affirmait être heureux avec elle. Compte tenu pourtant de ce qu'elle savait du personnage, même un enfant aurait compris qu'il s'amusait une fois de plus à ses dépens. Alors pourquoi continuait-elle à lui sourire, les yeux dans les yeux ? La phase d'excitation et de plaisir était retombée, à présent. Son corps était gorgé, saturé de plaisir. Elle n'avait plus aucune excuse pour rester pelotonnée dans le plus simple appareil contre le superbe corps musclé de Max. Qu'attendait-elle donc pour le repousser ? Même si son plan initial était tombé à l'eau, elle pouvait toujours l'humilier en le blessant dans son ego. Oui, c'était le moment ou jamais de frapper un grand coup...

Mais alors que sa colère aurait dû souffler de nouveau en tempête, elle se découvrait... lascive et incapable de la moindre réaction. Le va-et-vient du souffle de Max sur sa peau éveillait d'agréables frissons qui se propageaient jusque dans les zones les plus délicatement sensibles de son être. Jamais elle n'avait éprouvé des sensations aussi intenses.

Si seulement elle ne se sentait pas aussi vulnérable et bouleversée, avec cette sotte envie de rire et de pleurer à la fois ! Pourquoi éprouvait-elle une telle réticence à éloigner Max par des sarcasmes ? Et d'où lui venait surtout cette envie injustifiable de nouer les bras autour de son cou pour expérimenter de nouvelles caresses, essayer de nouveaux baisers ?

Au bord des larmes, elle ferma les yeux. En vérité, elle ne voulait plus rien savoir, plus rien penser, plus rien comprendre. Juste faire l'amour avec Max jusqu'à ce que vidée, consumée, défaite, elle oublie la douleur que sa trahison lui causait.

— Je te désire encore plus qu'avant, Kristina, murmura Max d'une voix caressante en promenant ses lèvres sur son cou, puis plus bas, à la naissance des seins. C'est un philtre d'amour que tu as versé dans mon chablis ? Je crois que je pourrais continuer comme ça toute la nuit.

— Mmm... Voilà qui me paraît très ambitieux, Cooper.

Elle soupira, s'abandonnant aux sensations qu'il faisait naître en elle, à ses lèvres entrouvertes, à sa langue qui l'explorait. Il fit l'amour à ses seins, explora son ventre, descendit jusqu'à ses pieds pour remonter lentement, glissant vers la chair tendre au creux de ses cuisses.

Kristina se mit à murmurer des mots sans suite, se tordant pour lui échapper puis se cambrant pour s'offrir de nouveau à l'invasion de sa langue, jusqu'à ce que ses sensations culminent et l'emportent, tel un vaisseau en flammes soulevé sur une vague infinie...

Lentement, Max remonta le long de ses flancs, savourant le goût du plaisir de Kristina sur ses lèvres. Lorsqu'il retrouva sa bouche, il sentit son cœur battre follement contre le sien. Leurs deux rythmes alors se mêlèrent et ne formèrent bientôt plus qu'un.

Un instant, il songea que sa félicité prendrait fin avec l'aube, que les premières lueurs du jour dissiperaient cette trop belle illusion. Il plongea son regard dans celui de Kristina et mesura le pouvoir vertigineux qu'elle détenait d'ores et déjà sur lui.

— Tu sais que tu es mienne, Kris, déclara-t-il avec force. Quoi qu'il puisse arriver par la suite, tu m'appartiens.

De sa vie, elle n'avait souhaité aussi ardemment se laisser abuser par un mensonge. Se soulevant à sa rencontre dans un élan de tout son être, elle s'offrit à Max. Pour prendre son essor de nouveau. Découvrir l'ineffable. Elle savait désormais qu'il avait cette faculté : la transporter si loin, si haut, qu'elle semblait effleurer d'autres sphères.

Avec un sanglot étouffé, elle se raccrocha à lui comme

si elle se cramponnait à la partie la plus sacrée de son âme, et se mut avec lui dans une danse d'amour éperdue...

Ils somnolèrent et firent l'amour toute la nuit. Ce fut une soirée perdue pour le sommeil et un paradis gagné pour l'amour. Ni Max ni Kristina ne s'autorisèrent à penser au lendemain. Ils vécurent chaque instant comme une parcelle d'éternité volée, comme une parenthèse suspendue dans la marche implacable du temps.

Mais toutes les nuits, même les plus longues, ont une fin.

Lorsqu'un rayon de soleil se glissa à travers les rideaux pour venir jouer sur le lit, Kristina cligna des paupières. Elle referma les yeux aussitôt dans une tentative désespérée de regagner l'univers rassurant du sommeil. Mais il était déjà trop tard pour échapper à la réalité. Car si elle se réveillait dans son propre lit, elle ne s'y trouvait pas seule...

Ouvrant les yeux en grand, elle poussa un léger cri.

— Max !

Sa réaction effarée parut l'amuser. Il resserra la pression de ses bras autour de sa taille.

— Tu as l'air surprise de me voir ici, chuchota-t-il à son oreille. Je ne pensais pourtant pas m'être montré discret, cette nuit, au point de ne pas me faire remarquer...

Elle se dégagea avec brusquerie et tira le drap jusque sous son menton. Max lui caressa la joue avec une trompeuse tendresse.

— Tu crois vraiment que tu as encore quelque chose à me cacher, ma chérie ?

Les joues en feu, elle se rejeta en arrière.

— Sors d'ici, ordonna-t-elle.

Il n'y avait soudain plus trace de sourire sur les traits de Max.

— Que se passe-t-il, Kris ?

La colère, cette fois, était bel et bien au rendez-vous. Elle la sentait bouillonner si fort qu'elle la laissa éclater sans plus se soucier de stratégie.

— Au cas où tu l'aurais oublié, je déteste qu'on m'appelle Kris.

Max ouvrit de grands yeux.

— Tu te souviens! murmura-t-il dans un souffle.

Ainsi, il n'avait pas l'intention de jouer la comédie de l'innocence? Il n'avait aucune fable toute prête à lui débiter en guise d'excuse? Etonnant...

— Pour me souvenir, je me souviens, oui! Et il y a des choses que je n'oublierai pas de sitôt.

Max se passa la main dans les cheveux.

— Attends une seconde... Tu savais déjà hier soir?

Elle s'attendait à des excuses, des justifications. Ou même à un déni pur et simple. Mais certainement pas à cette question.

— Oui, je savais! vociféra-t-elle. Et alors?

Max paraissait perplexe et soulagé à la fois.

— Et alors, si tu savais, et que tu m'as séduit quand même, c'est que...

C'est qu'elle n'avait plus toute sa tête! pensa-t-elle, furieuse. Voilà la seule raison. Parce qu'elle était la dernière des idiotes!

Mise au pied du mur, Kristina improvisa.

— Parce que je voulais te faire souffrir. Te donner un aperçu de ce que tu aurais pu avoir et que tu n'auras jamais, tu m'entends?

— Il ne s'agit pas d'avoir ou de ne pas avoir. Toi et moi, nous avons fait l'amour, Kristina.

— Nous avons eu des rapports sexuels, oui. Rien que pour une nuit. Et ça ne se renouvellera pas, tu peux me croire.

« Alors que j'aurais pu t'aimer toujours », songea-t-elle, le cœur déchiré par la nostalgie.

— Kristina... Ecoute-moi, plaida Max en faisant le geste de la prendre dans ses bras.

Offusquée, elle le repoussa de toutes ses forces.

— Pour qui me prends-tu ? se récria-t-elle, au bord des larmes. Pour une imbécile totale ? Tu crois vraiment que tu peux continuer à me raconter tes salades ? Après m'avoir déjà couverte de ridicule pendant un mois ?

— Personne n'a jamais eu l'intention de te couvrir de ridicule.

Drapée dans son drap comme dans une toge, Kristina se dressa sur ses genoux. Où trouvait-il l'aplomb d'essayer de lui mentir encore ?

— Ah non ? Et pourquoi, alors, m'as-tu fait endosser ce personnage de femme de chambre ? C'est un peu tôt pour le carnaval, non ?

La vérité serait sa meilleure arme, songea Max. Autant reconnaître ses torts, lui confesser toute l'histoire et espérer pour le mieux.

— Je reconnais qu'au départ, je voulais te donner une bonne leçon...

Kristina encaissa le coup. Elle le savait depuis la veille, bien sûr. Mais l'entendre de la bouche même de Max remuait le couteau dans la plaie.

— Mais j'ai menti avant tout pour la bonne cause, enchaîna-t-il gravement.

C'était donc ça l'excuse qu'il s'était trouvée ? Il lui avait menti « pour la bonne cause » ?

— Ah oui ? Et c'était quoi, cette bonne cause ? Une démonstration pédagogique ? Tu voulais montrer aux autres comment humilier une femme en vingt leçons ?

Et dire qu'elle avait fait de tels efforts pour s'intégrer dans leur petit groupe. De sa vie, elle n'avait été insultée à ce point.

Max secoua la tête.

— Pas du tout. Je voulais simplement te donner la possibilité de voir le monde différemment. Dans la vie, les choses peuvent changer totalement selon l'éclairage sous lequel on les présente, non ? En te retrouvant dans la peau de quelqu'un comme Sydney, tu as pu porter un autre regard sur le fonctionnement de la Rosée. Je voulais que tu sentes ce qu'elle sent, que tu raisonnes comme elle raisonne.

Il pensait lui faire avaler une telle couleuvre ? Kristina releva le menton.

— Tu voulais me rabaisser, c'est tout.

— Au départ, sans doute un peu, oui, c'est vrai, reconnut Max en se passant la main dans les cheveux. Je voulais remettre une pimbêche à sa place et lui rabattre le caquet de façon exemplaire. Mais, au bout du compte, j'ai compris qu'il y avait maldonne. J'ai découvert une autre Kristina.

— Ah vraiment ? fulmina-t-elle.

— Tu n'étais ni sèche, ni snob, ni égoïste. Mais douce et joyeuse et simple et pleine de considération pour les autres, au contraire. Tu mettais de la joie dans chacune de tes tâches, tu ne rechignais jamais à faire ta part de travail. Avec ça, tu étais si belle que... que je ne savais plus très bien ce que je faisais.

— Arrête ce cinoche, Cooper ! Tu avais la situation parfaitement bien en main, au contraire. Et si j'étais si douce et si charmante, qu'est-ce qui t'empêchait de me prendre en tête à tête et de rétablir la vérité ?

— C'est bête à dire mais je ne savais plus comment me sortir de ce mensonge. Je redoutais de ta part une réaction un peu... explosive.

— Ah, oui, parlons-en de ma réaction explosive ! Tu sais ce que tu mériterais ? Que je te traîne en justice !

Mais à quoi bon tout cela ? Il la dégoûtait. Il était comme David, comme les autres. Il s'était joué d'elle, lui aussi. Car elle ne croyait pas un mot de ce qu'il racontait.

Comme il faisait mine de vouloir la prendre dans ses bras, elle se rejeta en arrière.

— Sors de ma chambre immédiatement ! C'est un ordre !

— Non ! Pas avant que tu te sois calmée, en tout cas.

— Je me calme, si je veux ! Dois-je te rappeler que le

jeu est fini et que je ne suis pas ton employée, Cooper ?
Alors, décampe d'ici et vite ! J'ai besoin de prendre une
douche. Après je m'habillerai et je quitterai ce trou perdu
au plus vite. Je n'ai déjà que trop tardé.

Le visage de Max se décomposa.

— Partir ! Tu veux partir ? Mais où ?

Il avait l'air sincèrement consterné, constata Kristina.
A cause de son précieux hôtel sans doute.

— Où, je n'en sais rien, mais le plus loin possible
d'ici, ça, c'est sûr.

Max se raccrocha au seul argument qui lui parut susceptible de la retenir.

— Mais... Et la Rosée ? Tu ne vas pas tout abandonner
maintenant !

Exactement ce qu'elle pensait. Seul l'hôtel comptait
pour lui.

— J'ai vendu mes parts, mentit-elle avec aplomb. Tu
te débrouilleras avec le nouveau propriétaire.

— Tu as vendu tes parts ? se récria Max. Comme ça ?
Du jour au lendemain ? Au premier venu ?

— Que veux-tu que ça me fasse ? Ce lieu n'a aucune
signification pour moi. Et maintenant, va-t'en, Max.
Nous n'avons strictement plus rien à nous dire.

Il secoua la tête avec violence.

— Ah non ? Et ce qui s'est passé cette nuit ? Ça ne
représente rien pour toi ?

Elle le fusilla du regard. Pourquoi s'acharnait-il à la
tourmenter ainsi ? Il ne pensait pas en avoir déjà assez
fait ? Ne lui suffisait-il pas de l'avoir humiliée et trahie ?

— Cette nuit ? C'était douze heures de trop, dans ma
vie, O.K. ? Alors sois gentil, et laisse tomber le sujet.

— Un peu facile, non ? Que tu le veuilles ou non, tu as
fait l'amour avec moi, cette nuit. Ce n'est pas Kris Valentine qui a joui dans mes bras, mais toi, Kristina. Tu me
désirais, avoue-le.

Elle sentit ses joues s'embraser. Elle l'avait désiré, oui.
Et le désirait encore. Mais, ça, c'était sa croix personnelle

à porter. Et elle n'avait aucune intention de débattre de la question avec lui.

Kristina souleva une épaule avec indifférence.

— Très bien, soyons francs : tu as une plastique impeccable et tu ne te débrouilles pas trop mal entre les draps. Je savais que je passerais des moments agréables en m'offrant une nuit de plaisir avec toi. J'ai bien le droit de temps en temps de satisfaire un petit caprice, non ? Mais ça ne m'a pas empêchée de garder la tête froide.

— Eh bien, tu as de la chance, lui lança Max d'un ton cinglant. Car ce n'était pas mon cas.

Quittant le lit d'un bond, comme s'il fuyait un lieu contaminé, il lui fit face, les poings serrés. Kristina eut le malheur de l'examiner des pieds à la tête et elle en eut le souffle coupé. Tout à sa colère, il ne semblait même pas avoir conscience de sa nudité.

— Et dire que j'ai passé un mois entier à me débattre dans les affres du remords à cause de toi ! J'aurais pu m'épargner tous ces troubles de conscience, Kristina. Maintenant que tu as « satisfait ton caprice », rien ne te retiens plus ici, en effet. Alors va, vis ta vie et vends tes parts si ça te chante. Tu peux être contente, en plus : j'ai décidé de restaurer l'hôtel. Tu vois, je le reconnais : tes idées étaient bonnes !

Comment poursuivre une conversation avec un homme beau comme un dieu en train de parader devant elle, sans même un caleçon pour se couvrir ? Il le faisait exprès, songea Kristina avec colère. Une fois de plus, il jouait de son physique pour l'impressionner. « Mais tu ne m'auras pas deux fois, Cooper ! »

— C'est ce que j'ai pu constater, en effet, puisque tu les as reprises à ton compte, mes idées. J'ai d'ailleurs la ferme intention de les mettre en pratique lorsque je monterai ma chaîne d'hôtels.

Toujours entortillée dans son drap, elle se leva pour aller se planter devant lui.

— Et n'oublie pas que j'ai plus d'argent, plus de ressources et plus de relations que toi, mon cher. Ça ne te laisse donc aucune chance si je décide de te faire concurrence. Je ne saurais donc trop te conseiller d'adopter un profil bas et de laisser la Rosée en l'état. Tiens... je te donne ma part, même. Tu en feras ce que tu voudras.

Max secoua la tête.

— Je croyais que tu avais déjà un acheteur?

Et zut! Voilà qu'elle se contredisait, maintenant. Il la mettait dans une telle rage qu'elle racontait vraiment n'importe quoi.

— Eh bien, j'ai changé d'avis, c'est mon droit. Finalement, c'est décidé. Je t'abandonne ma part. En cadeau d'adieu.

Oui, ce serait la meilleure solution. Elle ne voulait plus entendre parler ni de cet hôtel ni de lui.

— Bon, tout est réglé. Alors sors d'ici maintenant! cria-t-elle, à bout de nerfs, consciente que la crise de larmes menaçait.

Les yeux étincelants, Max se détourna. La main de Kristina se referma sur le livre qui reposait toujours sur sa table de chevet. Et le geste se fit de lui-même. Lancé avec force, le roman atterrit contre le battant clos au moment où Max refermait derrière lui.

— Cette fois, il n'y a plus de doute, marmonna-t-il en dévalant l'escalier quatre à quatre. Elle a recouvré instantanément sa vraie personnalité.

Il croisa Sam dans le couloir qui lui adressa son plus beau sourire. Il ne manquait plus que ça, songea Max, horrifié. Toute l'équipe de la Rosée saurait bientôt qu'il avait passé la nuit dans la chambre de Kristina.

— Surtout pas un mot, Sam, O.K.? Pas un mot!

Manifestement interloqué, le cuisinier se frotta le crâne en le regardant s'éloigner.

— Eh bien..., murmura-t-il en se détournant pour regagner ses cuisines. Les amoureux étaient plus gais que ça, à mon époque!

15.

— Ça fait combien d'années que je te connais, Max ?

Tiré de ces réflexions par le timbre vigoureux de June, Max leva la tête avec impatience. Son bureau était enseveli sous un amas de brochures, de revues, de catalogues, d'échantillons de tissus et autres bons de commande. Même le sol en était couvert. Non seulement il n'avait pas renoncé à restaurer la Rosée, mais il s'y consacrait désormais à temps plein. Paul ayant accepté de terminer le chantier en cours sans son aide, il s'était mis à arracher les tapisseries, à abattre des cloisons, à poncer, à déclouer, à préparer ses plâtres et ses mortiers à un rythme forcené. Il s'était fixé un délai si court pour remettre tout l'hôtel à neuf qu'il était bon pour y passer ses nuits en plus de ses journées.

En d'autres termes : il avait plus urgent à faire pour le moment que de répondre aux questions oiseuses de June.

— Depuis combien de temps nous nous connaissons ? bougonna-t-il. Je ne sais pas, moi. Douze ans ? Quinze ans ?

Contournant les obstacles, June s'aventura dans la pièce. Elle prit une pile de catalogues qu'elle jeta sans façon sur le sol et se laissa choir sur la chaise qu'elle venait de libérer.

— C'est une bonne chose que tu ne te sois jamais lancé dans la comptabilité, Max. Dix-neuf ans, mon petit.

Cela fait dix-neuf ans, maintenant, que tu es arrivé chez les Murphy. Autrement dit, j'ai eu amplement l'occasion de me familiariser avec ton fichu caractère. Mais je ne t'ai encore jamais vu te comporter comme tu te comportes depuis quelques semaines.

Max passa la main dans ses cheveux en bataille. Il devait absolument arrêter son choix sur un papier peint aujourd'hui. Mais plus il examinait de motifs et de coloris, moins il se sentait capable de trancher. La déco, c'était très clairement son rayon à « elle », pas le sien.

A ceci près qu'« elle » avait déserté le navire et qu'il ne voulait plus jamais entendre prononcer son nom, de toute façon.

— Au cas où tu ne l'aurais pas remarqué, j'ai du travail par-dessus la tête, June. Si ça me porte sur le caractère, désolé. Ça ira mieux quand j'aurai terminé les travaux.

— Ah, ils ont bon dos, les travaux, Max Cooper ! Tu crois que c'est bien de mentir à une vieille dame ?

Max ne put s'empêcher de sourire.

— Tiens, tu te qualifies de vieille dame, maintenant ? C'est une première !

June secoua la tête.

— Oui... bon, c'était juste une façon de parler. Mais il reste que j'ai quand même quelques années de plus que toi. Et lorsque je commets une erreur, je suis assez grande pour le reconnaître.

— Ah oui ? Et j'imagine que tu as dû en commettre quelques-unes ?

La réceptionniste soupira avec impatience.

— C'est de toi qu'il est question en ce moment, mon garçon. Mes erreurs à moi appartiennent au passé.

Max se renversa contre son dossier et recommença à feuilleter son catalogue d'échantillons. En vérité, il s'était lancé dans une sorte de course folle contre la montre. Depuis que Kristina l'avait menacé de monter sa propre chaîne de Relais Lune de Miel, il s'était mis en tête de la devancer coûte que coûte. Il voulait absolument finir la Rosée avant qu'elle entreprenne quoi que ce soit de son côté.

C'était devenu une idée fixe — aberrante, peut-être, mais qui avait au moins le mérite de lui occuper l'esprit.

Pris à la gorge par son emploi du temps démentiel, il espérait oublier le velouté de sa peau, le goût fruité de ses lèvres, son odeur de miel et de fleurs, leurs soirées sur la plage, le creux si doux entre ses cuisses, le...

Car autant regarder la réalité en face : il serait bon à enfermer dans moins d'une semaine, s'il continuait à se torturer comme il le faisait.

Il tourna la tête vers June et tenta de se recentrer sur la conversation en cours.

— Ainsi, tu penses que je commets une erreur ? maugréa-t-il en reposant ses échantillons.

Il prit les plans du premier étage, et les fourra sous le nez de June.

— Où est-ce que ça ne va pas, d'après toi ? Les salles de bains sont trop petites ?

June repoussa les papiers.

— Les salles de bains sont parfaites. C'est ta tête qui est trop exiguë, Max. Elle ne tourne plus rond depuis qu'elle est partie.

Inutile de demander à qui June faisait allusion. Serrant les lèvres, il plongea de nouveau le nez dans son catalogue.

— Elle m'a quitté. C'était son choix, pas le mien.

— Peut-être. Mais tu peux décider que c'est ton choix maintenant d'aller la retrouver.

Max tressaillit.

— Tu plaisantes, je suppose ? Pour me faire accueillir comme un chien dans un jeu de quilles ? Merci bien. J'ai déjà donné. Non. Sérieusement, June. Vous êtes bien sympas, tous, mais j'aimerais autant que vous me fichiez la paix.

L'inébranlable June garda son sourire imperturbable.

— Cela fait trois semaines que tu nous aboies après au moindre prétexte. Et vu que chaque jour, tu es à prendre un peu plus avec des pincettes, je ne pense pas que ce soit une bonne politique de te « fiche la paix », comme tu dis. Nous en étions au chapitre des erreurs, rappelle-toi. On peut en commettre certaines que l'on regrette une vie entière. Et je te parle d'expérience.

Max rongeait son frein. Même si June avait les meilleures intentions du monde, il était habitué à régler ses problèmes tout seul. Et le fait qu'il soit malheureux comme les pierres depuis le départ de Kristina ne changeait rien à ce principe de base.

— Et quelle poignante histoire comptes-tu me raconter, June, afin d'ouvrir enfin les yeux au pauvre aveugle que je suis ?

S'il avait espéré la faire fuir par ses sarcasmes, il en fut pour ses frais. Elle se contenta de secouer la tête avec tristesse.

— Tu es vraiment rongé par l'amertume, Max.

Soudain épuisé, il se croisa les mains derrière la nuque et fit basculer sa chaise contre le mur.

— Pardonne-moi, June. Je ne devrais pas te parler ainsi.

— Ça, c'est sûr. Plutôt que de te passer les nerfs sur moi, tu ferais mieux d'admettre que tu as eu tort et aller t'excuser auprès d'elle.

S'excuser, lui ? Ainsi June prenait le parti de cette fille trop gâtée qui s'était payé le luxe de partir en laissant toutes ses affaires et d'envoyer un de ses larbins les récupérer par la suite !

— Parce que toi, tu as de l'estime pour elle ?

— Ça n'a pas été immédiat, c'est vrai, reconnut June en se baissant pour ramasser un des catalogues. Mais la jeune femme qui a travaillé ici pendant un mois est devenue pour moi une amie.

— Ce n'était pas sa vraie personnalité, June ! Tu as bien vu ce qui s'est passé. Dès l'instant où elle a recouvré la mémoire, le naturel est revenu au galop. C'est un poison, cette fille. Une vraie harpie.

Et il était assez bête, songea-t-il, pour avoir voulu croire au miracle. Comment avait-il pu s'attacher ainsi à une chimère?

— Mais réfléchis donc un peu, Max! se récria June en secouant la tête. Sa vraie personnalité, ce n'est pas celle qu'elle montre, non. C'est au contraire celle qu'elle a révélée au moment où elle s'est retrouvée sans passé et sans repères, quand elle n'a plus eu de rôle social à jouer. C'est pendant tout ce mois où nous l'avons connue ici qu'elle a montré son vrai caractère. Son amnésie ne l'a pas lobotomisée, que je sache! Demande à ton ami le médecin si tu ne me crois pas. Sous ces discours hautains et ces airs pincés, se cachent un tempérament généreux et une réelle gentillesse.

La réceptionniste poussa le catalogue dans sa direction et désigna un échantillon.

— Et celui-ci, qu'en dis-tu?

Max examina le motif et hocha la tête. June était capable de faire un meilleur choix en trois secondes, les yeux bandés, que lui au terme de deux heures de réflexion acharnée.

— Cela me paraît très bien, en effet. Je ne l'avais même pas remarqué, comme un imbécile que je suis.

— Où avais-tu la tête, Max Cooper? murmura June doucement.

Il eut un rire amer.

— Ma tête? Elle a dû recevoir sa dose de venin, comme le reste. Ce sont des choses qui arrivent lorsqu'on se risque à charmer les serpents.

June lui jeta un regard de pure commisération.

— Bon... Tout compte fait, je crois que je vais te la raconter, mon histoire.

Une histoire? Comme s'il était d'humeur à écouter des histoires! Personne ne voulait donc comprendre qu'il avait besoin d'être seul, bon sang! Irrité, Max se leva.

Puisque June refusait de quitter les lieux, il lui restait la solution de prendre lui-même le large.

— Désolé, mais ce sera pour une autre fois. Je dois d'abord...

Mais June le retint avec autorité par le poignet et le força à se rasseoir.

— Tais-toi et écoute, Max. La confidence que je vais te faire, je ne l'ai partagée avec personne jusqu'ici. C'est une opportunité qui ne se présentera pas deux fois, mon grand.

Un silence tomba. Lorsque June se remit à parler, sa voix avait changé, pour redevenir celle d'une très jeune femme. Fasciné par cette transformation inattendue, Max se surprit à l'écouter malgré lui.

— Lorsque j'étais jeune — bien plus jeune que tu ne l'es aujourd'hui, Max — j'ai rencontré un homme. Il s'appelait Joshua et c'était l'être le plus sensible, le plus aimant que cette terre ait jamais porté.

— Jusqu'à présent, ça ne lui fait pas beaucoup de points communs avec Kristina Fortune, commenta-t-il sombrement.

June le fusilla du regard et il se résigna à ne plus l'interrompre.

— Le seul problème, c'est que Joshua déplaisait à mes parents. Non pas qu'ils aient jamais pris la peine de faire sa connaissance. Ils ne savaient rien de lui, hormis ce qui se racontait dans le temps, au sujet de « ces gens-là », comme on disait pudiquement. Car Joshua, vois-tu, n'appartenait pas au même milieu que nous. Sa religion, ses coutumes étaient différentes des nôtres et, aux yeux de mes parents, c'était une raison suffisante pour le rejeter. Lorsqu'ils ont refusé de me donner leur accord, Joshua m'a suppliée de m'enfuir avec lui.

June s'interrompit et soupira.

— Au lieu de prendre une décision courageuse, j'ai choisi d'être une « bonne fille ». Respectant mes devoirs filiaux, je me suis inclinée sagement devant le veto parental.

Les mains croisées sur les genoux, June ferma un instant les yeux.

— Si je n'avais pas été aussi lâche, nous aurions fêté nos quarante ans de mariage cette année, Joshua et moi.

— Tu n'as jamais essayé de le revoir ? s'étonna Max.

— Bien sûr que si. Quand mes parents sont morts, bien des années plus tard, je me suis mise à sa recherche. Mais lorsque j'ai retrouvé sa trace, j'ai appris qu'il était déjà trop tard. Alors ne commets pas la même erreur stupide que moi, Max. N'attends pas qu'elle soit mariée avec trois enfants avant de te décider à faire la paix avec Kristina. Tant que tu n'auras pas tenté une réconciliation, ta vie sera rongée par ce poison — et tu empoisonneras celle de ton entourage, ajouta-t-elle en levant les yeux au ciel d'un air de parfait martyr.

Ebranlé malgré lui, Max se massa pensivement le front.

— Au fond, tu as peut-être raison, June. Il faut que j'essaye de la revoir — une fois, au moins — ne serait-ce que pour lui expliquer plus en détail pourquoi j'ai été amené à lui mentir.

June retrouva le sourire.

— Bien sûr que j'ai raison. File acheter un billet d'avion pour Minneapolis, et montre-lui ce que tu as dans le ventre.

Sa mission accomplie, June se garda bien d'en rajouter. Laissant Max profondément absorbé dans ses réflexions, elle s'esquiva discrètement et faillit se heurter à Sam qui attendait dans le couloir, l'oreille aux aguets. Surpris à écouter aux portes, le cuisinier rougit légèrement.

— Désolé, June, mais je n'ai pas pu m'empêcher de faire l'espion. Elle était émouvante, ton histoire, dis donc !

Le sourire de June s'élargit et ses yeux pétillèrent.

— Oui, n'est-ce pas ?

Sam fixa sur elle un regard stupéfait.

— Ne me dis pas que tu l'as inventée de A à Z ?

Relevant le menton d'un geste royal, June poursuivit son chemin.

— Ça, c'est un secret qui n'appartient qu'à moi, lança-t-elle avant de disparaître.

Sam se frotta le crâne et songea que cette femme-là, décidément, l'épaterait toujours.

— Euh... Excusez-moi. Mademoiselle Fortune ?

Les yeux clos, Kristina massa ses tempes douloureuses. Encore une migraine qui pointait le bout de son nez. Depuis qu'elle avait quitté cet hôtel de sinistre mémoire, les maux de tête en tous genres étaient devenus son lot quotidien. Inquiète, sa mère l'avait traînée à l'hôpital pour lui faire passer un scanner. Mais le résultat de ces nouveaux examens n'avait fait que confirmer le diagnostic déjà posé à La Jolla : sa chute de l'escabeau n'avait laissé aucune séquelle.

Du moins, pas sur le plan physique, rectifia mentalement Kristina, le regard rivé sur la morne forêt d'immeubles qui se déployait à perte de vue sous ses fenêtres. Car sur le plan psychique, elle souffrait de quelques complications tenaces. Peut-être devrait-elle se résoudre à prendre une bonne semaine de vacances ? Tout en sachant que le meilleur remède serait de rechuter dans une amnésie totale pour quelques mois de plus. Elle ne rêvait plus que d'une chose, en effet : oublier Max Cooper une fois pour toutes. Se souvenir était un enfer !

Levant les yeux, elle se força stoïquement à sourire à son assistante. L'imperturbable Jennifer montrait des signes de nervosité inhabituels.

— Que se passe-t-il, Jennifer ?

— Eh bien, euh, j'ai un monsieur, ici, qui insiste beaucoup pour vous voir.

Kristina jeta un rapide coup d'œil sur son agenda. Aucun rendez-vous de prévu pour ce début d'après-midi, constata-t-elle. En revanche, elle avait une réunion importante — plus qu'importante, même : cruciale.

— Dites-lui qu'il devra s'armer de patience s'il tient à me voir aujourd'hui. Je ne peux pas le recevoir avant 16 ou 17 heures.

— Vous pouvez lui répondre que j'ai déjà attendu trois semaines et que la patience n'a jamais été mon fort, s'éleva la voix de Max, juste derrière Jennifer.

Kristina demeura bouche bée. Pendant une fraction de seconde, elle éprouva une de ces joies intenses dont le rayonnement vous transfigure des pieds à la tête. Mortifiée, elle se ressaisit presque aussitôt en priant pour que Max n'ait pas lu sa réaction sur son visage.

Jennifer poussa un léger cri, comme si elle avait affaire à King Kong libéré de ses chaînes et prêt à les enlever l'une et l'autre pour escalader l'Empire State Building.

— Voulez-vous que je prévienne le service de sécurité, mademoiselle Fortune ? s'enquit-elle d'une voix mal assurée.

Kristina se leva posément.

— C'est inutile, Jennifer. Je suis tout à fait en mesure de régler ce petit problème par moi-même.

Un sourire joua sur les lèvres sensuelles de Max tandis qu'il progressait inexorablement vers son bureau. Comment avait-elle pu oublier si vite l'élégance féline de sa démarche ? se demanda-t-elle, le souffle coupé. Elle ne parvenait pas à détacher les yeux de ses cuisses puissantes gainées dans un de ses éternels jeans élimés jusqu'à la corde.

— Vraiment, Kris ? Tu penses être en mesure de régler « ce petit problème » ? Pas en prenant la fuite, cette fois, j'espère ? Fuir n'est jamais une solution.

Kristina frotta l'une contre l'autre ses paumes soudain brûlantes. Du coin de l'œil, elle nota que son assistante, bouche bée, n'avait toujours pas bougé d'un iota.

— Je suppose que vous avez à faire, Jennifer ?

La situation était déjà suffisamment compliquée comme cela sans qu'en plus, elle fasse étalage de sa vie privée devant sa secrétaire !

— Peux-tu m'expliquer pour quelle raison tu t'es forcé un passage jusqu'ici en semant la panique dans tout le service ? s'enquit-elle lorsque Jennifer se fut retirée à contrecœur.

Max vint se percher nonchalamment sur un coin du bureau.

— J'aurais pu te prévenir, c'est vrai. Mais j'ai pensé que tu apprécierais la surprise.

A quel titre débarquait-il ainsi sans crier gare alors qu'elle l'avait quitté sur un adieu dé-fi-ni-tif ? Le sang de Kristina ne fit qu'un tour.

— Sors d'ici, Cooper.

Mais loin de se laisser impressionner, il lui décocha un de ces lents sourires sensuels dont il avait le secret.

— Je sors d'ici quand tu veux. Mais pas sans toi.

— Pardon ? C'est encore une de tes mauvaises plaisanteries, je suppose ?

Max haussa les sourcils.

— Je n'ai jamais été aussi sérieux de ma vie. Je viens de passer trois heures bouclé et ceinturé dans une espèce de boîte volante, avec quelques kilomètres de trop entre la terre ferme et moi. Autant dire que je n'envisage pas de faire le trajet du retour dans les mêmes conditions, si je n'ai rien pour m'occuper l'esprit, annonça-t-il en glissant les pouces dans la ceinture de son jean. J'ai pensé que tu pourrais te charger de me distraire.

Kristina n'en croyait pas ses oreilles. Comment osait-il se présenter devant elle en lui tenant des discours pareils ? Un instant, elle envisagea d'alerter le gardien pour le faire jeter dehors avec fracas. Non. Ce serait une solution de facilité. « Toujours faire front soi-même » : telle était sa devise.

— Quel est ton problème, Max, au juste ? demandat-elle d'un ton glacial. Tu es à court de femmes de chambre ?

Il se pencha pour prendre une mèche de cheveux blonds entre ses doigts et examina son tailleur pantalon, ses cheveux relevés, son rouge à lèvres incandescent.

— Je n'ai pas besoin de femme de chambre, non. Mais j'ai besoin de toi. Et je te préférais, telle que tu étais à la Rosée. Version nature.

Elle se dégagea avec brusquerie.

— Version nature ! Tu parles ! Tu me préférais dépourvue de toute volonté ! Une marionnette que tu pouvais actionner à ta guise.

Plissant les yeux, Max secoua la tête.

— Arrête de te raconter des histoires, Kris ! Ai-je jamais profité de la situation pour te donner des ordres ? T'ai-je demandé de faire quoi que ce soit de moche ou de dégradant ? A part le premier jour où il a bien fallu t'initier, tu as toujours été libre de t'organiser comme tu le voulais. Et, crois-moi, tu ne donnais pas l'impression de vivre un enfer. Tu étais même nettement plus gaie et détendue que maintenant !

Sa voix rauque et douce exerçait sur elle un effet hypnotique. Kristina luttait désespérément pour garder un recul salutaire.

— Ce que tu as fait est impardonnable et tu le sais pertinemment ! Tu n'avais pas le droit de m'utiliser comme femme de chambre dans mon propre hôtel !

Max hocha la tête.

— C'est vrai, Cendrillon. Nous avons déjà évoqué la question et je reconnais que ce n'était pas très moral. Mais pour autant que je me souvienne, tu ne passais pas tes journées à gratter la suie au fond de la cheminée ! Je t'ai offert la possibilité de vivre dans la peau de quelqu'un d'autre pendant un mois. C'est une expérience qui t'a sûrement ouvert les yeux sur quantité de choses.

— C'est ça ! Dis que tu l'as fait pour mon bien pendant que tu y es ! Tu es vraiment le pire hypocrite que cette terre ait jamais porté, Max Cooper !

Les yeux de Kristina étincelaient. Il jouait une partie serrée, comprit Max, les nerfs tendus à se rompre sous sa désinvolture apparente.

— Tu sais que tu n'as pas cessé de m'épater pendant

tout ce mois, Kris ? Non seulement tu t'es adaptée sans aucune difficulté, mais tu mettais de la vie et de la couleur dans tout ce que tu faisais. Tu étais magnifique. J'ai vraiment révisé mon opinion sur toi de A à Z.

— Et je suis censée être flattée ? riposta-t-elle, outrée.

Max soupira. Non, l'amadouer ne serait pas simple. Mais il avait su dès le départ qu'elle ne ferait rien pour lui faciliter la tâche.

— Non. Je voudrais seulement que tu comprennes... et que tu me pardonnes !

Max se passa la main dans les cheveux. Il avait passé trois heures dans l'avion à essayer d'affûter ses arguments. Mais il n'avait aucune justification imparable à lui soumettre. Autant le reconnaître : il était en tort. Et à cent pour cent, même.

— Que dois-je faire pour cela ? reprit-il. Tu veux des excuses, des supplications ?

Non, songea Kristina. Elle voulait simplement qu'il s'en aille. Mais si elle le narguait un peu, peut-être partirait-il de lui-même ?

— Mmm... oui, pourquoi pas ? Essaie de supplier un peu, pour voir ?

Max déglutit et prit sa main dans la sienne.

— S'il te plaît, Kris, reviens, j'ai besoin de toi...

Stupéfaite, elle mit un moment avant de penser à dégager ses doigts prisonniers des siens.

— Je n'ai aucune raison de revenir, Max. Je t'ai abandonné mes parts de l'hôtel, rappelle-toi, répliqua-t-elle en lui tournant le dos pour rassembler ses documents en vue de la réunion. Je n'ai plus aucun rôle à jouer à la Rosée.

Max se plaça de manière à lui faire face.

— Elle peut encore t'appartenir pour moitié.

Elle haussa les épaules.

— Impossible. L'acte de donation...

— Il se trouve que les époux vivent en communauté de biens dans la Californie profonde d'où je viens.

Où voulait-il en venir, encore ? Kristina leva les yeux de ses papiers pour lui jeter un regard irrité.

— Je ne vois pas le rapport avec notre situation.

De nouveau, il lui prit les mains. En partie pour le plaisir de la toucher, mais principalement parce qu'il se méfiait de ses impulsions. Kristina Fortune étant qui elle était, les presse-papiers pouvaient se mettre à voler d'un instant à l'autre...

— Epouse-moi, Kristina. La Rosée va être transformée en Relais Lune de Miel, exactement comme tu l'avais prévu. Mais il lui faut des amoureux pour la remplir.

Kristina ne percevait que confusément ses paroles. Elle se refusait à écouter quoi que ce soit venant de Max Cooper, de toute façon. Secouant la tête, elle se détourna résolument. Il s'était joué d'elle une fois, mais une femme avertie en valait deux.

— S'il te faut des amoureux, débrouille-toi pour les trouver toi-même.

Soudain à bout, Max lui agrippa le bras et la força à se tourner vers lui.

— Ce n'est pas d'amoureux dont j'ai besoin. C'est de toi, bon sang ! Tu as colonisé le moindre recoin de mon pauvre crâne : je ne vis plus, Kristina ! Le jour, la nuit, à l'aube, au crépuscule c'est pareil, je tourne en rond à me cogner la tête contre les murs tellement tu me manques.

Ce n'était pas du tout le discours d'excuse qu'il avait prévu de lui tenir, songea Max, découragé. Mais il n'avait jamais été doué pour reconnaître ses torts...

— Bon, d'accord. Je regrette de t'avoir menti, c'était moche, mais je l'ai fait sur une impulsion, parce que j'avais peur pour les gens de l'équipe et que je désespérais de te faire entendre raison. Une fois le mensonge prononcé, ça a fait boule de neige et je n'ai plus été fichu de revenir en arrière. Voilà. Ce n'est pas très brillant, comme excuse, je sais. Mais je suis sincèrement désolé.

Max l'implora du regard. Il ne pouvait pas repartir d'ici bredouille. S'il ne parvenait pas à la convaincre aujourd'hui, il passerait le reste de sa vie comme un homme amputé de la meilleure partie de lui-même.

— J'ai essayé de rétablir la vérité, je te le jure ! Il faut me croire, Kristina.

Le croire ? Ce serait si tentant de fermer les yeux, de lui ouvrir les bras, de lui offrir de nouveau sa confiance. Mais à aucun prix, elle ne devait céder à cet accès de faiblesse passager.

— Quand ? demanda-t-elle froidement. Quand as-tu essayé de rétablir la vérité ?

— Je ne sais pas moi ! J'étais constamment travaillé par la question. Mais chaque fois que je me préparais à te parler, j'avais une vision de ce qui m'attendait lorsque tu saurais... Je me disais que tu tournerais les talons illico pour regagner cet univers-là...

D'un geste large de la main, il désigna le bureau luxueux avec son mobilier de bois d'ébène et ses grandes peintures abstraites aux murs.

— Et je ne pouvais pas me résoudre à te voir partir, Kris. C'était au-dessus de mes forces. Alors j'ai différé — différé lâchement, conscient que je signais ma propre perte et néanmoins incapable de réagir...

Effarée, elle secoua la tête, luttant contre ses propres démons. Non, non et non. Elle ne serait tout de même pas assez folle pour céder une seconde fois à un homme qui l'avait utilisée, avilie, manipulée !

— Et tu voudrais me faire avaler ça ?

Max plongea les yeux dans les siens.

— Oui.

Elle leva le menton d'un geste de défi.

— Et peut-on savoir pourquoi tu te donnes tant de mal pour me convaincre, au fait ?

— Pourquoi ? répéta Max en criant presque. Pourquoi ? Mais parce que c'est la vérité, bon sang !

— Alors prouve-le-moi.

Il n'y avait rien à prouver, songea-t-il. On ne prouve pas l'évidence, et elle allait le rendre fou.

— Et comment, à ton avis ? Je peux difficilement te faire parvenir une attestation certifiée conforme, scellée et tamponnée par le Ministère de la Vérité. Alors, que veux-tu que... Oh, et puis zut, tu l'auras voulu !

La saisissant sans ménagement par la taille, il l'attira dans ses bras et l'embrassa sans retenue. Il mit une telle passion dans son baiser que la pièce se mit à tournoyer autour de Kristina. Elle avait les jambes en coton lorsqu'il la relâcha enfin et elle s'appuya de la main sur le rebord de son bureau.

— Et c'est de cette manière que tu espères me convaincre ? protesta-t-elle faiblement.

— Ça a marché pour moi, en tout cas. Convaincu, je le suis. Entièrement, même, chuchota-t-il en appuyant son front contre le sien.

Déjà, la tension de Max se relâchait. La partie n'était pas terminée, mais il gagnait du terrain. Car même si Kristina continuait à se défendre verbalement, ce n'était pas un rejet qu'il avait cueilli sur ses lèvres offertes...

— Donne-moi une seconde chance, Kris ! Tu nous manques tellement, à tous.

Choquée, elle se raidit. S'il pensait lui faire gober ça, il la prenait vraiment pour une idiote.

— A d'autres, Cooper !

— Mais pourquoi as-tu donc tant de mal à le croire ?

— Ils m'ont tous joué une comédie infâme !

Encore et toujours cette même histoire, songea Max. S'ils voulaient parvenir à quelque chose ensemble, il serait temps qu'elle commence à relativiser le problème.

— Bon, admettons. Nous t'avons joué un sale tour. Tu n'as pas apprécié la farce. Mais c'est fini maintenant, Kris. Tu peux essayer de passer l'éponge, non ?

— Ah non ! Impossible ! Je ne pourrai jamais, jamais, jamais !

Kristina se mordilla la lèvre. Peut-être qu'en lui disant tout simplement la vérité — toute la vérité — elle réussirait à le convaincre de la laisser tranquille.

— Essaie de comprendre, Max. Je m'étais attachée à vous ; vous étiez tout pour moi ! Je pensais qu'entre nous, c'était à la vie à la mort !

Allons bon, voilà qui n'allait pas dans le sens du but recherché : Max souriait comme s'il venait de tirer les quatre numéros gagnants du loto.

— Inutile de me regarder de cet air réjoui, Max Cooper. J'avais de l'affection pour vous parce que je croyais naïvement que vous jouiez franc jeu avec moi. J'étais loin de me douter que vous passiez votre temps à ricaner dans mon dos pendant que je me donnais ridiculement en spectacle.

Irrité, Max secoua la tête.

— Qu'est-ce que tu racontes ? Quand t'es-tu donnée en spectacle ?

— Eh bien, quand... lorsque... Enfin, tu sais bien !

— Non, je ne sais pas.

Elle rougit.

— Quand je te faisais toutes ces avances, admit-elle d'une voix sifflante.

Ah, ah ! Là était donc la racine de tous leurs maux ?

— Alors que moi je faisais la sourde oreille, c'est ça ?

Kristina recula d'un pas.

— Précisément.

Elle l'aimait, comprit Max. Même si elle ne le savait pas encore elle-même, il n'avait plus l'ombre d'un doute de son côté.

— Et tu t'es interrogée sur ce qui pouvait me pousser à garder mes distances ?

Kristina tressaillit. Cruelle question. Il ne lui épargnait vraiment aucune humiliation.

— Pourquoi ? Parce que tu n'en avais rien à secouer, voilà tout !

— Rien à secouer, moi ? Tu crois que j'ai tout planté là — l'hôtel en pleine rénovation, mon chantier, mes employés — pour quelqu'un dont je me contrefiche ? Je ne voulais pas profiter de la situation, voilà ma seule raison.

Il la prenait pour une simple d'esprit, maintenant ?

— Et la dernière nuit ? Tu n'as pas « profité de la situation », peut-être ?

— La dernière nuit, j'étais un homme défait. Tu avoueras que tu as utilisé une batterie d'atouts qui en auraient fait céder de plus héroïques que moi! Adieu, nobles intentions! Je te désirais tellement que j'aurais sombré irrémédiablement dans le délire si j'avais dû lutter contre la tentation, ne serait-ce qu'une nanoseconde de plus!

Max se croisa les bras sur la poitrine.

— Voilà! Tu sais tout. Satisfaite? Et maintenant, vas-tu te décider à revenir avec moi à la Rosée, oui ou non?

Il la plongeait dans une confusion totale. Comment pouvait-elle lui répondre alors qu'elle ne savait plus du tout où elle en était? Oppressée, elle s'éloigna de lui et se mit à arpenter la pièce.

— Ecoute, Max, cela demande réflexion. Je...

Trop, c'était trop. Renonçant aux méthodes douces, il l'attrapa résolument par la taille et la souleva dans ses bras.

— De toute façon, je ne te laisse pas le choix. Tu viens avec moi, point final. Autant te faire à cette idée.

Ce fut alors plus fort qu'elle: un bonheur irrépressible l'envahit. Et un sourire lui vint aux lèvres. Radieux, sans l'ombre d'un doute. Sans bien savoir ce qu'elle faisait, elle noua les bras autour du cou de son compagnon.

— Si je comprends bien, monsieur Cooper, je n'ai même plus mon mot à dire?

— Oh si, tu as ton mot à dire. Un seul petit mot, tout simple: oui.

« Oui, Max, oh oui! Si tu savais... »

— Tu sais que tu pourrais te faire arrêter pour kidnapping?

Max lui posa un baiser sur le front.

— Encore faudrait-il qu'on nous rattrape. Et, de toute façon, je prends le risque. Le jeu en vaut la chandelle.

— Pourquoi? s'enquit-elle, le cœur battant.

— Pourquoi! Mais parce que je t'aime!

Plus qu'amadouée, Kristina était conquise. Elle se blottit plus étroitement dans ses bras.

— Tu m'aimes !

Il se mit à rire et lui tapota le front de la pointe de l'index.

— Hé ho, debout là-dedans ! Tu as écouté ce que je t'ai dit, au moins ? Pourquoi crois-tu que je sois venu de La Jolla te débusquer au cœur de cette forteresse ? Pour le plaisir d'essuyer tes foudres et de terrifier ta secrétaire ?

— Tu m'aimes ? répéta Kristina, comme pour mieux se convaincre.

Max se mit à rire.

— Presque autant que mon premier couteau suisse. A vie. Pour le meilleur et pour le pire. Envers et contre tout.

Elle commençait à flotter dans une torpeur délicieuse. Comme si un rêve très ancien et très refoulé se muait miraculeusement en réalité. Mais, au fait — à propos de rêve — Max n'avait-il pas parlé de « communauté entre époux » ?

Ecarquillant les yeux, elle rejeta la tête en arrière.

— Et tu me demandes en mariage ?

— Je commençais à désespérer de parvenir à te faire passer le message, chuchota-t-il en déposant une pluie de baisers dans son cou.

— Mmm... Tu as l'intention de me porter comme ça jusqu'à La Jolla ?

— Mais oui, s'il le faut.

Elle lui fit son plus doux sourire.

— Pose-moi par terre, Max.

— Pourquoi ?

Du bout du doigt, elle traça le contour de ses lèvres.

— Parce que je veux te sentir tout entier contre moi quand tu m'embrasses.

— Excellent argument, acquiesça-t-il en obtempérant. J'adhère à cent pour cent. Il semble que nous ayons trouvé un terrain d'entente.

— Oh, il y en aura d'autres, murmura-t-elle en frottant doucement sa bouche contre la sienne.

— J'y compte bien, chère future madame Cooper.

L'Interphone bourdonna. Toujours enlacée à Max, Kristina tendit le bras pour enfoncer le bouton. La voix préoccupée de Jennifer emplit la pièce.

— Tout va bien, mademoiselle Fortune?

— Tout va divinement, Jennifer. Je ne suis là pour personne, O.K? Je ne veux ni visites, ni coups de fil. De tout l'après-midi.

— Mais, mademoiselle Fortune, votre réunion de...

Avec un large sourire, Kristina relâcha l'Interphone.

— Où en étions-nous? s'enquit-elle dans un murmure.

— A peu près ici, répondit Max en approchant ses lèvres des siennes.

Elle poussa un long soupir de satisfaction.

— Ah oui, je me souviens, maintenant.

Il sourit juste avant de caresser amoureusement sa bouche de la sienne.

— Ne t'inquiète pas. Si tu oublies, je serai là pour te le rappeler. Je serai toujours là pour te servir de mémoire vive, mon amour.

Et cette promesse-là, Max était fermement décidé à la tenir...

Épilogue

Après mûre réflexion, Sterling avait choisi de réunir la tribu Fortune dans ses propres salons de réception, plutôt que de les convoquer dans l'imposante propriété familiale qui surplombait les rives du lac Travis. Vu la bombe qu'il se préparait à lâcher, il lui paraissait plus judicieux d'agir en terrain neutre.

Un autre argument — personnel celui-là — avait largement contribué à faire pencher la balance : Sterling considérait que la place de Kate Fortune était désormais chez lui. Ce sentiment-là s'était renforcé au fil des derniers mois, alors qu'une intimité plus grande s'était instaurée progressivement entre elle et lui. Ici, hors de son propre territoire, Kate ne lui apparaissait plus comme un monument humain dirigeant les destinées d'un empire, mais comme une femme vulnérable qui avait besoin de protection.

Comme une femme qui avait besoin de lui...

Et c'est ainsi que par téléphone, fax ou facteur, Sterling Foster avait joint les enfants et petits-enfants de Kate un à un en les priant — non, en leur intimant l'ordre — de se présenter chez lui à l'heure et à la date fixées.

A présent que le grand moment de la révélation approchait, Sterling sentait monter une exaltation qui ressemblait à de la fièvre. Avec tous ces gens rassemblés en grande pompe dans un cadre à la fois luxueux et austère,

261

on se serait cru dans un vieux film à suspense des années trente. Mais pourquoi pas ? Le coup de théâtre serait d'envergure ; les réactions risquaient d'être vives, voire violentes. Et fascinantes à observer.

La tension dans le grand salon était désormais à son comble. Parfait. Avec un léger sourire, Sterling s'éclipsa sans un mot et se glissa dans la bibliothèque où il retrouva la femme que tous considéraient comme morte depuis maintenant deux ans.

Pas plus que les autres, Kristina ne savait ce que cachait cette convocation solennelle chez l'avocat et ami de sa défunte grand-mère. Mais au fond, quelle importance ? La joie d'être parmi les siens l'emportait sur tout le reste. Retrouver sa tribu au grand complet lui faisait tellement chaud au cœur ! En pénétrant dans le grand salon de Sterling Foster, au côté de Max, elle laissa son regard glisser de visage en visage. Comme pour les photographier un à un et ranger chaque précieux portrait entre les pages du grand livre qu'était redevenue sa mémoire. Même si son amnésie n'avait duré qu'un mois, l'expérience l'avait suffisamment marquée pour qu'elle se réjouisse de ne pas être seule au monde. Les Fortune n'étaient pas parfaits, loin de là. Ils avaient leur côté exaspérant, leurs petites manies et leurs faiblesses. Mais c'était précisément leurs pieds d'argile qui les rendaient si émouvants aux yeux de Kristina.

Jamais, elle ne s'était sentie aussi heureuse à l'occasion d'une réunion de famille. Sans doute avait-elle l'air ridicule à sourire comme ça, toute seule, mais c'était plus fort qu'elle. Ils étaient ce qu'elle avait de plus cher au monde. A l'exception de Max, bien sûr !

Max qui lui avait entouré les épaules et qui regardait autour de lui avec effarement.

— Pour une réunion de famille, c'est une réunion de famille ! Vous êtes plus nombreux que les cailloux du Petit Poucet ! Tu es vraiment apparentée à tous ces gens ?

262

Du coin de l'œil, Max observa l'homme au visage fermé qui se tenait près de la cheminée. Dire que dans quelques mois, si tout se passait bien, ce même Nathaniel Fortune deviendrait son beau-père ! Vu l'expression que le père de Kristina arborait en ce moment, la perspective n'avait rien de très encourageant...

— Plus ou moins, oui, lui murmura Kristina à l'oreille. Avec les « pièces rapportées » en plus, bien sûr. Mais ne t'inquiète pas, une fois que je te les aurai présentés, tu t'y retrouveras facilement !

Tous ses frères, sœurs et cousins étaient venus en couple, nota-t-elle. Elle aussi. A présent que Max était entré dans sa vie, elle ne se sentait plus comme l'esseulée de service. Seule sa tante Rebecca n'avait pas encore rencontré l'heureux élu. Mais celle-ci était si vive, si brillante et si belle qu'elle n'avait sans doute que l'embarras du choix ! Kristina se jeta au cou de la plus jeune sœur de son père.

— Bonjour, ma chérie !

Rebecca embrassa affectueusement sa plus jeune nièce sur la joue. Depuis quelques minutes déjà, elle observait le jeune couple, émue de voir Max et Kristina si amoureux, si complices. Ils étaient vraiment à croquer, tous les deux ! Un peu plus et ils lui donneraient envie de connaître un bonheur similaire. Mais si elle voulait trouver l'homme idéal, il allait falloir qu'elle l'invente de toutes pièces, songea-t-elle avec une pointe d'amusement. Une fois qu'elle aurait créé un personnage masculin suffisamment parfait, il ne lui resterait plus qu'à lui insuffler la vie et à le tirer tout droit des pages d'un de ses livres ! Ce héros digne de son cœur avait déjà un visage. Un visage qui lui apparaissait nettement lorsqu'elle fermait les yeux. Aussi étonnant que cela puisse paraître, il ressemblait assez à...

Rebecca secoua la tête et chassa aussitôt cette pensée incongrue. C'était d'ailleurs des rêves de maternité plus que des rêves d'amour qui la hantaient depuis qu'elle avait passé le cap des trente ans.

Sourcils froncés, son frère Nathaniel vint se joindre à leur petit groupe.

— Quelqu'un, ici, peut-il me dire pourquoi Sa Majesté nous a convoqués d'autorité dans ses appartements ? Foster avait un ton tellement solennel au téléphone qu'on aurait pu croire que l'avenir du globe dépendait de cette réunion. Mais à présent que nous avons tous accouru des quatre coins du pays, Monsieur nous plante là et disparaît sans un mot. Non, sérieusement, où veut-il en venir avec cette mascarade ? S'il croit que j'ai du temps à perdre avec ces enfantillages...

Barbara Fortune posa la main sur le bras de son mari.

— Nous savons tous que tu es un homme très occupé, mon chéri, observa-t-elle avec un sourire apaisant.

— Et un homme sacrément chanceux en amour, surtout, précisa Rebecca en décochant à son frère un regard qui le mettait au défi de prétendre le contraire.

Nate entrelaça ses doigts à ceux de sa femme.

— Un homme comblé, c'est vrai, reconnut-il.

Leur sœur Lindsay — la pédiatre de la famille — s'approcha à son tour.

— Mon Dieu, qu'est-ce que j'entends ? Mon frère Nate exprimant une opinion positive ? C'est un miracle qui nous attend ce soir !

Lindsay ne croyait pas si bien dire.

A l'autre extrémité de la pièce, Grant, le demi-frère de Kristina, passa le bras autour des épaules de sa chère Meredith.

— Vise un peu ma petite sœur, là-bas ! Je ne sais pas si c'est le soleil de Californie, mais il y a longtemps que je ne lui ai pas vu une mine aussi rayonnante. Tiens, tiens ! Mais qui est donc ce grand type hâlé qui la couve des yeux comme si elle était la huitième merveille du monde ?

Intrigués, ils se joignirent au petit groupe qui s'était formé autour de Kristina et celle-ci leur présenta son compagnon.

— Max, voici Grant, mon horrible grand frère qui m'a volé ma meilleure amie Meredith pour la garder bouclée avec lui dans un ranch perdu au fin fond de l'Iowa. Et voici Max Cooper.

— Max Cooper. Ah, mais oui ! s'exclama Grant. Vous êtes associés, c'est ça ?

Max et Kristina échangèrent un regard.

— Etroitement associés, oui, acquiesça-t-elle, les yeux pétillants.

— Pour la vie, précisa Max.

— Pour l'éternité, rectifia Kristina en glissant les bras autour de sa taille. Et voilà ! lui chuchota-t-elle à l'oreille. La grande nouvelle est lâchée. Maintenant, attention !

Les réactions, en effet, ne se firent pas attendre.

— Un mariage ? Et vous ne nous aviez encore rien dit, espèces de cachottiers !

— Génial ! Bienvenue dans la famille !

— Félicitations, les enfants !

Un large sourire fendit le visage hâlé de Grant. Max eut droit à une accolade en bonne et due forme.

— Eh bien ! Voilà qui nous ôte une sacrée épine du pied ! Je ne pensais pas qu'il se trouverait un jour quelqu'un d'assez inconscient pour envisager de supporter Kristina vingt-quatre heures sur vingt-quatre. Bienvenue dans cette maison de fous, cher beau-frère.

Cher beau-frère ! Voilà qui, tout compte fait, sonnait plutôt agréablement à ses oreilles ! Max serrait des mains, échangeait des sourires. Tous l'accueillaient à bras ouverts, sans poser de questions. Et leur acceptation spontanée le touchait. Sans vraiment vouloir se l'avouer, il avait éprouvé une certaine anxiété à l'idée d'être rejeté par la famille de Kristina. Son bonheur à elle n'aurait pas été complet sans la bénédiction des siens. Et ce qui comptait pour Kristina comptait aussi pour lui.

— C'est en l'honneur de ton futur mariage, Kris, que nous avons tous été réunis ici ? s'enquit Michael, l'aîné des enfants de Nate, en venant féliciter sa demi-sœur.

La jeune femme se mit à rire.

— Je sais que c'est un miracle qu'un homme veuille bien m'épouser, comme l'a gentiment fait observer Grant, mais pas au point de justifier une réunion obligatoire de tout le clan ! Il y a encore cinq minutes, personne n'était au courant, d'ailleurs. Et Sterling moins encore que quiconque.

Tournant les yeux vers sa mère, Kristina lui jeta un bref regard d'excuse. Elle avait prévu de la prendre à part quelques instants pour lui donner la primeur de la nouvelle, mais leur petit secret avait été dévoilé plus rapidement que prévu.

— Tiens, tiens, notre hôte ne nous a pas oubliés, finalement ! s'exclama Kyle en prenant sa femme Samantha par la taille. Revoici notre Sterling, plus solennel et compassé que jamais. Je me demande bien ce qu'il nous prépare...

Sterling Foster s'était immobilisé à l'entrée de la pièce. Le bruit des conversations retomba et toutes les têtes se tournèrent dans sa direction. Les lèvres serrées de l'homme de loi formaient une mince ligne sévère. Rien dans son expression ne permettait de deviner ce qu'il leur concoctait. Toujours parfaitement maître de ses nerfs, Sterling était un excellent joueur de poker en même temps qu'un avocat redoutable.

Merveilleusement synchronisées, comme de coutume, Ali et Rocky firent chacune un pas en avant, sans se rendre compte qu'elles calquaient leur comportement l'une sur l'autre. Une même inquiétude se lisait dans leurs regards si semblables.

Un lourd silence tomba.

— C'est au sujet de papa ? demanda Ali, exprimant à voix haute la question que tous se posaient tout bas.

Elle sentit la main de Rafe se refermer sur la sienne, alors même que Luke passait le bras autour des épaules de Rocky. Comme Sterling tardait à répondre, Nathaniel repoussa la main de sa femme et s'avança vers l'avoué dans une attitude presque menaçante.

— Bon, c'est bientôt fini, ce cirque ? Ça vous amuse peut-être de faire durer le suspense, mais je n'ai pas que ça à faire ! Pourquoi avez-vous décrété cette réunion au sommet, Foster ? C'est au sujet de mon frère ?

— Non, il ne s'agit pas de Jake. Pas directement, en tout cas.

— Mais indirectement, alors ? insista Adam, sourcils froncés.

Réconcilié depuis peu avec son père, il était révolté par le sort injuste échu à Jake. D'instinct, Adam chercha la main de Laura et trouva l'habituel réconfort en percevant son soutien muet.

— Dans une certaine mesure, seulement, admit Foster.

Il avait de la peine à trouver ses mots, comprit soudain Natalie en notant une raideur inhabituelle dans la haute et élégante silhouette de l'homme de loi. Et si c'était une très mauvaise nouvelle qu'il se préparait à leur annoncer ? Un nœud se forma soudain dans sa gorge tandis qu'elle songeait à son père et au sort affreux qui l'attendait peut-être.

— S'il vous plaît, Sterling. Dans quelle mesure papa est-il concerné ?

Il ne restait plus qu'une chose à faire, comprit l'avoué : parler. Mais il ne se souvenait pas d'avoir jamais assumé une mission aussi difficile.

— Ce n'est pas de Jake qu'il s'agit, mais de Kate...

Les yeux écarquillés, Rebecca porta la main à sa poitrine.

— Vous avez trouvé l'assassin de maman ! s'écria-t-elle en se frayant un chemin jusqu'à lui.

— Pas exactement, non.

Kate, cependant, estima qu'elle avait suffisamment attendu. Ne piétinait-elle pas déjà en coulisses depuis plus de deux ans ? Quittant la bibliothèque où Sterling l'avait reléguée pendant qu'il « préparait mentalement » sa famille, elle pénétra dans le salon. Très droite comme toujours, mais le cœur tremblant.

— Non, déclara-t-elle d'une voix forte, Sterling n'a pas trouvé l'assassin. Il a trouvé ta mère, Rebecca.

— Oh, mon Dieu...

Personne ne sut qui avait émis cette exclamation. C'était comme si la Mort elle-même était entrée dans la pièce de son pas glissant.

Pendant quelques secondes, personne ne dit mot. Rien, pas même le son d'une respiration ne se fit entendre.

La bruyante tribu des Fortune s'était brusquement figée en une assemblée étrange de statues. Comme les habitants du château de la Belle au bois dormant, ils semblaient pétrifiés pour l'éternité.

Rebecca fut la première à recouvrer un semblant de voix.

— Mère ? murmura-t-elle dans un souffle.

Elle n'osait pas bouger, ni même esquisser un geste, de crainte de voir la silhouette aimée s'évanouir en fumée. Ne suffirait-il pas d'un souffle pour dissiper l'illusion collective que la famille réunie avait miraculeusement réussi à créer ?

Kate ne se lassait pas de les regarder tous. Ils étaient réunis autour d'elle, ses chéris. Pendant les premiers temps qui avaient suivi son accident, elle s'était méfiée de la terre entière, au point de s'éloigner de cette chair de sa chair qu'elle aimait plus que la vie même. Mais sans eux, elle le savait désormais, son existence n'avait plus de sens. C'était au moins une leçon qu'elle avait retenue de ses longs mois d'exil.

— Oui, répondit-elle d'une voix aussi faible et hésitante que celle de sa fille. Oui, c'est bien moi, ta mère.

— Mais comment ? Pourquoi ?

Elle se tut de nouveau, trop estomaquée pour formuler une question cohérente.

Comme dans un état de transe, Kristina qui se trouvait juste à côté de l'apparition qui ressemblait à sa grand-mère se risqua à effleurer sa main. Chauds et vivants, les longs doigts aristocratiques n'étaient pas ceux d'une chimère.

Les yeux de Kristina se remplirent lentement de larmes. Avec un cri étouffé, elle se jeta dans les bras de Kate.

— Oh, mon Dieu ! Tu es vivante... vivante ! sanglota-t-elle contre son épaule tandis que sa grand-mère la berçait doucement.

Kate dut déglutir à plusieurs reprises avant de prendre la parole. L'émotion qu'elle avait réussi à contenir pendant deux ans la prenait à présent à la gorge. De toutes ses forces, elle serra sa petite-fille contre sa poitrine.

— Oui, on ne peut plus vivante, ma chérie. Et tellement, tellement heureuse de vous retrouver tous !

Le silence se brisa alors, et ce fut un flot sans fin de questions, d'exclamations, tandis que tous se précipitaient vers Kate, réclamant son attention, le contact de ses mains, la caresse de sa voix.

Sterling s'était légèrement écarté, laissant à Kate le loisir de goûter pleinement ces retrouvailles. L'ombre d'un sourire joua sur ses lèvres tandis qu'il observait la scène. Scène était bien le mot, d'ailleurs. La doyenne des Fortune était de retour parmi les siens, dispensant ses sourires et son affection, prête à reprendre sa place, le trône qui lui revenait de droit.

Car souveraine, elle l'était toujours restée, elle le restait, même dans l'adversité. C'était une qualité inhérente chez elle. Depuis le premier instant où il avait jeté les yeux sur elle, Sterling avait été sensible à cette autorité naturelle, cette grâce inégalable qui émanait de la personne de Kate Fortune.

De là à penser qu'il était amoureux, il n'y avait qu'un pas que Sterling avait fini par franchir ; et, sous peu, Kate et lui auraient peut-être bien, à leur tour, une importante déclaration à faire à la famille. Mais, aujourd'hui, la femme qu'il aimait avait d'autres priorités qu'il respectait. La patience avait d'ailleurs toujours été une de ses qualités majeures...

Touché, il regarda Rebecca — la petite dernière — si

semblable à sa mère, serrer Kate dans ses bras. Celle-ci caressa doucement les cheveux de sa fille.

— Mon Dieu, que ces deux années ont été longues ! chuchota Kate d'une voix rauque.

Nathaniel serra les lèvres. Il n'était pas homme à laisser ses émotions prendre le dessus, mais ce retour spectaculaire de sa mère qu'il avait crue morte l'ébranlait dangereusement. Il se sentait de nouveau comme un tout petit garçon, prêt à se blottir dans ses jupes. Tel était le charisme de Kate : même sur un homme de son âge, elle continuait à garder une emprise étonnante. Aucune autre personne, jamais, n'avait exercé sur lui pareil ascendant.

— Ces deux années ont été longues, oui, je ne te le fais pas dire, observa-t-il d'une voix dure. Où étais-tu donc, tout ce temps ? Et pourquoi ces mystères ?

En même temps qu'il s'adressait à sa mère, Nate se tourna vers Sterling. Kate avait toujours été une battante — ferme jusqu'à la dureté, parfois. Elle avait eu trop de combats à livrer dans sa vie pour s'autoriser la moindre mollesse. Mais elle n'avait jamais été cruelle. L'auteur de ce complot ne pouvait donc être que Foster. Mais pourquoi ?

Se sentant interpellé, Sterling se prépara à répondre, mais Kate secoua la tête en posant la main sur son bras.

— Mon avion ne s'est pas écrasé de façon accidentelle, annonça-t-elle d'une voix forte. On a essayé de me tuer.

— On a essayé de te tuer ! se récria Nate avec un violent frisson.

Kate ne vit devant elle que des yeux écarquillés d'horreur.

— Ne sachant pas qui avait voulu attenter à mes jours, j'ai pensé que si je reprenais ma place parmi vous, je m'exposerais à une seconde tentative. Je craignais également par-dessus tout que vous ne deveniez une cible à votre tour. Comme je ne voulais pas vivre constamment sur mes gardes, j'ai préféré laisser croire à l'assassin qu'il était parvenu à ses fins.

— Et tu nous as mis dans le même sac que lui en nous laissant dans l'ignorance ! observa sèchement Nathaniel. Tu nous as laissés te pleurer comme si tu étais morte ! Et vivre avec ce poids sur la poitrine pendant près de deux ans ! Te rends-tu compte ?

Nate avait conscience de jouer les trouble-fête une fois de plus mais, après l'enfer qu'elle leur avait fait vivre, il ne se sentait pas d'humeur magnanime. Lindsay, cependant, l'écarta doucement pour aller embrasser leur mère à son tour.

— Tout ça c'est du passé. Et nous sommes si heureux de te revoir vivante ! s'exclama-t-elle en riant et pleurant à la fois. Oh, mon Dieu, j'ai l'impression de rêver. Je croyais ne plus jamais pouvoir te tenir ainsi dans mes bras !

— Jake ! s'exclama soudain Erica. Il faut que quelqu'un se charge de le prévenir.

— Jake est au courant, répliqua Kate. Il a été le premier informé.

— Avant nous ? observa Nate, toujours jaloux des prérogatives fraternelles.

Un murmure courut dans l'assistance. Rebecca vit un pli de contrariété se former sur le front de Nathaniel. Mais l'heure était à la fête, au rire, à la danse ! En une journée comme celle-ci, les petits griefs de chacun ne pouvaient-ils être mis entre parenthèses ?

Elle se tourna vers Sterling en souriant.

— Je ne voudrais pas être bassement terre à terre. Mais si ça ne s'arrose pas, qu'est-ce qui mérite encore qu'on ouvre une bouteille de champagne ?

Excellente diversion, songea l'avoué en annonçant à la ronde.

— Le champagne est au frais et nous attend dans la salle à manger. Alors, place à la fête ?

Il fit un pas en avant et offrit son bras à Kate. Avec un rire heureux qui retrouvait en cet instant une fraîcheur presque juvénile, elle posa la main au creux de son coude.

271

— Vous avez pensé à tout, Sterling.

— Il le faut bien. Si je veux garder une longueur d'avance sur vous.

Kate releva le menton, retrouvant son port de reine.

— Une longueur de retard, vous voulez dire ?

— Vous voulez que je vous départage ? Vous êtes à la même hauteur, trancha joyeusement Kristina en prenant la main de Max. Marchez donc côte à côte. C'est tellement plus simple !

Sterling et Kate échangèrent un sourire de connivence.

« Côte à côte », songea Kate. Le terme convenait à merveille.

Elle leva la tête pour murmurer quelques mots à l'oreille de Sterling et ce fut ainsi qu'ils ouvrirent la marche.

Aussi enjoués et complices que les deux jeunes amoureux qui leur emboîtèrent le pas...

Tournez vite la page, et découvrez, en avant-première, un extrait du nouvel épisode de la saga

intitulé

Le mystère divulgué

(Amours d'Aujourd'hui N°716)

Extrait du *Mystère divulgué*,
de Jennifer Greene

Décidément ! Le contexte semblait avoir été créé tout
exprès pour heurter la sensibilité artistique de Rebecca
Fortune. La nuit était, comme par hasard, sombre et tour-
mentée, et les éclairs zébrant le ciel de minuit dessinaient
la silhouette baroque d'un grand manoir hérissé de tant de
tourelles et de pignons qu'il faisait penser au décor holly-
woodien d'un film d'horreur de série B.

Et voilà que, pour compléter ce tableau on ne peut plus
« ringard », elle se préparait à entrer par effraction dans le
manoir en question !

Auteur reconnu de romans à suspense, Rebecca avait
placé ses héroïnes dans toutes les situations périlleuses
concevables. Et Dieu sait qu'elle ne manquait pas d'imagination sur ce plan. Mais elle aurait préféré jeter son
ordinateur à la décharge plutôt que de faire évoluer un de
ses personnages au cœur d'un décor qui sentait le cliché à
ce point.

Un frisson de crainte parcourut la jeune femme. Pas à
cause de la nuit noire, de l'orage, ou de la grande maison
vide. Mais parce qu'elle avait une peur panique d'échouer
dans la mission qu'elle s'était fixée. Elle était prête à tout
pour tenter d'innocenter son frère. Avait-elle, néanmoins,
les capacités pour y parvenir ?

Quelque part dans cette grande demeure prétentieuse, il
devait y avoir une information, pourtant ! Un bout de

papier, un indice quelconque qui prouverait aux yeux du monde que Jake n'avait pas tué Monica Malone. Des quantités de personnes — y compris dans la propre famille de Rebecca — auraient eu d'excellentes raisons d'éliminer la vieille actrice. De son vivant, Monica avait été un modèle de cupidité et d'égoïsme. Elle avait passé les quarante dernières années de sa vie à intriguer et à comploter contre la famille Fortune. Même un enfant de deux ans aurait été capable de trouver une dizaine de suspects, ayant tous d'excellentes raisons pour se débarrasser de cette vieille taupe !

Rebecca fit un second tour de la bâtisse et s'empêtra dans les rosiers grimpants pour examiner les fenêtres du sous-sol à l'aide de sa lampe de poche. Ses recherches, cette fois, furent couronnées de succès. Un des cadres ne tenait apparemment que par la grâce d'une épaisse couche de peinture. Au troisième essai, elle réussit à glisser le levier dans la fente et à faire céder le tout.

Victoire !

Enhardie, elle dirigea le faisceau de sa lampe de poche sur l'ouverture et fit la grimace. La « fenêtre » était à peine plus grande qu'une bouche d'aération ! Vu la configuration des lieux, elle avait sans doute une chance sur deux de s'en tirer vivante ! Mais il n'existait clairement pas d'autre moyen pour s'introduire dans le manoir. Quant à renoncer, inutile d'y songer : Rebecca Fortune n'avait jamais été de celles qui font machine arrière.

Elle passa d'abord les pieds, ensuite les jambes, puis se tortilla pour introduire les hanches dans le minuscule boyau. Elle commença à glisser puis s'arrêta : plus moyen ni d'avancer ni de reculer. Elle était coincée, avec une moitié du corps suspendue dans le vide et l'autre à l'extérieur, plaquée contre le sol boueux d'une plate-bande.

Furieuse, elle pesta tout bas. Elle qui se plaignait toujours de ne pas avoir assez de rondeurs pour remplir un jean regrettait à présent amèrement la part de gâteau à la crème ingurgitée avant de partir. Elle était bloquée et en fort mauvaise posture !

Sur une profonde inspiration, elle explora le sol autour d'elle. Ses doigts rencontrèrent une racine, et elle poussa de toutes ses forces.

La manœuvre porta ses fruits. Dans une certaine mesure, tout au moins ! Décoincée, elle l'était, en effet, et apparemment toujours en vie. Mais c'étaient les deux seuls aspects positifs de la situation. Avant de s'effondrer en un petit tas d'os brisés sur le sol en béton de la cave, elle s'était cogné le front contre la fenêtre, et sa poitrine avait été plus ou moins broyée et griffée au passage. Quant à son malheureux coccyx, il n'était plus qu'un lointain souvenir. Si elle se sortait indemne de l'aventure, elle ne pourrait sans doute plus s'asseoir pendant au moins six mois.

Mais voilà que pour ajouter à son humiliation, Rebecca se trouva soudain enveloppée d'une lumière aveuglante. Clignant des yeux, elle constata avec horreur que quelqu'un avait allumé l'ampoule nue qui pendait au plafond.

Mais il y avait pire encore : l'homme qui se tenait en haut de l'escalier, la main sur l'interrupteur, ne lui était pas inconnu.

Accablée, elle rêva de disparaître sous terre. Griffée, échevelée, maculée de boue, couverte de bleus et de bosses, elle devait offrir un spectacle plus que pitoyable. Lui, à l'inverse, présentait une allure en tout point impeccable. Pas une tache, pas un pli, pas même une trace de sueur sur son T-shirt bleu marine à manches longues. Son menton était net, bien rasé, sans égratignure. Et sa voix légèrement rocailleuse traduisait toujours la même tranquille assurance :

— Ainsi c'est vous qui faisiez ce ramdam à vous toute seule ! Eh bien, chapeau ! J'ai cru qu'une colonie entière de mômes tentait de s'introduire dans ce sous-sol.

Jugeant que ce commentaire se passait de réponse,

Rebecca serra les lèvres. Sourcils froncés, il se croisa les bras sur la poitrine.

— J'aurais dû me douter que c'était vous. Bon sang, Rebecca, je peux savoir ce que vous faites ici ?

Fermant les yeux, Rebecca psalmodia une brève prière. « J'ai mal partout et je ne dois plus avoir un seul os entier dans tout le corps. Ça fait déjà suffisamment de souffrance pour une seule femme, non ? Alors, Seigneur, s'il vous plaît, faites que ce soit un cauchemar. Faites que je me réveille pour découvrir qu'il s'agit de quelqu'un d'autre, n'importe qui. Un espion russe, un assassin, même, s'il le faut. Mais pas *lui* ! »

Aucune puissance supérieure, hélas, ne prit la peine d'exaucer son vœu. Lorsque Rebecca ouvrit les yeux, *il* se tenait toujours à la même place.

Décidément, rien n'allait dans cette scène, soupirat-elle : non seulement le décor était par trop caricatural, mais il y avait maldonne au niveau des personnages. En s'introduisant dans la maison de Monica Malone, elle s'était préparée à affronter bien des obstacles. Mais s'il y en avait un qui l'eût fait reculer à coup sûr, c'était bien la présence sur les lieux de Gabriel Devereax !

Ne manquez pas, le 1er février,
Le mystère divulgué, de Jennifer Greene
(Amours d'Aujourd'hui n° 716).

Chère lectrice,

Vous nous êtes fidèle depuis longtemps?
Vous venez de faire notre connaissance?

C'est pour votre plaisir que nous avons
imaginé un rendez-vous chaque mois
avec vos auteurs préférés, vos
AUTEURS VEDETTE dans les
collections Azur et Horizon.

Les AUTEURS VEDETTE vous
donneront rendez-vous pour de
nouveaux livres vedette.

Pour les reconnaître, cherchez
l'étoile... Elle vous guidera!

Éditions Harlequin

LE FORUM DES LECTEURS ET LECTRICES

CHERS(ES) LECTEURS ET LECTRICES,

VOUS NOUS ETES FIDÈLES DEPUIS LONGTEMPS?

VOUS VENEZ DE FAIRE NOTRE CONNAISSANCE?

SI VOUS AVEZ DES COMMENTAIRES, DES CRITIQUES À
FORMULER, DES SUGGESTIONS À OFFRIR, N'HÉSITEZ
PAS... ÉCRIVEZ-NOUS À:

> LES ENTERPRISES HARLEQUIN LTÉE.
> 498 RUE ODILE
> FABREVILLE, LAVAL, QUÉBEC.
> H7R 5X1

C'EST AVEC VOS PRÉCIEUX COMMENTAIRES QUE NOUS
ALLONS POUVOIR MIEUX VOUS SERVIR.

DE PLUS, SI VOUS DÉSIREZ RECEVOIR UNE OU
PLUSIEURS DE VOS SÉRIES HARLEQUIN PRÉFÉRÉE(S)
À VOTRE DOMICILE, NE TARDEZ PAS À CONTACTER LE
SERVICE D'ABONNEMENT; EN APPELANT AU
(514) 875-4444 (RÉGION DE MONTRÉAL) OU 1-800-667-4444
(EXTÉRIEUR DE MONTRÉAL) OU TÉLÉCOPIEUR
(514) 523-4444 OU COURRIER ELECTRONIQUE:
AQCOURRIER@ABONNEMENT.QC.CA OU EN ÉCRIVANT À:

> ABONNEMENT QUÉBEC
> 525 RUE LOUIS-PASTEUR
> BOUCHERVILLE, QUÉBEC
> J4B 8E7

MERCI, À L'AVANCE, DE VOTRE COOPÉRATION.

BONNE LECTURE.

HARLEQUIN.

VOTRE PASSEPORT POUR LE MONDE DE L'AMOUR.

ROUGE PASSION

De fiévreuses histoires d'amour sensuelles!

De provocantes histoires d'amour passionnées et romantiques qu'on lit d'une seule traite. Aventureuses, parfois humoristiques, et sensuelles, elles mettent en vedette des hommes et des femmes d'aujourd'hui.

ROUGE PASSION...quatre nouveaux titres chaque mois.

COLLECTION
HORIZON

Des histoires d'amour romantiques qui vous mènent au bout du monde!

Découvrez la passion et les vives émotions qu'apportent à la Collection Horizon des auteurs de renommée internationale!

Captivantes, voire irrésistibles, ces histoires d'amour vous iront assurément droit au coeur.

Surveillez nos quatre nouveaux titres chaque mois!

La COLLECTION AZUR

Offre une lecture rapide et

- ☑ stimulante
- ☑ poignante
- ☑ exotique
- ☑ contemporaine
- ☑ romantique
- ☑ passionnée
- ☑ sensationnelle!

COLLECTION AZUR... des histoires
d'amour traditionnelles qui vous
mènent au bout du monde!
Six nouveaux titres chaque mois.

GEN-AZ

HARLEQUIN

En août, on vous tente avec un livre SUPER PASSION de la série Rouge Passion.

Les livres SUPER PASSION sont un peu plus sensuels et excitants, mais toujours l'amour triomphe des contraintes, de dilemmes et vient réchauffer votre coeur comme une caresse.

Une histoire SUPER PASSION chaque mois, disponible là où les romans Harlequin sont en vente !

Composé sur le serveur d'Euronumérique, à Montrouge
PAR LES ÉDITIONS HARLEQUIN
Achevé d'imprimer en décembre 2000
sur les presses de l'Imprimerie Bussière
à Saint-Amand-Montrond (Cher)
Dépôt légal : janvier 2001
N° d'imprimeur : 2489 — N° d'éditeur · 8590

Imprimé en France

The fire was a breathing entity

The low, pulsating roar surrounding Taffy Darling made her think she had descended into the belly of some beast.

Escape. She had to escape. But which way out? Did it even matter? Flames shot out at her from every direction and she felt trapped in their midst. A gallery window exploded, covering her with shattered glass. Though she could barely see her way, Taffy knew the front door was closed. She ducked her head and made a run for it.

An obstacle brought her to a crashing halt. Running footsteps behind her competed with the roar of the fire. She turned to spy a dark figure coming toward her. Savior or arsonist? He advanced on her.

Instinct pushed her forward toward the front door. She was almost there . . . when a blow to her neck brought her to her knees. She barely got a glimpse of her attacker before a second blow on her head made the floor rush up to meet her.

ABOUT THE AUTHOR

Patricia Rosemoor began creating romantic fantasies as a child, never guessing that someday she would be writing for Harlequin. Although writing demands a lot of time, Patricia can't think of another profession that would allow her to explore so many intriguing settings and subjects. She thinks of each new idea as a challenge, creating a story that will fascinate her readers.

Books by Patricia Rosemoor

HARLEQUIN INTRIGUE
  38—DOUBLE IMAGES
  55—DANGEROUS ILLUSIONS
  74—DEATH SPIRAL
  81—CRIMSON HOLIDAY
  95—AMBUSHED
113—DO UNTO OTHERS
161—PUSHED TO THE LIMIT*
163—SQUARING ACCOUNTS*
165—NO HOLDS BARRED*
199—THE KISS OF DEATH
*Quid Pro Quo trilogy